U0052980

比較文學叢書⑪

小說·歷史·心理·人物

周英雄 著

1993

東大圖書公司印行

滄海叢刊

國立中央圖書館出版品預行編目資料

小說・歷史・心理・人物／周英雄著
.--初版.--台北市：東大出版：三民總經銷，民78
面；　公分.--（比較文學叢書）
ISBN 957-19-0883-5（平裝）

1.小說—論文，講詞等　I.周英雄著

812.7/8684

© 小說・歷史・心理・人物

著　者　周英雄
發行人　劉仲文
著作財產權人　東大圖書股份有限公司
總經銷　三民書局股份有限公司
印刷所　東大圖書股份有限公司
復興店／臺北市復興北路三八六號六樓
重慶店／臺北市重慶南路一段六十一號
郵撥／〇一〇七一七五—〇號
初　版　中華民國七十八年三月
　　版　中華民國八十二年十月
E 81034
肆　元
行政院新聞局登記證局版臺業字第〇一九七號

ISBN 957-19-0883-5（平裝）

「比較文學叢書」總序

葉維廉

收集在這一個系列的專書反映著兩個主要的方向；其一，這些專書企圖在跨文化、跨國度的文學作品及理論之間，尋求共同的文學規律（Common Poetics）、共同的美學據點（Common Aesthetic Grounds）的可能性。在這個努力中，我們不隨便信賴權威，尤其是西方文學理論的權威，而希望從不同文化、不同美學的系統裏，分辨出不同的美學據點和假定，從而找出其間的歧異和可能滙通的線路；亦即是說，決不輕率地以甲文化的據點來定奪乙文化的據點及其所產生的觀、感形式、表達程序及評價標準。其二，這些專書中亦有對近年來最新的西方文學理論脈絡的介紹和討論，包括結構主義、現象哲學、符號學、讀者反應美學、詮釋學等，並試探它們被應用到中國文學研究上的可行性及其可能引起的危機。

因爲我們這裏推出的主要是跨中西文化的比較文學，與歐美文化系統裏的跨國比較文學研究，是大相逕庭的。歐美文化的國家當然各具其獨特的民族性和地方色彩，當然在氣質上互有特出之處；但往深一層看，在很多根源的地方，是完全同出於一個文化體系的，即同出於希羅文化體系。這一點，是很顯明的，只要你專攻歐洲體系中任何一個重要國家的文學，你都無法不讀一些希臘和羅馬的文學，因爲該國文學裏的觀點、結構、修辭、技巧、文類、題材都要經常溯源到古希臘文化中哲學美學的假定裏、或中世紀修辭學的一些架構，才可以明白透澈。這裏只需要舉出一本書，便可見歐洲文化系統的統一和持續性的深遠。羅拔特．寇提斯（Robert Curtius）的《歐洲文學與拉丁中世紀時代》一書裏，列舉了無數由古希臘和中世紀拉丁時代成形的宇宙觀、自然觀、題旨、修辭架構、表達策略、批評準據……如何持續不斷的分佈到英、法、德、意、西等歐洲作家。我們只要細心去看，很容易便可以把彌爾敦和哥德的某些表達方式、甚至用語，歸源到中世紀流行的修辭的策略。事實上，一個讀過西洋文學批評史的學生，必然會知道，如果我們沒有讀過柏拉圖、亞理士多德、霍萊斯（Horace）、朗吉那斯（Longinus），和文藝復興時代的意大利批評家，我們便無法了解菲力普．薛尼（Philip Sidney）的批評模子和題旨，和德萊登批評中的立場，和其他英國批評家對古典法則的延伸和調整。所以當艾略特（T. S. Eliot）提到「傳統」時，他要說「自荷馬以來……的歷史意識」。

這兩個平常的簡例，可以說明一個事實：即是，在歐洲文化系統裏（包括由英國及歐洲移植到美洲的美國文學，拉丁美洲國家的文學）所進行的比較文學，比較易於尋出「共同的文學規律」和「共同的美學據點」。所以在西方的比較文學，尤其是較早的比較文學，在命名、定義上的爭論，不是他們所用的批評模子中美學假定合理不合理的問題，而是比較文學研究的對象及範圍的問題。在早期，法國德國的比較文學學者，都把比較文學研究的對象作爲一種文學史來看待。德人稱之爲Vergleichende Literaturgeschichte。法國的嘉瑞（Carré）並開章明義的說是文學史的一環，他心目中的研究不是藝術上的美學模式、風格……等的衍變史，而是甲國作家與乙國作家，譬如英國的拜崙和俄國的普式金接觸的事實。這個偏重進而探討某作家的發達史，包括研究某書的被翻譯、評介、其被登載的刊物、譯者、旅人的傳遞情況，當地被接受的情況，來決定影響的幅度（不一定能代表實質）和該作家的聲望（如 Fernand Baldensperger 的批評所代表的），是研究所謂文學的「對外貿易」。這樣的作法——把比較文學的研究對象定位在作品的興亡史——正如韋勒克式（René Wellek）和維斯坦（Ulrich Weisstein）所指出的，是外在資料的彙集，沒有文學內在本質的了解，是屬於文學作品的社會學。另外一種目標，更加涇渭難分，即是把民俗學中口頭傳說題旨的追尋、題旨的遷移（即由一個國家或文化遷移到另一個國家或文化的情況，如指出印度的 Ramayana 是西遊記中的孫悟空的前身）視作比較文學。這種做法，往往也是挑出題旨而不加美學上的討論。但如果我們進一步問：印度的 Romayana 在其文化系統裏、在其表義的構織方式中和轉化到中國文化系統裏、在中國特有的美學環境及需要裏有何重要藝術上的蛻變。這樣問則較接近比較文學研究的本質，而異於一般的民俗學。其次口頭文學（包括初民儀式劇的表現方式）及書寫文學之間的互爲影響，亦常是比較文學研究的目標；但只指出影響而沒有對文學規律的發掘，仍然易於流爲表面的統計學。比較文學顧名思義，是討論兩國、三國、甚至四、五國間的文學，是所謂用國際的幅度去看文學，如此我們是不是應該把每國文學的獨特性消除，而追求一種完全共通的大統合呢？哥德的「世界文學」的構想常被視爲比較文學的代號。但事實上，如韋勒克氏所指出，哥德所說是指向未來的一個大理想，當所有的文化確然溶合爲一的時候，才是眞正「世界文學」的產生。但這理想的達成，是把獨特的消滅而只留共通的美感經驗呢？還是把各國獨特的質素同時並存，而成爲近代美國詩人羅拔特•鄧肯 (Robert Duncan) 所推崇的「全體的研討會」？如果是前者，則比較文學喪失其發揮文學多樣性的目標，如此的「世界文學」意義不大。近數十年來，文學批評本身發生了新的轉向，就是把文學之作爲文學應該具有其獨特本質這一個課題放在研究對象的主位，俄國的形式主義、英美的新批評、現象哲學分派的殷格登 (Roman Ingarden)，都從「構成文學之成爲文學的屬性是什麼？」這個問題入手，去追尋文學中獨有的經驗元形、構織過程、技巧等。這個轉向間接的影響了西方比較文學研究對象的調整，第一，認定前述對象未涉及美感經驗的核心，只敍述或統計外在現象，無法構成可以放諸四海而皆準的美感準據。第二，設法把作品的內在應合統一性視爲研究最終的目標。

我們可以看見，這裏對比較文學研究對象有偏重上的爭議，而沒有對他們所用的批評模子中的美學假定、價値假定懷疑。因爲事實上，在歐美系統中的比較文學裏，正如維斯坦所說的，是單一的文化體系，在思想、感情、意象上，都有意無意間支持著一個傳統。西方的比較文學家，過去幾乎沒有人用哲學的眼光去質問他們所用的理論作爲理論及批評據點的可行性，或質問其由此而來的所謂共通性共通到什麼程度。譬如「作品自主論」者（包括形式主義論，新批評和殷格登）所得出來的「內在應合的統一性」，確是可以成爲一切美感的準據嗎？「作品自主論」者因脫離了作品成形的歷史因素而專注於作品內在的「美學結構」，雖然對一篇作品裏肌理織合有細緻詭奇的發揮，也確曾豐富了統計式考據式的歷史批評，但它反歷史的結果往往導致美學根源應有認識的忽略而凝滯於表面意義的追索。所以一般近期的文學理論，都試圖綜合二者，卽在對作品內在美學結構闡述的同時，設法追溯其各層面的歷史衍化緣由與過程。

問題在：不管是舊式的統計考據的歷史方法、或是反歷史的「作品自主論」，或是調整過的美學兼歷史衍化的探討，在歐美文化系統的比較文學研究裏，其所應用的批評模子，其歷史意義、美學意義的衍化，其哲學的假定，大體上最後都要歸源到古代希臘柏拉圖和亞理士多德的「關閉性」的完整、統一的構思，亦卽是：把萬變萬化的經驗中所謂無關的事物摒除而只保留合乎先定或預定的邏輯關係的事物、將之串通、劃分而成的完整性和統一性。從這一個構思得來的藝術原則，是否眞的放在另一個文化系統——譬如東方文化系統裏——仍可以作準？

是爲了針對這一個問題使我寫下了「東西比較文學中模子的應用」一文。是爲了針對這一個問題使我和我的同道，在我們的研究裏，不隨意輕率信賴西方的理論權威。在我們尋求「共同的文學規律」和「共同的美學據點」的過程中，我們設法避免「壟斷的原則」（以甲文化的準則壟斷乙文化）。因爲我們知道，如此做必然會引起歪曲與誤導，無法使讀者（尤其是單語言單文化系統的讀者）同時看到兩個文化的互照互識。互照互對互比互識是要西方讀者了解到世界上有很多作品的成形，可以完全不從柏拉圖和亞理士多德的美學假定出發，而另有一套文學假定去支持它們；是要中國讀者了解到儒、道、佛的架構之外，還有與他們完全不同的觀物感物程式及價值的判斷。尤欲進者，希望他們因此更能把握住我們傳統理論中更深層的含義；即是，我們另闢的境域只是異於西方，而不是弱於西方。但，我必需加上一句；重新肯定東方並不表示我們應該拒西方於門外，如此做便是重蹈閉關自守的覆轍。所以我在「中西比較文學中模子的應用」特別呼籲：

要尋求「共相」，我們必須放棄死守一個「模子」的固執，我們必須要從兩個「模子」同時進行，而且必須尋根探固，必須從其本身的文化立場去看，然後加以比較和對比，始可得到兩者的面貌。

東西比較文學的研究，在適當的發展下，將更能發揮文化交流的眞義：開拓更大的視野、互相調整、互相包容。文化交流不是以一個既定的形態去征服另一個文化的形態，而是在互相尊重的態度下，對雙方本身的形態作尋根的了解。克羅德奧・歸岸 (Claudio Guillen) 教授給筆者的信中有一段話最能指出比較文學將來發展應有的心胸：

> 在某一層意義說來，東西比較文學研究是、或應該是這麼多年來「西方」的比較文學研究所準備達致的高潮，只有當兩大系統的詩歌互相認識、互相觀照，一般文學中理論的大爭端始可以全面處理。

在我們初步的探討中，着着可以印證這段話的眞實性。譬如文學運動、流派的研究（例：超現實主義，江西詩派……），譬如文學分期（例：文藝復興、浪漫主義時期、晚唐……），譬如文類（例：悲劇、史詩、山水詩……），譬如詩學史，譬如修辭學史（例：中世紀修辭學、六朝修辭學），譬如比較批評史（例：古典主義、擬古典主義……），譬如比較風格論，譬如神話研究，譬如主題學，譬如翻譯理論，譬如影響研究，譬如文學社會學，譬如文學與其他的藝術的關係……無一可以用西方或中國既定模子、無需調整修改而直貫另一個文學的。這裏只舉出幾個簡例：如果我們用西方「悲劇」的定義去看中國戲劇，中國有沒有悲劇？如果我們覺得不易拼配，是原定義由於其特有文化演進出來特有的局限呢？還是中國的宇宙觀念不容許有亞理士多德式的悲劇產生？我們應該把悲的觀念侷限在亞理士多德式的觀念嗎？中國戲劇受到普遍接受的時候，與祭神的關係早已脫節，這是不是與希臘式的悲劇無法相提並論的原因？我們應不應該擴大「悲劇」的定義，使其包含不同的時空觀念下經驗顫動的幅度？再舉一例，Epic 可以譯爲「史詩」嗎？「史」以外還有什麼構成 epic 的元素？西方類型的 epic 中國有沒有？如果有類似的，但沒有發生在古代（正如中國的戲劇沒有成爲古代主要的表現形式——起碼沒有留下書寫的記錄而被研討的情形一樣），對中國文學理論的發展與偏重有什麼影響？跟著我們還可以問：西方神話的含義，尤其是加插了心理學解釋的神話的「原始類型」，如「伊蒂普斯情意結」Oedipus Complex（殺父戀母情意結）、納茜斯 Narcissism（美少年自鑑成水仙的自戀狂）……在中國的文學裏有沒有主宰性的表現？這兩種隱藏在神話裏的經驗類型和西方「唯我、自我中心」的文化傾向有沒有特殊的關係？如果有，用在中國文學的研究裏有什麼困難？

顯而易見，這些問題只有在中西比較文學中才能尖銳地被提出來，使我們互照互省。在單一文化的批評系統裏，很不容易注意到其間歧異性的重要。又譬如所謂「分期」、「運動」，在歐美系統裏，是在一個大系統裏的變動，國與國間有連鎖的牽動，有不少相同的因素引起。所以在描述上，有人取其容易，以大略年代分期。一旦我們跨中西文化來討論，這往往不可能。中國有完全不同的文學變動，完全不同的分期。在西方的比較文學中，常有「浪漫時期文學」、「現代主義文學」，集中在譬如英法德西四國的文學，是正統的比較文學課題。在討論過程中，因爲事實上是有相關相交的推動元素，所以很自然的也不懷疑年代之被用作分期的手段。如果我們假設出這樣一個題目：「中國文學中的浪漫主義」，我們便完全不能把「浪漫主義」看作「分期」，由於中國文學裏沒有這樣一個文化的運動（五四運動裏浪漫主義的問題另有其複雜性，見筆者的"Historical Totality and the Studies of Modern Chinese Literature" *Tamkang Review*, X. 1 & 2, Autumn & Winter, 1979, pp. 35-55）。我們或者應該否定這個題目；但這個題目顯然另有要求，便是要尋求出「浪漫主義」的特質，包括構成這些特質的歷史因素。如此想法，「分期」的意義便有了不同的重心。事實上，在西方關於「分期」的比較文學研究裏，較成功的，都是著重特質的衡定。

由是，我們便必需在這些「模子」的導向以外，另外尋求新的起點。這裏我們不妨借艾伯林斯（M.H. Abrams）所提出的有關一個作品形成所不可或缺的條件，即世界、作者、作品、讀者四項，略加增修，來列出文學理論架構形成的幾個領域，再從這幾個領域裏提出一些理論架構形成的導向或偏重。在我們列舉這些可能的架構之前，必須有所說明。第一，我們只借艾氏所提出的條件，我們還要加上我們所認識到的元素，但不打算依從艾氏所提出的四種理論；他所提出的四種理論：模擬論（Mimetic Theory），表現論（Expressive Theory），實用論（Pragmatic Theory）和美感客體論(Objective Theory)因爲是指「作品自主論」，故譯爲「美感客體論」），是從西方批評系統演繹出來的，其含義與美感領域與中國可能具有的「模擬論」、「表現論」、「實用論」及至今未能明確決定有無的「美感客體論」，有相當歷史文化美學的差距。這方面的探討可見劉若愚先生的《中國文學理論》一書中拼配的嘗試及所呈現的困難。第二，因爲這只是一篇序言，我們在此提出的理論架構，只要說明中西比較文學探討的導向。故無意把東西種種文學理論的形成、含義、美感範疇作全面的討論。我另有長文分條縷述。在此讓我們作扼要的說明。

經驗告訴我們，一篇作品產生的前後，有五個必需的據點；㈠作者。㈡作者觀、感的世界（物象、人、事件）。㈢作品。㈣承受作品的讀者。和㈤作者所需要用以運思表達、作品所需要以之成形體現、讀者所依賴來了解作品的語言領域（包括文化歷史因素）。在這五個必需的據點之間，有不同的導向和偏重所引起的理論，其大者可分爲六種。玆先以簡圖表出。

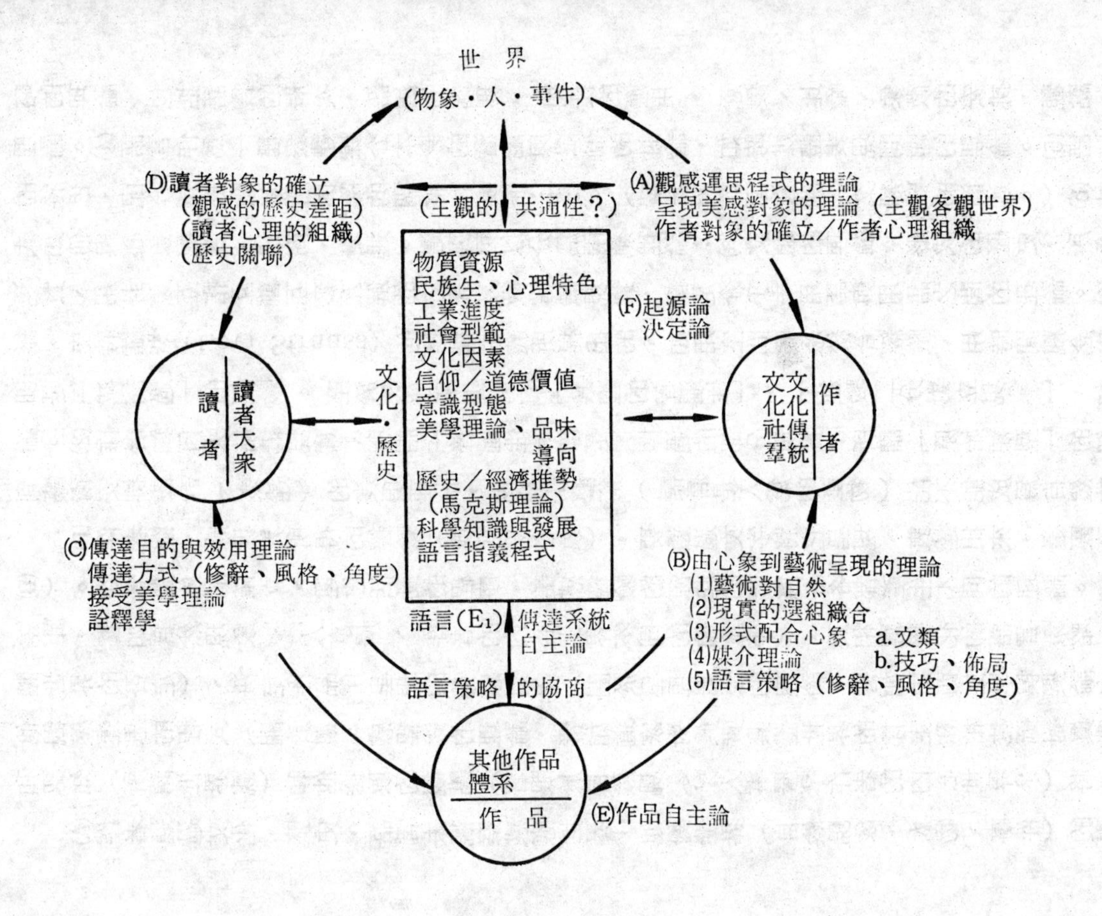
世界
(物象・人・事件)
(主觀的共通性?)
(D)讀者對象的確立
(觀感的歷史差距)
(讀者心理的組織)
(歷史關聯)
(A)觀感運思程式的理論
呈現美感對象的理論(主觀客觀世界)
作者對象的確立/作者心理組織
物質資源
民族生、心理特色
工業進度
社會型範
文化因素
信仰/道德價值
意識型態
美學理論、品味導向
歷史/經濟推勢
(馬克斯理論)
科學知識與發展
語言指義程式
(F)起源論
決定論
讀者
讀者大衆
文化・歷史
作者
文化社羣
文化傳統
(C)傳達目的與效用理論
傳達方式(修辭、風格、角度)
接受美學理論
詮釋學
語言(E₁)
傳達系統自主論
語言策略的協商
(B)由心象到藝術呈現的理論
(1)藝術對自然
(2)現實的選組織合
(3)形式配合心象
(4)媒介理論
(5)語言策略(修辭、風格、角度)
a.文類
b.技巧、佈局
其他作品體系
作品
(E)作品自主論

(A)作者通過文化、歷史、語言去觀察感應世界，他對世界（自然現象、人物、事件）的選擇和認知（所謂世界觀）和他採取的觀點（著眼於自然現象？人事層？作者的內心世界？）將決定他觀感運思的程式（關於觀、感程式的理論，譬如道家對眞實具體世界的肯定和柏拉圖對眞實具體世界的否定）、決定作品所呈現的美感對象（關於呈現對象的理論，譬如中西文學模擬論中的差距，譬如自然現象、人事層、作者的內心世界不同的偏重等）、及相應變化的語言策略（見(B)）。作者對象的確立、運思活動的程序、美感經驗的源起的考慮各各都產生不同的理論。

(B)作者觀、感世界所得的經驗（或稱爲心象），要通過文字將它呈現、表達出來，這裏牽涉到藝術安排設計（表達）的幾項理論，包括(1)藝術（語言是人爲的產物）能不能成爲自然的討論。(2)作者如何去結構現實：所謂「普遍性」即是選擇過的部分現實；所謂「原始類型」的經驗即是「減縮過」的經驗。至於其他所提供的「具體的普遍性」、「經驗二分對立現象」，如李維・史特羅斯（Levi Strauss）的結構主義所提出的、如用空間觀念統合經驗、用時間觀念串連現實、用卦象互指互飾互參互解的方式貫徹構織現實，都是介乎未用語與用語之間的理論。(3)形式如何與心象配合、協商、變通。這裏可以分爲兩類理論：(a)文類的理論；形成的歷史，所負載的特色、配合新經驗時所面臨的調整和變通……。（請參照前面有關「文類」的簡述。）(b)技巧理論。(4)語言作爲一種表達媒介本身的潛能與限制的討論，如跨媒體表現問題的理論。(5)語言策略的理論，包括語言的層次，語法的處理，對仗的應用，意象、比喩、象徵的安排，觀點、角度……等。有些理論集中在語言的策略如何配合原來的心象；但在實踐上，往往還會受制於讀者，所以有些理論會偏重於作者就「作品對讀者的效用」（見C）和「讀者的歷史差距和觀感差距」（見D）所作出的語言的調整。

(C)一篇作品的成品，可以從作者讀者兩方面去看。由作者方面考慮，是他作品對讀者的意向，卽作品的目的與效果論（「敎人」、「感人」、「悅人」、「滌人」、「正風」、「和政」、「載道」、「美化」……）。接著這些意向所推進的理論便是要達成目的與效用的傳達方式，卽說服或感染讀者應有的修辭、風格、角度的考慮。（這一部分卽與(B)中語言策略的考慮相協調。）

從讀者（包括批評家）方面考慮，是接受過程中作品傳達系統的認識與讀者美感反應的關係。譬如有人要找出人類共通的傳達模式。（如以語言學爲基礎的結構主義所追尋的所謂「深層結構」，如語言作爲符號所形成的有線有面可尋的意指系統。）

由作者的意向考慮或由讀者接受的角度考慮都不能缺少的是「意義如何產生、意義如何確立」的詮釋學。詮釋學的理論近年更由「封閉式」的論點（主張有絕對客觀的意義層）轉而爲「開放式」的探討；一個作品有許多層意義，文字裏的，文字外的，由聲音演出的（語姿、語調、態度、情緒、意圖、意向），與讀者無聲的對話所引起的，讀者因時代不同、教育不同、興味不同而引發出來的……「意義」是變動不居，餘緖不絕的一個生長體，在傳達理論研究裏最具哲學的深奧性。

(D)讀者（包括觀衆）既然間接的牽制著作者的構思、選詞、語態，所以讀者對象的確立是很重要的，但作者只有一個往往都很難確立，讀者何止千萬，我們如何去範定作者意屬的讀者羣（假定有這樣一個可以辨定的讀者羣的話）？作者在虛實之間如何找出他語言應有的指標？反過來說，如果作者有一定的讀者對象作準（譬如「普羅」、「工農兵」、「婦解女性」、「教徒」……）其選擇語言的結果又如何？讀者對象在作者創作上的美學意義是什麼？他觀、感世界的視限（歷史差距）和作者的主觀意識間有著何種相應的變化？因爲這個差距，於是亦有人企圖發掘讀者心理的組織，試著將它看作與作者心理結構互通的據點，所謂「主觀共通性」的假設。這裏頭問題重重。這個領域在我國甚少作理論上的探討，而在外國亦缺乏充分的發展。顯而易見，這個領域的理論雖未充分發展，但俱發生在創作與閱讀兩個過程裏。事實上，從來沒有人能夠實際的「自說自話」。

(E)一篇作品完成出版後，是一個存在。它可以不依賴作者而不斷的與讀者交往、交談；它不但能對現在的讀者，還可以跨時空的對將來的讀者傳達交談。所以有人認爲它一旦寫成，便自身具有一個完整的傳達系統，自成一個有一定律動自身具足的世界，可以脫離它源生的文化歷史環境而獨立存在。持這個觀點的理論家，正如我前面說過的，一反一般根植於文化歷史的批評，而專注於作品內在世界的組織。（俄國形式主義、新批評、殷格登的現象主義批評。）接近這個想法，而把重點放在語言上的是結構主義，把語言視爲一獨立自主超脫時空的傳達系統，而把語言的歷史性和讀者的歷史性一同視爲次要的、甚至無關重要的東西。這是作品或語言自主論最大的危機。

(F)由以上五種導向可能產生的理論，不管是在觀、感程式、表達程式、傳達與接受系統的研究，作者和讀者對象的把握，甚至連「作品自主論」，無一可以離開它們文化歷史環境的基源。所謂文化歷史環境，指的是最廣的社會文化，包括「物質資源」、「民族或個人生理、心理的特色」、「工業技術的發展」、「社會的型範」、「文化的因素」、「宗教信仰」、「道德價值」、「意識型態」、「美學理論與品味的導向」、「歷史推勢（包括經濟推勢）」、「科學知識與發展」、「語言的指義程式的衍化」……等。作者觀、感世界和表達他既得心象所採取的方式，是決定於這些條件下構成的「美學文化傳統與社羣」；一個作品的形成及傳達的潛能，是決定於這些條件下產生的「作品體系」所提供的角度與挑戰；一個作品被接受的程度，是決定於這些條件所造成的「讀者大衆」。

但導向文化歷史的理論，很容易把討論完全走出作品之外，背棄作品之爲作品的美學屬性，而集中在社會文化現象的縷述。尤有進者，因爲只著眼在社會文化素材作爲批評的對象，往往會爲一種意識服役而走上實用論，走上機械論。如庸俗的馬列主義所提出的社會主義現實主義。但考慮到歷史整體性的理論家，則會在社會文化素材中企圖找出「宇宙秩序」（道之文——天象、地形）、「社會秩序」（人文——社會組織、人際關係）及「美學秩序」（美文——文學肌理的構織）三面同體互通共照，彷佛三種不同的意符（自然現象事物、社會現象事物、語言符號）同享一個脈絡。關於這一個理想的批評領域仍待發展。一般導向文化歷史的理論的例子有(a)作者私生活的發掘，包括心理傳記的研寫；(b)作者本職的研究，包括出版與流傳的考證；(c)社會形象的分析；(d)某些社會態度、道德規範的探索，包括精神分析影響下的行爲型範（如把虐待狂和被虐待狂視作一切行爲活動的指標）；(e)大衆「品味」流變的歷史；(f)文學運動與政治或意識形態的關係；(g)經濟結構帶動意識形態的成長；比較注重「藝術性」，但仍未達致上述理想的批評領域的有(h)文類與經濟變遷的關係；(i)音律、形式與歷史的需求，或(j)既成文類和因襲形式本身內在衍化的歷史與社會動力的關係。一般說來歷史與美學、意識型態與形式的溶合還未得到適切的發展。

我們在中西比較文學的研究中，要尋求共同的文學規律、共同的美學據點，首要的，就是就每一個批評導向裏的理論，找出他們各個在東方西方兩個文化美學傳統裏生成演化的「同」與「異」，在它們互照互對互比互識的過程中，找出一些發自共同美學據點的問題，然後才用其相同或近似的表現程序來印證跨文化美學滙通的可能。但正如我前面說的，我們不要只找同而消除異（所謂得淡如水的「普通」而消滅濃如蜜的「特殊」），我們還要藉異而識同，藉無而得有。在我們計劃的比較論文叢書中，我們不敢說已經把上面簡列的理論完全弄得通透，同異全識，歷史與美學全然滙通；但這確然是我們的理想與胸懷。這裏的文章只能說是朝著這個理想與胸懷所踏出的第一步。在第二系列的書裏，我們將再試探上列批評架構裏其他的層面，也許那時，更多「同異全識」的先進不嫌而拔刀相助，由互照推進到互識，那，我們的第一步便沒有虛踏了。

一九八二年十月於聖地雅谷

小說·歷史·心理·人物初探(代序)

我們常聽人說中國文學是人的文學。所謂人的文學並非嚴格針對所謂的非人文學，因為非人文學本身就是個矛盾語。文學必然是人的創作（猩猩、蜜蜂是否能創造文學，恐怕仍屬未知之數）；而我們甚至可以辯稱：凡人必有文學活動，廣義的文學卽使販夫走卒生活中都少不了。

不過，文學到底有的比較入世，有的比較出世。出世的文學比較講超越的哲學意義，或着墨於人與大自然之張力關係。相形之下，中國文學側重人本主義，以人之悲歡離合為中心。（詳參陳榮捷〈中國哲學之理論與實際——特論人本主義〉，收於《中國人的心靈——中國哲學與文化要義》（臺北：聯經，一九八四，頁一——二〇）〉西方文學——尤其歐陸文學——超越的成份較重，宗教的意味也較濃，而描寫人與自然抗衡的局面也頗不乏見。同理，卽以小說為例，西方小說往往描寫個人行為如何符合或違悖社會習俗，或敘述個人人格獨特之發展。相反的，中國小說人物往往比較側重情操與意境，以及人物相互補襯之關係。（請參考唐君毅《中國文化之精神價值》（臺北：正中，一九五三））換句話說，西方人物側重個人與社會的游離關係，中國人物着重集體與社會之凝聚力。

當然，這句話說來容易，細看卻不免失之粗疏，其中的若干細分值得我們斟酌。比方說，我們談人物，指的是古代人，或是現代人？是男人或是女人？是年輕人或是老人？一概而論的人物，可能含有許多破綻。再說人從有肉軀之身的人，到文學中的虛構人物，其間距離相當大，不容我們輕率混為一體。而這種距離往往因文類而異，就以詩與小說的人物為例。抒情詩中的我往往與詩人比較貼近，因為此時詩乃是作者自言自語之表情達意活動，因此更能貼切作者的心聲。相反的，小說往往由作者詳述另一時另一地之事件人物，因此與作者本人不一定契合。這種現象我們如果從敘述的心理功能下手，那麼真人與文學中人物的距離可就顯得格外大了。

至於所謂人或人物，到底所指為何？顯然，生理的人，不如社會的人更值得我們探討。也就是說，人的社會層面更加重要，而談社會層面，我們不免要追問人的歷史意義——人在不同歷史環境下，他的意義是否有所改變？西方早期講個人主義，與早期文藝復興、科學革命種種人本位精神有關。到了十九世紀末，由於工業革命與社會結構的重大變動，個人主義乃逐漸為另一種不同的主體意識所取代。

講主體意識，我們不能不有人我之分。卽是：我本人是誰？他人又是誰？講人我之分，我們也不妨循幾個脈絡來看：今人對古人，我之外象對我之深層，我本人對社會其他不幸的同胞。本書三輯基本卽是沿此脈絡組成。

〈從語用談小說的意義〉屬於序論性的探討，說明小說的世界如何有異於現實世界，而小說世界之意義如何產生，並如何透過人物之空白，而誘使讀者參予其中等等。〈樞始得其環中〉進一步從中介的觀點看歷史小說，說明歷史與小說之虛實問題，並以實例說明歷史小說中介之種種過程。中介之兩極包括主體與客體、奇與正、古與今、雅與俗、小說與歷史等等。〈《紅高粱家族》演義〉從若干歷史小說的觀點，來評介一個當代作品，並試圖闡釋現代人的自我意識，如何依賴我們對先人的認識，以及對他們英勇事蹟之敍述。

第一輯討論小說與歷史的關係。第二輯則探討小說與心理的關係。古典心理分析探討個人無意識當中愛欲與死亡的本能。〈愛情與死亡〉介紹這兩種本能，如何左右西西小說〈像我這樣的一個女子〉女主人的命運，並決定她的社會價值觀。〈男女與親子的心理關係〉援用的是新佛洛伊德主義有關父之名的概念，介紹賣油郎占有花魁女的深層意義，並一一討論故事中兩個孤兒成長過程中所遭遇的代父代母。〈童話故事〈小紅斗篷〉的三種讀法〉閱讀的對象儘管是淺顯易解的民間故事，但分別介紹常識讀法、古典心理分析與新佛洛伊德有關凝視的分析，一一評介其優劣，並以小題大作之讀法，描述常人所不欲見之慾望劇場。〈「自我」如何在「表意」中不見了〉則進一步，簡單介紹拉岡（Jacques Lacan）有關自我的迷失，與敍述的心理功用的看法。

第三輯屬於比較宏觀的討論，一一介紹各種人物，以及這些人物自我意識之困境。〈人格與

〈人物之間〉强調人物的虛擬性，以及作者如何處理人物與外界的敍述關係，並企圖控制外在世界。〈性非性別〉簡單談兩者之區分，並强調性別區分之心理程序，以及其社會意義。〈從兩則中西神話看人之初〉談神話的心理意義，並比較西方伊狄帕斯與中國伏羲、女媧之異同，以及人類對創世紀與人之初的疑惑。〈從柏拉圖到勞倫斯〉描述的是西方有關愛情的簡史，如何從早期相輔相承的男女補襯有機關係，而發展為晚近之兩性政治衝突。〈莎士比亞的妹妹〉說的是女性的社會與創作困境，並提出有關女性意識的若干必要條件與特徵。〈小說中代母的種種〉列舉若干小說，說明代母與親生母親之區分，以及代母身不由己，有口難言之困境。〈文本的縫隙〉看張賢亮的作品中不同的文本差異，而進一步探討文學的政治意義，及代溝與文溝之關係。〈三個老人的晚年〉側重老人權力轉移的問題，並點出不同社會中老人的遭遇。〈現代文人的創作空間〉引十幾個中外作品，討論文人作家創作空間之必要，以及二十世紀城市文明中空間之缺乏。

這三輯文章探討的問題環繞小說、歷史、心理與人物的四角關係。乍看之下，這四角關係並無任何獨特之處。小說與歷史向來難以區分，而中國之小說與歷史更是水乳難辨。同理，小說處理的不外人物，以及人物的心理。不過讀者閱讀各篇章節卽可發現，此地的四角本質有所不同，關係也略有差異。就本質言，三輯中具體談的毋寧是敍述（小說）、史觀（歷史）、無意識（心理）與主體意識（人物）。換句話說，三輯中的文字無意對小說的種種問題作傳統實證的詮釋；真正探討的對象其實是小說背後——應該說是底下——的無意識心理程序。

心理分析的觀點與歷史的觀點有相當出入。歷史把現象作古今、因果之分，而心理分析却認為現在蘊含過去——現在甚至受制於過去——而因果往往並不昭顯。儘管如此，兩者却都以敍述的形式出現，並希望透過敍述而解決存在的基本問題；也就是說人靠說話，靠說故事來重溫不再存在的歷史或心理現象。（關於這點請參照 Michel de Certeau, *Heterologies, Discourse on the Other*, trans. Brian Massumi (Minneapolis: University of Minnesota Press, 1986, pp. 3—16.) 而人物往往卽是廣義的說話人。他有意無意之間，利用藝術的手法——有別於其他的社會手段——來企圖擺脫生存的困境。這也可以說是小說與敍述的一大功能。

這本書收集的文章，泰半都是近三四年寫的，日期附記於各篇篇末以供參考。寫作過程當中蒙底下各位協助，特此誌謝：張漢良、董學文、梁秉鈞、陳其南、金恒煒、袁鶴翔、葉維廉、馬忠良、潘德、樂黛雲、張文定、羅青哲、王建元、范文美、周一涵、廖棟樑。

一九八九、二、十一

小說•歷史•心理•人物　目次

「比較文學叢書」總序……一

小說．歷史．心理．人物初探（代序）……一

第一輯：小說與歷史……一

一、從語用談小說的意義……三

二、樞始得其環中：從中介看歷史小說……三一

三、《紅高粱家族》演義……六一

第二輯：小說與心理……八三

四、愛情與死亡——小說、人物與心理的關係……八五

五、男女與親子的心理關係——獨占花魁的深層意義……九九

六、童話故事〈小紅斗篷〉的三種讀法……一二一
七、「自我」如何在「表意」中不見了……一四七

第三輯：小說與人物……一五三

八、人格與人物之間……一五五
九、性非性別……一六三
十、從兩則中西神話看人之初……一六九
十一、從柏拉圖到勞倫斯……一七七
十二、莎士比亞的妹妹……一八九
十三、小說中代母的種種……二〇九
十四、文本的縫隙，兼論文字的政治意義……二一七
十五、三個老人的晚年……二三五
十六、現代文人的創作空間……二四三

第一輯：小說與歷史

從語用談小說的意義

中國小說的實際功用，歷代都有人談過，班固在《漢書・藝文志》就說：

> 小說家者流，蓋出于稗官，街談巷語，道聽塗說者之所造也。孔子曰：「雖小道必有可觀者焉，致遠恐泥。」是以君子弗為也，然亦弗滅也，閭里小知者之所及，亦使綴而不忘，如一言可采，此亦芻蕘狂夫之議也。❶

此地所謂的小說顯然與後來明清長篇小說，或西方的小說，都有相當大的差別。儘管如此，上引的一段話可以說奠定了後世中國人對小說的看法。更具體的說，這段話也奠定了以往文人對小說社會意義的看法；也就是說，小說有異於正道。而文史哲三大人文傳統之中，恐怕也以小說最為

---

❶ 詳情見魯迅，《中國小說史略》（臺北：明倫出版社，一九六八），頁三一—三五。

微不足道，這是現象的一面。現象的另一面當以梁啓超的〈小說與羣治之關係〉一文最爲顯着，小說大可經世濟民，不再是風花雪月之作。❷這種道德文學觀的傳統淵源甚久，李贄在〈出像評點忠義水滸全出發凡〉卽說：「傳始於左氏，論者猶謂其失之誣，況稗說乎，顧意主勸懲，雖誣而不爲罪。」❸

此地想試談小說的意義，與上述小說的社會功用初看可能大相逕庭，因爲社會功用不外指語言作品與社會的反映關係，甚至把小說視爲社會典章制度之文獻，很少涉及語言本身，及語言與個人的美學關係，也極少涉及語言作品形式與內涵之辯證關係。不過只要稍微深入思考，我們就可以瞭解到，從語用的觀點看小說的意義，有助於我們對小說與社會關係的瞭解，兩者並無基本相違之處。所謂語用指語言與讀者聽衆的關係，語言文字的調查因此是從傳播的程序着手，語言因此與外在的世界、風俗習慣、讀者心理等等都有密切的關係。研究的重點是過程、步驟，而非客體或成果，這是我們必須有的初步認識。底下我們討論：一、意義的意義；二、小說的意義；三、小說意義與形式的關係。

❷ 這類論點當時極甚一時，詳見《中國歷代文論選》，下，頁四〇五—四三五。「南社」若干人的觀念比較開明，已經開始注意到小說的藝術成份。見《中國文學理論批評史》（一九八一），下，頁一一六七—一一七六。

❸ 《一百二十四回的水滸》（香港：商務，一九六九），上，頁一。

一、意義的意義

在傳統的語言學範疇裏，語言的形式隸屬於語法學、語音學或音韻學，而語言的意義則歸劃入語義學。前者無疑要比後者週全完善，後者一來歷史較短，二來對詩詞所使用之語言幾乎束手無策。有人甚至說詩學語義學（poetic semantics）現在談論仍然爲時太早。不過近年語用觀念方面，頗有新穎、有用的見地，有助於我們對文學語言應用情形之瞭解。不過未正式討論之前，茲先簡單說明意義產生之基本程序，爾後介紹各種不同的意義，與文學意義及日常意義之異同。

人是社會動物，個人不可能長期離羣索居，也不可能不與他人交通往來。往來之際不免要藉重語言傳達彼此的意念。這時候自然而然會循三個步驟：一、他的思想起初只能說是不成形的意願（因此有人主張說不出口的思想不算思想，所說的正是這種不成形的意願），因此必須用比較具體的語義形式，來把內在的意願加以組織整理；二、不過嚴格說來，這時的表現形式並不圓滿，大部份的意念都是片段的，甚至缺乏連貫。於是要藉重語法，將意念的主賓關係交代清楚。爲了保證說話清晰明白，這時也往往添加了許多所謂的剩餘信息（redundancy），以避免聽話的人有所誤解，舉個例說：「昨天我去了學校。」顯然「昨天」與「了」同時出現是不必要的重複；三、有了語法形態之後，於是藉重語音的體系，來發音成句。這種步驟到了聽話人耳中、腦中，程序剛剛相反，由語音而語法而意義，而經過重建（reconstruct）的意義並非百分之百完整。我們常聽人說「辭不達意」、「言不盡意」，指的正是說話人意念無法全然表達之感，同時也暗指說話人說的話，無法令聽話人全部吸收，或是聽話人無法透過上述三個反步驟，一一體會說話人的心意。在日常生活中，這顯然是傳播的困境。不過在文學傳播的情況裏，情形可又不同。到底有何不同，待後說明。再說不管上述的傳播步驟是正是反，說話的目的與實際效用卻很明顯：把意念用具體的形式加以表述或領悟；兩者都牽涉到資訊的轉移。

轉移的資訊可分為兩大類：一、概念的意義（conceptual meaning），又稱認知意義（cognitive meaning），或外延意義（denotative meaning）。這類意義向來是語義學研究的主要對象，因為它本身體系比較完備，自成一格，與語法、語音或音韻研究勉強可以抗衡。❹二、第二類意義可總稱之為聯想意義（associative meaning），或內涵的意義（connotative meaning）。❺聯想意義一般說來比概念意義要來得開放（open-ended）、不確切，衡量也比

---

❹ Geoffrey Leech, *Semantics* (Harmondsworth: Penguin, 1974), p. 11.

❺ 聯想意義有多種，據 Leech 的分法一共有四種：reflected meaning, collocative meaning, affective meaning 與 stylistic meaning。詳見 *Semantics*, pp. 20–21.

較不容易做到客觀、準確、澈底。不巧的是文學的意義泰半都是聯想意義，因此分析起來也就困難多了。

上述的分法乃傳統語義的分法。從語用學（pragmatics）的觀點，凡人發聲成文必牽涉到個人的價值判斷，也就是說人一開口必然表示他「心中有數」。這種價值觀藉語言的形式，而傳達給聽話人，希望因此而改變聽話人的意識或行動，改變的程度或大或小不一。❻小說與臺治的關係其實可以從這個觀點解釋，視爲作者改變讀者心態的意圖。不過這種改變又如何產生的呢？言語行爲（speech act）早期的理論把話語（utterances）分爲兩類：斷言式話語（constative utterances），又稱宣敍式話語(declarative utterances)，例：「我不喜歡寒冷的天氣」，這句話語只表達發言人一己的感受與好惡。不過如果說話人就他的喜好而以言語的形式付諸行動，

---

❻ 詳參 Teun A. van Dijk, "Pragmatics and Poetics," *Pragmatics of Language and Literature*, ed. Teun A. van Dijk (Amsterdam: North Holland Publishing, 1976). 有關語用學的討論，請見 J. L. Austin, *How to Do Things with Words* (Oxford: Oxford Universiy Press, 1962); John R. Searle, *Speech Acts* (Cambridge: Cambridge University Press, 1969); Paul H. Grice, *Logic and Conversation*, William James Lectures, Harvard University (Unpublished manuscript, 1967). 另蔡源煌〈語言行動理論與虛構敍事文研究〉，《中外文學》第十卷第四期（一九八一年），頁五一一七。

而說：「我決定到南方避寒」，那麼這種行爲就稱之爲履行式話語(performative utterances)。奧斯丁 (J. L. Austin) 認爲斷言式話語與聽話人，或說話人的背景都無必然的關係，並可以眞假的標準來加以衡量；至於履行式的話語可就無所謂眞假，但與背景、聽話人有更密切關係。一般衡量往往以得不得體（appropriateness）或愉不愉快 (felicity condition) 爲準。舉個例說，如果有那麼一個人，他身非法官，也非牧師，甚至非主婚人，卻對一對年輕男女宣稱：「我現在宣佈你們二人成爲合法夫妻」，他的話顯然毫不得體，毫無實際功效，因此也無法改變對方的意願或行動。不過話又說回來，上述兩類話語並非一清兩楚，斷言式話語往往有履行式話語的功用。一個人如果說：「我不喜歡寒冷的天氣」，他可能只是就事論事，發表他個人的看法，不過也有可能表示他要去南方避寒。又比方說上課時老師對學生說：「這個教室空氣不頂好」，雖然他可能只是無意的說這麼一句話，而這句話也可以眞假的標準去衡量，可是話一出口，保證學生不會懷疑老師說話是否正確可靠，而十之八九一定會有人自告奮勇前去開窗，而開的窗戶還一定是講臺附近的窗戶。這一來老師說了一句無關緊要的話，但就效用而言，卻等於下了明確的命令，要人打開講臺附近的窗戶。所以說斷言式可一變而成履行式；相反的，履行式也要遵守眞假的條件，一個人總不可能說他要去南方避寒，另一方面又說他喜歡寒冷的天氣吧？

有鑑於此，另一種三分法遂起而取代早期的三分法。根據這三分法，人的語言行爲可分爲三種：語句行爲 (locutionary act)，指人發聲成文，語句得合文法規範、慣用，並有涵義；二、語式行爲（illocutionary act）指說話人用語句行爲表達自己的願望，如下達命令、請求、質問或陳述，甚至警告、威嚇等等都屬此類；第三、語成行爲（perlocutionary act）指說話人藉重一二類話語，希望在聽話人身上產生特定的效果，也就是我們上述的語言功效（企圖改變對方的意願或行爲）。這三類行爲同時並存於一般人話語當中，不過第二、三類才是這套理論的重點所在，因爲說話人所要達到的是效果（並不是說說就算，而是以語言來行事），以及聽話人配合得不得體的情況，來接受或改變說話人說話的用意，這都是值得探討的範圍，而探討的對象不僅局限於語言形式，而兼顧到說話人與聽話人的關係，以及他們之間共同的背景。這種態度無疑是比較全面性、開放的態度。循這一個方向，我們可以說文學的意義不再局限於作品本身，或作者本人、讀者、社會等等；意義應該是全面整體的關係交織而成的效果。最近現象學文學批評配合言語行爲理論，所走的方向正是希望對文學意義，作比較全面性的認識與整理。

到底文學作品的語言與一般言語行爲有何不同？有人主張文學語言不守一般語言的章法，因此文學語言的行爲只能稱之爲假的言語行爲（pseudo-speech act）或寄生行爲（parasitic act）。不過話又說回來，從純形式的觀點看，也就是說從語句行爲的觀點看，文學語言與一般語言並無太大的差別。文學語言除了遵守一般語言章法之外，另外也依循它自己文類中的規則，比方說中國小說往以「話說」啓首，而以「欲知後事，請聽下回分解」結尾，循的就是小說說書的傳統，可是小說中的其他部份卻又大致符合一般白話的文法（當然，風格的區別不小，不過純就文法觀點差異甚微，此處暫且不談）。又有人提出折衷的看法，主張文學作品的宏觀結構（macrostructure），與一般語言有所區別，可是微觀結構（microstructure）的語言行爲，可就與一般語言大同小異了。❼舉個明顯的例子，《西遊記》的言語活動從大處着眼，皆屬子虛烏有，可是就其內部的活動而言，其中所說的樣樣都屬得體，也就是說內部並無任何矛盾之處。這種說法可以避免文學淪爲次等語言。動機雖好，卻也不免令人覺得雷同累贅，因爲作品中等於有了兩套言語行爲雙管齊下，這是一般語言所無的現象。戴克（Dijk）於是提出了新的看法，認爲文學作品中的語言就語句行爲而言，與一般語言無任何本質上的差異。至於第二、三類行爲而言，文學語言意義的功用可就有若干轉移。而用意不同，效用也大大不同。就以鄧・約翰（John Donne）的"The Sun Rising"一詩爲例，說話人與他情人情愛綿綿，希望不受外界干擾，因此要人尊重他們的意願。這本無可厚非，可是他下了命令給太陽，語氣不莊重不說，說話人甚至要太陽只要照他倆，不照其他地方，簡直是強人所難。詩中所用的句式大抵是命令句，讀者一看馬上看出問題所在：說話人說話根本不得體。而讀者往下看立刻可以明白，詩人所用的言語行爲基本上是讓步，希望與外界妥協，他寧可放棄一切，以換取二人小世界之馨

❼ 見 Dijk, *Pragmatics and Poetics*, pp. 36–37.

情。❽這種特殊處理見諸第二類行爲，也見諸第三類行爲，而我們如果未能領悟到讓步的效用，也就等於錯解了原意。

我們上面又說過，語言的功用不外要影響，改變他人的意識或行動；不過文學意義的使用與效用可就沒那麼直接，實用。固然，我們看過有人寫詩自我懺悔，或寫小說勸人爲善，不過這種情形往往屬例外，再說這類實用作品文格往往也不高。一般而言，文學的意義往往經由作者，透過作品一番折衷，在作品中身份往往不確定（indetermined），不明確（uncertain），而經過一番游移之後才到達讀者。而讀者一方面固然須要參予（participate）作品（這點我們在第三節中當加細論），但他的反應也是曖昧不清的；一方面他固然針對作者與作者的世界而發（散文、雜文、傳記文學都屬此類，讀者讀其文如見其人），可是另一方面他的反應也往往針對作品與作品的世界而發。具體的說來，作品中的人物、情節、背景、主題等等與讀者的關係更加密切。❾我們常聽人說文學製造假象（illusion），所指大概就是這種藝術世界，而舉例說明等而下之的假象，當推幾年前電視上布袋戲風靡一時，許多小孩子無法分辨眞假，以大俠史艷文自

---

❽ 另參Michael Hancher, "Understanding Poetic Speech Acts," in *Linguistic Perspectives on Literature*, ed. Marvin K. Ching et. al. (London: Routledge & Kegan Paul, 1980), pp. 295-304.

❾ Dijk, p. 42.

許，甚至做出蠢事來。

論起反應，此地我們要簡單介紹格來思（Paul H. Grice）的「合作原則」（Cooperration Principles）來討論說話人與聽話人的關係。根據格氏的看法，說話人如果希望聽話人聽懂他的話，就必須遵守四個原則：一、質（Quality）的原則；二、量（Quantity）的原則；三、關係（Relation）的原則；四、方式（Manner）的原則。質的原則要求說話人深信他說的是眞話；量的原則要求說話的量既不多也不少；關係的原則要求說的話要有上下文，而背景也要一併交代清楚；方式的原則要求說話要簡單、清楚、不含混等等。⑩文學語言顯然不按這些章程行事，文學作家筆下眞眞假假，而《紅樓夢》第一回說「滿紙荒唐言，一把辛酸淚。都云作者癡，誰解其中味」即爲一個很好的例子。根據另一種說法，曹雪芹爲了避免得罪時人，也爲了藝術效果，因此小說往往虛實交雜。文學考證工作因此應該注意虛實問題，以免假作眞看，眞作假看。至於量的問題，文學的處理方式再不就是盡舖陳之能事；中國小說飲宴之多絕非西洋小說所能比擬，浦安迪（Andrew Plaks）就認爲事件（events）與非事件（non-events）紛然並陳，正是中國小說特色之一。而其他因素（如詩詞、議論）大量使用，⑪顯然都令人有短話長說的感

---

⑩ 這四條原則Mary Louis Pratt曾有詳細之討論，見*Toward a Speech Act Theory of Literary Discourse* (Bloomington: Indiana University Press, 1977).

⑪ "Towards a Critical Theory of Chinese Narrative," *Chinese Narrative*, ed. Andrew H. Plaks (Princeton: Princeton University Press, 1977), pp. 309-52.

覺；相反的，中國詩詞往往以簡約取勝，絕句往往有頭無尾，顯然也違反了量的原則。至於關係問題，文學作品的作者，出版地點時間固然有跡可循，確定作者與讀者的關係，可是我們上面說過，作者與讀者的關係只是一環，另一環牽涉到讀者與作品之內在關係。就這環而論，文學上下文往往從缺，而背景也與讀者脫節，今人讀《紅樓夢》不如脂硯齋得心應手，恐怕不無與關係疏隔有關係。最後有關方式問題，文學作品難懂，這種抱怨不用此處再提。就效率而言，我們常聽人說文學言人之所未言，聞之於我心有戚戚焉，恐怕指的是表現方式之獨特，化平凡爲神奇，使人在人生的平凡中見出陌生的一面，與傳播效率無直接的關係。玆再舉一反證說明之，我們也常聽人說文學不能改寫爲綱要（paraphrase），綱要往往是最直截有效的傳播方式，而文學不容解說，一來說明它多少不符方式的原則，另一方面也說明文學有某種獨質，其重要性與此地所謂的傳播無關。

這種獨質——即所謂 literariness，有異於 literature，乃俄國形式主義探討之基本課題——所側重的合作原則有異於上述四點。而依歷來形式批評家的看法，文學側重的是表現的過程，而非文學指涉的對象，最常聽說的莫過於巴特（Roland Barthes）所謂的「語言慶賀自己」（Language celebrating itself）。戴克主張除了上述四原則之外，爲了配合文學語言，我們應該增加創造原則（Construction Principle），說明作者與讀者的傳播關係並非實用或指涉的，而是創造性的。也就是作者無中生有，創造新的藝術世界，希望讀者能透過各種閱讀之技巧，而重建（reconstruct）這個世界。作者除了想藉作品間接地影響或改變讀者的意識或行動之外，他還希望讀者把注意力集中于作品本身，戴克把這種活動稱之爲「集中」（Focus）。

綜合上面所說的，文學的意義很顯然不局限於我們一般語言的指涉活動。從語用的觀點，文學除了指涉外界，而使作者有機會可以感動讀者之外，它也可能把讀者帶入創造的世界，令他們徘徊其間，流連忘返。我們文章開始談到小說在中國被視爲「小道」，或被視爲「羣治」之具，原因乃是小說所指涉的事物被認爲太過微賤（小道），或被認爲是經世濟民之道（羣治）。嚴格說來，小說的意義與一般語言的意義，在道統的眼光中並無二致。當然小說另有創造的一面，讀者一入其境，亦有怡情養性之功用，甚至培養個人內在美的情操，體現了中國傳統「樂」的精神，這是「小道」與「羣治」觀所忽略的一點。關於這點我們在文章結束之前，當再從小說人物的觀點，具體討論之。

二、小說的意義

詩歌、戲劇與小說三大文類之中，討論前兩類的文學批評歷史較長，數量也較多。小說是中產階級的藝術，因此歷史較短，地位也較低。此外小說本身含有許多不確定的因素，其中品質不純，無法加以妥善歸納爲一個完整的體系，這是另一項原因。關於這一點我們在第三節當會稍稍涉及。

二十世紀前半葉西方形式批評鼎盛一時，根據這種批評，作品本身就是個圓滿完整的有機體，因此研讀文學的意義應限制於內緣的關係，就作品之文字、意象、結構、主題等等而探討其間之關係，而不應旁騖於外延的關係，如歷史、文化、傳記等等關係。換句話說，作品存在的本質要比指涉的外界重要，但是本質的意義到底如何產生的呢？這點我們第三節談形式與內涵交錯時當會提起。此地擬引用雅克愼（Roman Jakobson）的傳播模式來說明文學與一般語言的本質。他說任何傳播都少不了底下六個因素：說話人（addresser）、聽話人（addressee）、信息（message）、指涉（context）、媒介（contact）、語碼（code）等。⓬這六大因素當中，信息在文學作品當中扮演最重要的角色，而我們常聽人說詩詞文字是半透明的文字，詩詞的文字質地稠密，足以防止讀者透過文字，一下子滲進指涉的層次，這點上面已經談過，玆不贅。

這種就作品論作品的出發點無疑有它的歷史必要，因爲十九世紀末文學研究，重點不在印象批評，就在社會文化批評。可是形式批評往往也操之過急，想把文學批評帶到某種科學客觀的水準。可惜眞正實行起來，往往有矯往過正之虞，往往把文學當作是自行運轉的實體，並與人逐漸

⓬ "Closing Statement: Linguistics and Poetics," in *Style in Language*, ed. Thomas A. Sebeok (Cambridge, Mass.: MIT Press, 1960), pp. 350-77.

脫節。作者的份量逐漸減少，而讀者自我參予的可能性也小了。學院派的超讀者往往操解經之大權，而大勢所趨，文學批評術語與程序都變專業化了。作品的意義固然不假外求，而一般讀者也無法輕易一睹作品的意義，因爲他缺乏了閱讀所應具備的模式。宋泰格（Susan Sontag）有鑒於此，因此撰文（"Against Interpretation"）反對這種解釋的方法，而最近考勒（Jonathan Culler）也起而應和。他借用了喬姆斯基（Noam Chomsky）語言能力（competence）與語言行爲（performance）的二分法，主張閱讀文學固然應該就作品論作品，把個別作品當作語言行爲，不過也應該掌握個別作品之上的整個文學體系與傳統，因爲除非他們能從行爲的層次晉升到能力的層次，否則就談不上舉一反三。[13]考勒其實用的是結構主義之名，而行傳統修辭教育之實，主張研讀文學應該以人文爲本位，想辦法要讓讀者參予作品。雖然考勒的基本立場不離形式主義，[14]可是他這個論點與語用的觀點不謀而合，都側重讀者。考勒把重點放在作者如何應用修辭影響讀者。此地的語用談的是，讀者如何被引進作品，並協助創造意義。

---

[13] "Literary Competence," in *Essays in Modern Stylistics*, ed. Donald C. Freeman (London and New York: Methuen, 1981), pp. 24-41. 考勒反解釋之文章收於他的 *The Pursuit of Signs* (London: Routledge & Kegan Paul, 1981), pp. 3-17. 篇名叫 "Beyond Interpretation."

[14] 見 Christopher Norris, *Deconstruction* (New York and London: Methuen, 1982), pp. 1-3.

在未開始討論小說的意義之前，我們要重提兩點：第一、形式主義大抵只談結構，很少涉及意義，即使符號學所討論的意義也很少涉及外界；第二、小說有許多我常戲稱之爲反文類的因素，因此意義的體系也不容易建立。爲了說明小說與其他文類的差異，以便予討論小說獨特的意義，此地擬再引用雅克愼的傳播模式。雅克愼列了六大元素之後接着說，一個人在發聲成文之際，往往視實際需要（卽語用需要）而酌情側重其中的一項。比方說重心如果放在說話人本身，那麼作品的抒情效果就會大大提高；如果移到讀者，那麼效果往往不外勸善懲惡；但是如果不在這兩者，也不在信息（卽語言文字，效果是詩化），而是在第三者的人物、事件、情節、背景等等，那麼史詩的效果也就大大增强了，而這種史詩的世界與你我的世界有一段距離，史詩的世界也往往屬於子虛烏有、空中樓閣一類。⑮

這種世界既不完全依附於外在世界，也不全屬作者、讀者的內心世界，是一種若卽若離、半獨立的美感世界。劉若愚就說：

> 戲劇或小說創作的境界，首要地不是由敍述者的內在經驗與外在現實之融合所構成，而

---

⑮ 雅克愼的三分法顯然是爲方便說明而作，實際傳播情況中各基項並非一淸二楚，況且他所用的字是「趣向」，嚴格說並非基項。就常理推論我們也可以知道作者絕不可能不藉重作品，而企圖與讀者發生直接的關係的。

是由想像中的人物、情況、事件、地點的綜合；其次是由所想像的人物的內在經驗，與想像中的「外在世界」的融合，因為每一個人物可能都有他自己的「生存世界」，卽使是想像中的，它構成了首要的創境中的次要創境。⑯

這種模仿論比柏拉圖，甚至新柏拉圖主義的看法都要複雜得多了，作品所指涉的世界不再是外在的現實（或理想世界）。不過話又說回來，小說戲劇的指涉性高過詩詞。劉若愚的境界要而言之可分兩類：一由作品內在不同單元相互交織而成；一由作品之內在性與外在性相互比對而生。這種二分法與語意產生之二層次不謀而合。

指涉的方向有二：一、就上下關係而言，一個表示符（signifier）必然搭配，指涉一個表示意（signified），「樹」這個符號（字），搭配表示意「樹」這個概念（但不指實樹，這個樹不能避雨，也不能當柴燒）；二、就左右言，一個表示符之所以有意義，乃因它與其他表示符有關聯，或同或異，因此產生意義（樹之所以爲樹乃因它是植物，但有異於草本植物）。當然，上述的兩層關係，嚴格說都不涉及外在世界。拿李區（G. Leech）的譬喩來說，意義不假外

⑯〈中西文學理論綜合初探〉，杜國清譯，見《現代文學》，復刊第四期（一九七八），頁二十。

求，都在語言的屋內可以找到，要找語言與外界的關係，不啻在無窗無戶的屋子裏找出口。⑰

照這麼說，是不是小說指涉的創作世界也可以不假外求，純就作品的內緣關係提取呢？答案可以是肯定也可以是否定。就肯定而言，小說的意義可以說盡在結構之內，讀者只需就作品的情節、人物、與觀點等等，一一加以分析即可獲得其中的眞義。形式批評看小說卽循此路線，着眼點不是意象，就是主題或敍述觀點。這種分析應用在現代小說，通常可以得心應手，因為現代小說的結構比較濃縮，抒情與空間的因素（相對敍述與時間因素）也相對重要，可是一碰到史詩式的寫實鉅作，其中牽涉到各種歷史文化因素，這種方法可就偶有力不從心之歎。

儘管如此，形式批評對小說意義的看法也不無道理。一般人誤以為作品的內涵才是實體，而形式也只不過是內涵的外表包裝。形式批評就很正確地指出，內涵一進入作品的形式就會發生質的變化，因此比方說就是歷史上眞有大觀園，經過頑石、空空道人，再經曹雪芹「於悼紅軒中披閱十載，增删五次，纂成目錄，分出章回，又題曰金陵十二釵，並題一絕」（第一回），此時的大觀園已經成了《紅樓夢》兩個世界之一，再非原來的大觀園，⑱這是第一點。再說小說中大觀園的意義，固然有一小部份繫於它與歷史上大觀園的關係，可是它眞正的意義存在於它與作者的

⑰ *Semantics*, p. 5.

⑱ 余英時，〈紅樓夢的兩個世界〉，收於同名之書中（臺北：聯經出版事業公司，一九七八），頁三九—六八。

關係、與讀者的關係，以及它與書中其他內緣因素的關係。

不過小說之所以爲小說，乃因它比以往的敍述都要寫實，因此外在世界揮之不去，是少不了的因素。從文學史的觀點，我們都知道西方寫實小說啓源於義大利的短篇故事（novella），如《十日譚》，與歐洲大陸的傳奇故事（romance）。兩者相形之下，前者無疑比較重要，而小說也以描述市井人物日常的悲歡離合爲主，有別於中古王公貴族悠閒生活的描述。卽使二十世紀的心理小說，也不過是把寫實由外而轉化爲內，基本上並不違反寫實的傳統。那麼我們就要問：這種寫實到底怎麼產生的呢？原因很簡單，十九世紀自由主義擡頭，個人自信有辦法可以觀察到外在世界的一動一靜，能看出藝術世界與外在世界相符之處，因此用藝術的形式來代表外在世界。此外當時正値資本主義崛起，一般中產階級對自己信心倍增，因此希望藉藝術的形式來參予外在世界，很多自然主義的作品很明顯就是作家參予社會的表現。

上述的模式當然無法應用在中國小說的發展史上。不過毫無疑問，中國小說的進展也不免循寫實的路線：由早期的「殘叢小語」（寓言、神話），演化到魏晉的志人、志怪（人物、事件的考察），而唐之傳奇（敍述結構的經營），而宋之話本（市井人物之寫實），而明淸之小說（描寫、敍述與情節、詩詞等之整體融會貫通），無疑這也是寫實的路線。寫小說等於文人體認的方式（a way of Knowing），體認的對象之一是外在的世界，對象之二是自己周遭，甚至是內心的世界。所以說小說世界契合並參予外在世界。

小說世界與外在世界相契，看來似乎相當含混，不過我們大可從讀者與作者之間的關係着手。我們此地隨便設想作者的創作過程來說明這項關係：在他沒動筆寫作之前，作者有這麼一個大概的構想，想把這個構想寫成一部小說，實際寫的時候固然要考慮到各種表現技巧（如人物、情節、觀點、背景等），不過在沒動筆之前他先要考慮到讀者的理解力，先要弄清楚讀者已經懂了多少，然後實際寫作時，才能決定虛實的比例。這一來作者一方面可以介紹他獨特的體認方式，可是又不虞讀者會墜入五里霧中。卽以科幻小說爲例，處理得當的科幻小說往往時間訂在遙遠的將來，但人物的思想與生活方式卻又屬於我們似懂非懂的過去，作者如此處理，無非是要我們憑我們所知的經驗去體認未知的科幻世界。⑲此外，我們看西洋小說前一二十頁往往只見細節的描寫，從整體看不一定是有機體的一部份，讀者很可能認爲作者未畫蛇先添足，不過從語用的觀點看，這種啓首辦法自有它的道理。

當然，這種相契的手法不僅限於小說。詩詞中的起興，所謂「就近取物」，也無非是詩人擔心讀者無法立刻進入情況，分享他創作世界的種種妙處，因此先談些讀者耳熟能詳的事物，等於是投石問路，好讓詩人可以在虛實之間游移自如。這種由熟悉進入陌生的手段，與俄國形式主義的「陌生化」效果（defamiliarization）有異曲同工之妙，因爲由熟悉入陌生，或化熟悉爲陌生

---

⑲ 見 Norman Friedman, *Form and Meaning in Fiction* (Athens: The University of Georgia Press, 1975), pp. 193-95.

(關於此點，浪漫詩人華茨華斯與柯勒雷基背道而馳的做法剛好可用來佐證)，基本上都符合虛實相通的人生觀。中國小說開宗明義總喜歡把人地時交代清楚，切合史實，令人信以爲眞，如《水滸傳》第一回就這麼開始的：

> 話說大宋仁宗天子在位，嘉佑三月三日五更三點，天子駕坐紫宸殿，受百官朝賀。

眞正史科記載翔實也不過如此罷？可是我們往下一看，整回寫的是「張天師祈禳瘟疫，洪太尉誤放天罡地煞星」，其中意義當然是寓言式的意義，而非認知的意義。不過這麼一來，故事的「特性」可就躍然紙上了，韓南 (Patrick Hanan) 就說：

> 所謂「特性」是指特定的人物、時間及地點，包括較廣義的時間及地點，亦卽明確的歷史背景。[20]

有了這麼個歷史的交代，讀者馬上可以找「佐證的細節」，來把現實世界拿來跟藝術世界相配合。相反的，以虛啓首的小說更不在少數，最明顯的例子是《紅樓夢》、《水滸傳》、與《西遊

---

[20] 見〈早期的中國短篇小說〉，收於《韓南中國古典小說論集》(臺北：聯經出版事業公司，一九七九)，頁一〇。

記》。《西遊記》從第一回天地混沌初開，靈猴出世，到第七回如來施法鎭壓心猿於五指山下，其間的細節近乎子虛烏有，不過一到了第八回，如來有心將眞經賜予南贍部洲，於是着觀音尊者與惠岸行者來到長安大唐國，第九回故事更是反虛爲實，描寫陳萼赴京應考中選，之後赴任途中遇難等等，此後到第十三回三藏離開長安關西去取經，其間所寫的也泰半屬於寫實的層次（太宗遊地獄一節除外）。而此後一路驚驚險險，眞眞假假，讀者在這兩層次之間上下移動，更覺故事興致盈然。綜上所述，我們可以說小說的意義不假外求。不過小說中虛實交叉，使讀者可自由在外在世界與藝術世界之間進出自如，而小說也因此得以反映現實、參予現實，甚至改變現實。

三、小說意義與形式的關係

上面我們說過讀者可以自由進出作品的世界，此地我們要具體討論讀者如何獲取意義，討論重點以中國小說爲主，並特引人物的處理爲例，說明中國小說人物的意義產生的各種條件。

西方文學批評一向重分析與詮釋，這與他們歷來對文學的態度有相當密切的關係。自從柏拉圖貶斥詩人之後，詩人的地位從此受到歧視，於是文評家千方百計替文學、藝術辯護，有人抱古典的觀點主張文可載道，因此文藝有其存在的價值，可是另也有人主張文學本身卽有價值，毋須附庸於現實，我們常聽人說：「詩人不證實什麼」，又聽人說：「爲藝術而藝術」，兩者都反映這種浪漫的文學觀。[21]粗枝大葉的說來，古典派側重文學的實際功用，而浪漫派講究文學的美學本質。艾略特（T. S. Eliot）討論文學與信仰的問題，卽主張文學與信仰之間的辯證關係。[22]新馬克斯主義對這方面用力甚勤，但研究的對象已超越了文學的指涉，而進入形式，探討形式的內涵，近年成效頗爲可觀。至於浪漫派的看法，我們上面已說過，意義蘊藏在結構之內，不假外求。可是另一個問題跟着來了，我們上面也說過，文學的文字並非全然透明，而指涉也不那麼容易一穿而過；文學的意義因此不像報章雜誌那樣俯拾皆是。十九世紀以來，文學批評家孜孜不倦的，就是要發掘這種文學作品中，潛沈不露的意義。而也正因如此，批評家的地位才高人一等，甚至有時被戲稱之爲超讀者（superreader）。他們見人之所未見，把文學中發掘到之意義與大衆分享，用心是好的，不過他們往往各自經營出批評體系，合標準則爲好作品，不合標準卽爲劣作，艾略特難以預測之口味卽爲一例。這一點我們上面已略微提過，此地不再重複。不過如果貿然用這些體系、標準而加諸中國文學作品，恐怕有失公允，而結果恐怕弊多於利。

話又說回來，一般讀者不依賴超讀者，那又如何去汲取意義呢？前頭第一段我們提過文學不等於綱要（paraphrase），因爲文學意義一經複述，也就蕩然無存了，文學需要讀者親身體

---

[21] 詳參侯健，〈中西載道言志觀的比較〉，《文學評論》，第四集。

[22] T. S. Eliot, "Religion and Literature," *Five Approaches of Literary Criticism*, ed. Wilbur Scott (New York: Collier Books, 1977), pp. 43-55.

驗。伊瑟（Wolfgang Iser）認爲意義並非預先裝拼妥善，安放在作品中待人取用。文學作品往往是過程而非成果，而所謂過程也正是如何使作品的意義表演（perform）的程序。㉓這種看法與語言行爲的理論完全一致。作品的意義不在於作品說了什麼，而在於作品用語言形式做了些什麼，如自白、勸善、志怪、講史等，而希望能在作品中重建意義呈現的過程。這一來作品可就不是裝滿了意義；相反的，作品意義往往曖昧不明確，而結構中也充滿了空白，誘人入彀。我們常聽人說追看小說，所指即是這種效果。當然，這並不表示空白愈多愈好，否則武俠小說、偵探小說豈不比一般嚴肅文學要好。

所謂懸而未決的空白，可以是由敍述者、人物、情節與讀者不同的觀點交織而成。㉔就單以人物而論，作者往往不正面着墨，而讓人物相互之間，在他們對談、交往、衝突之間，造成一片疑雲、一種撲朔，而逼使讀者不得不參予其中，並逐步剝繭抽絲。就中國小說的人物而言，唐君

㉓ *The Act of Reading* (Baltimore: Johns Hopkins University Press, 1980), p. 27.

㉔ *The Act of Reading*, p. 35. 其實諸如此類的觀點 Wayne C. Booth 在他經典之作 *Rhetoricof Fiction* 早已提出，研究敍述觀點之重點，並不在敍述觀點的界定與分類，而還希望探討不同的反諷效果。詳見“Distance and Point-of-View, An Essay in Classification,” in *The Theory of the Novel*, ed. Philip Stevick (New York: The Free Press, 1967), pp. 87-107. 當然，Iser 的空白涵義比較廣，不局限於敍述觀點。

毅在他《中國文化精神的重建》即提出相當精闢的見解，他說：

> 西方小說戲劇，蓋由重視英雄人物及重視個性之伸展與表現之故，而重視一小說戲劇中之主角之地位。……中國長篇小說戲曲，蓋只以烘托一主角之性格與目的者。……中國之小說戲曲，則只由人物之相互之間之行為與言語，以將各人物之性情與德性烘托出。[25]

人物與人物之間「所構成之交互之人間關係之全體中，能烘托出一個情調、意味或境界。如《紅樓夢》之情調意味與境界，即由大觀園中之男男女女全部性情之表現和合而成。」至於人物相互之間到底如何實際配搭造成境界，唐君毅並未細說。倒是伊瑟對這點有明確的論述，他引 *Tom Jones* 為例，指出人物之間的差異，而人物的認知構成十八世紀的思想與社會體系，但這些人物並非黑白分明之人物，他們之間往往貌合而神離。[26]比方說善人，有眞善人，也有假善人，讀者必須經過一番發現的程序才能尋出眞理，作者並不一清二楚地一早就給交代清楚。當然參予的性

---

[25] （臺北：正中書局一九七九），頁三三五—三三七。

[26] *The Act of Reading*, p. 199.

質，東西雙方各有不同。西方的差異爲的是要突出人物的個性，讓人看出他經過一番變化之後，在我們面前呈露本質，就是所謂的眞面目。這種個體不可再分（這是西方十七世紀科學大革命之後必然的後果），與中國的觀念有相當的出入。中國的人格固然有他「知其不可爲而爲之」或「獨立特行」之勇氣，但中國人也同樣重視相輔相成。據唐君毅的說法，中國的人格精神「並非一往直前之超越精神，而多爲一方面肯定現實，而同時於其中實現超越之精神。」[27]脂硯齋說過：「釵玉名雖二個，人卻一身。」甚至把寶玉加上之後變成「三人一體」。脂硯齋身爲讀者，企圖把兩個、三個人物並排處理，把人物間的空白塡滿，這就是意義之所以產生之原因與過程。這類的發現程序余國藩在他譯《西遊記》第一册的序文中也曾談過。[28]而浦安廸（Andrew S. Plaks）論《紅樓夢》也曾詳細討論過[29]。

卽使以單獨、個別的人物而論，高友工主張抒情乃中國藝術精神之核心，而中國之歷史與小

[27] 唐君毅，《中國文化精神之重建》，頁三八四。
[28] Anthony C. Yu, Introduction, *The Journey to the West* (Chicago: Univ. of Chicago Press, 1977), I, pp. 1-62.
[29] *Archetype and Allegory in the Dream of the Red Chamber* (Princeton: Princeton University Press, 1976).

說也少不了抒情的精神(Vision)。❸⓪也就是說人物代表一種抒情的情操、意義，這種意義有別於敍述的主流，與寫實的細節。高友工舉《儒林外史》裏王冕的楷模爲例，說明他所代表的清高與孝忱，與一百多年之後書中所描寫的敗壞風氣，相映成趣。❸①

人物與人物之間固然有待補之空白，這使讀者參予，因而產生意義。而人物與小說其他因素也可能有同樣的現象。我們此地簡略地再談談抒情境界。中國小說的描寫、寫景，重的是情趣，而不斤斤計較逼眞的寫實，因此中國小說中寫景以烘托情趣的份量很重。《水滸傳》第九、十兩回寫林冲流放在外，境遇悲慘落寞無比，他在寒冬歲末到達了草料場，有一天出外沽酒，回來發現茅屋坍塌，那種情景令人爲之鼻酸，此時寫景配合了林冲的人物，製造出感人肺腑的意義，而京劇〈野豬林〉這一段戲也頗能點出人物與景色之共通處。❸②在中國小說史上，描寫無疑要比敍述來得晚，而明清小說卽以描寫擅長。此爲求描寫抒情化起見，小說往往大量採用詩詞，《紅樓夢》一書去了詩詞豈可想像，而黛玉葬花一節有誰能輕易忘懷?

---

❸⓪ Yu-Kung Kao, "Lyric Vision in Chinese Narrative Traditlion," *Chinese Narrative*, ed. Andrew S. Plaks (Princeton: Princeton University Press, 1977), pp. 227-43.

❸① 同上 pp. 239-40.

❸② 詳參《中國古典小說的藝術形象》(1961), pp. 46-54. 另參 Georg Lukács, *Writer & Critic* (New York: Grosset & Dunlap. 1970), pp. 189-226.

上面討論的只限人物之空白（人物與人物、人物與景象、情節之間的空白），說明從語用的觀點意義如何從中而生。其他可以再談的很多，如人物與情節、人物與敍述觀點，甚至人物與章回結構等等都可用語用的觀點來談，但因不屬本文討論範圍，此地不談。本文重點旨在試探語言與文學之間一條可行的途徑，而非專門討論中國小說，這也是之所以掛一漏萬之原因。

一九八三・一

樞始得其環中●●

從中介看歷史小說

中國人治學歷來講文史哲不分。單從治學的觀點看，不分有不分的好處；學者可以對學問有更週詳的認識。而從晚近解構學的觀點看，文史哲不外寫作（writing），相互之間並無絕對的區分。

不過分也有分的好處。文史哲各有其不同體認社會、歷史的方法、態度。錢鍾書討論〈五帝本紀〉就說：

《論語・述而》：「子不語怪、力、亂、神」，《莊子・齊物論》：「六合之外，聖人存而不論」；皆哲人之明理，用心異乎史家之徵事。❶

❶《管錐編》（北平：中華書局，一九七九），第一册，頁二五一。

哲人講明理，史家求徵事。雖然理、事未必能劃分得一清二楚，但兩者寫作之際的取捨，顯然有所不同。錢鍾書同文中又說：

> 屈原〈天問〉取古來「傳道」，即馬遷「不敢言」之「軼事」、「怪物」，條詰而件詢之，劇類小兒聽故事，追根窮底，有如李贄《焚書・童心說》所謂「至文出於童心」，乃出於好奇認真，非同汰虛課實。❷

也就是說史家求其「汰虛課實」，而文學家求其「好奇認眞」。

文史哲之分由此可見其一二。從意識型態的觀點看，不同的文體（文、史、哲）代表不同社會、政治勢力的運作與消長，也可以說是歷史條件下的特殊產品。關於這點，下文討論小說與歷史之中介關係時當予討論。至於文史哲分與不分之問題，因不屬本文範圍，故不擬更進一步討論。

一、歷史與小說之虛實

❷《管錐編》，第一册，頁二五一。

先秦史料重褒貶之義，徵信的精神要到司馬遷才眞正建立起來。❸而史學之眞正獨立則要等到魏晉之後。❹儘管史料的編纂一向是兼容並蓄，包括了外史、稗史、野史等等，❺但無疑，文學與歷史（其實包括經史諸子等非文學作品）之區分，從六朝之後卽漸趨明顯，並相互影響，互通有無。❻六朝之志怪、唐宋之傳奇、宋之話本及擬話本對敍述文體的經營，都逐一替小說舖下了一條明顯可循的軌跡，有異於史料舖陳的一般格局。也就是說，小說這個文類逐漸往情節、人物、主題作統一發展，有異於歷史百科全書式的編纂體制。

春秋褒貶之義固然是史家秉持不變的原則，但歷來官修史書不僅卷帙繁浩，❼而且文字深奧。明人蔣大器（卽庸愚子）卽說：

---

❸《管錐編》，第一册，頁二五二。

❹逯耀東，〈魏晉史學的時代背景〉，收於《勒馬長城》（臺北：時報出版公司，一九七七），頁一五三—一六〇。

❺ Arthur F. Wright, "Values, Roles, and Personalities," *Confucian Personalities* (Stanford: Stanford Univ. Press, 1962), pp. 3-39.

❻李劍國，《唐前志怪小說史》（天津：南開大學出版社，一九八四），頁三三六—三三七。

❼宋朝之通鑑體與本末體可以說是正史的整理，希望把史書用不同的敍述體裁，而加以精簡處理。

然史之文，理微義奥，不如此，烏可以昭后世？語云：「質勝文則野，文勝質則史。」此則史家秉筆之法，其於衆人觀之，亦嘗病焉。故往往舍而不之顧者，由其不通乎衆人，而歷代之事愈來愈失其傳。❽

本來史料之雅俗、淺奥並無關宏旨。不過中國歷來民族往往以古鑑今，因此歷代君王也就不能不利用史料，藉以鞏固政權，維護道統。而這一來可就不能不對歷史作一番整理工作，使得史料能深入淺出，爲大衆所接受。

這種普及歷史的情況到了宋更加明顯，說話人講史一門即將史料帶入茶肆，一時歷史淪爲茶餘飯後的餘興。蔣大器接著又說：

前代嘗以野史作為評話，令瞽者演說，其間言辭鄙謬，又失之於野，士君子多厭之。❾

當然，蔣大器所謂的「士君子多厭之」，除了文采之外，另暗示評話內容怪誕荒唐，殊少符合史

---

❽ 〈三國志通俗演義序〉，收於《中國歷代小說序跋選註》（湖北：長江文藝出版社，一九八二），頁一六。

❾ 〈三國志通俗演義序〉，頁一六。

實。他讚揚羅貫中，「文不甚深，言不甚俗，事紀其實，亦庶幾乎史。」❿此地我們開始轉入正題，討論講史小說的文質與虛實。我們將透過《三國志》、《全相平話三國志》與《三國志通俗演義》的並時與貫時關係，來討論文與質、實與虛的中介關係。

二、真正與奇幻，歷史與小說

在沒有討論三國歷史與小說的關係之前，我們要先談談小說的本質。一般論者都認為小說必須具備相當的長度、結構、章回、人物、敍述人、寫實精神等等。儘管這些基項的內涵東西兩方互有出入，但原則上雙方小說的發展，不外都循此若干基項。⓫小說有異於詩詞，原則上屬於市井階級的文學，對現象有獨特的見解（小說的見解往往有異於官方大傳統的見解），而表現方法

❿ 〈三國志通俗演義序〉，頁一六。

⓫ 中國小說的發展由早期具說服力的寓言，而逐步發展為具矛盾衝突和人物性格的列傳、表現神仙鬼怪的志怪、記載名人軼事的志人、故事委婉曲折，篇幅較長的傳奇、寫實性特強的平話與擬話本、以及長篇巨幅的章回小說，其發展過程中無疑包含了上述的小說基項（至於基項內涵東西之分，則又另當別論）。詳參賈文昭、徐召勛，《中國古典小說藝術欣賞》（安徽：人民出版社，一九八二），頁一一〇。

也力求敍述完整，這點在東西雙方的小說中也都可以找到相當的例證來支持。

話雖這麼說，我們如果把小說當作完整無缺的鉅作看待，視之為社會現實的反映，或視之為自成一體的有機體，那可就大錯特錯了。小說既不是附庸於外在現實的客體，也非與外界絕緣，自足於內的唯心主體，小說是介乎二者之間的游移體。就意識型態而言，小說既非盲從道統，也非全盤否定固有價值，而是順從與異議參半的藝術表現形式。就歷史小說而言，小說所呈現的既非過去，也非現在；既非雅緻的文化價值，也非庸俗的觀念或信仰。總而言之，小說是一種中介的過程。這點我們稍後當加評論。

前人討論歷史小說可分兩派；一派主張歷史有異於小說，而小說之功用卽是要普及歷史。蔣大器、張尚德、林瀚、甄偉等人卽屬此一見解。張尚德（卽修髯子）認為歷史「義微而旨深」，而小說淺顯易解，可「裨益風教」，他說：

> 史氏所志，事詳而文古，義微而旨深，非通儒夙學，展卷間鮮不便思困睡，故好事者以俗近話隱括成編，欲天下之人入耳而通其事，因事而悟其義，因義而興乎感。⑫

---

⑫〈三國志通俗演義引〉，見《中國歷代小說序跋選註》，頁二三。

所以可以說歷史小說只算是歷史的支流，遵循歷史，不私下改動歷史的原狀。甄偉甚至自認「爲通俗演義者，非敢傳達予後，補史所未盡也」。他又說他的創作，「言雖俗而不失其正，義雖淺而不乖於理」。⑬歷史小說換句話說只求補正史之不足，宣揚正史勸善懲惡之大義而已。歷史小說也因此只能稱之爲「遺史」或「遺文」。⑭這是第一派見解。

不過一談到「遺史」、「遺文」，論者不免立刻面臨正史與遺史之間不同的寫作原則。袁于令說：

> 史以遺名者何？所以輔正史也。正史以紀事。紀事者何，傳信也。遺史以蒐逸。蒐逸者何，傳奇也。

接著他提出兩個相當重要的觀念：

> 傳信者貴真……傳奇者貴幻。⑮

---

⑬ ＜西漢通俗演義序＞，見《中國歷代小說序跋選註》，頁六八。

⑭ 參袁于令（卽吉衣主人）之＜隋史遺文序＞，見《中國歷代小說序跋選註》，頁一〇五。

⑮ 袁于令，頁一〇五。

張譽把眞幻與正奇相提並論，說「小說家以眞爲正，以幻爲奇」，⑯同樣也指出奇幻是小說的特色。

上述見解可算是第二派，他們又認爲小說不僅爲宣揚歷史的工具。小說有小說的特色，小說求奇、求幻，有異於歷史。

不過這一派的學者也認爲歷史記載有其重要性，小說家創作之際宜循史實之線索。汪堯卽認爲坊間之東西晉歷史小說不合體裁，因此

> 吾請更爲之，以《通鑑》爲線索，以《晉書》、《十六國春秋》爲材料，一歸於正。⑰

但是正史往往有其局限，「奇情俠氣，逸韻英風，史不勝書者，卒多湮沒無聞」。⑱褚人獲指歷史爲大帳簿，歷史小說則爲小帳簿，前者總記，後者雜記。⑲小說既屬後者，專務傳奇，也就不應受限於史實。張譽甚至因此認爲歷史小說有其先天性的限制，他說：

---

⑯ 張譽卽張無咎，見〈北宋三遂平妖傳序〉，收於《中國歷代小說序跋選註》，頁八七。
⑰ 〈兩晉演義序〉，見《中國歷代小說序跋選》，頁二八四。
⑱ 袁于令，〈隋史遺文序〉，見《中國歷代小說序跋選註》，頁一〇五。
⑲ 〈隋唐演義序〉，見《中國歷代小說序跋選註》，頁一四八。

《三國志》人矣，描寫亦工；所不足者幻耳。……勢不得幻……七國、兩漢、兩唐、宋，如弋陽劣戲，不味鑼鼓了事，效《三國志》而卑者也。[20]

相反的，小說如果一味虛構，效果顯然也不佳。[21]最好的小說應該講究虛實相輔，奇正相生。

當然，所謂虛實相輔，奇正相生，我們可以有兩種看法。一即是上述大帳簿、小帳簿的二分法，純粹就寫作取材的對象而分，甚至可以依西方大傳統、小傳統之分來看歷史與小說的分野，歷來虛實之分的見解即以此為主。另一種分法偏重於認識觀點，也就是說虛實指的是人對現象的看法，認為人生是實是虛，虛觀與實觀如何實現，以及這兩種觀點對現實的體認有何裨益等等問題。

袁于令於《西遊記題詞》（袁此地化名幔亭過客）認為：

文不幻不文，幻不極不幻。是知天下極幻之事，乃極真之事；極幻之理，乃極真之理。

[20] 〈北宋三遂平妖傳序〉，《中國歷代小說序跋選》，頁八八。

[21] 吳沃堯在〈兩晉演義序〉裏批評講史小說，認為「其附會者當居百分之九九。甚至借一古人之姓名，以為一書之主腦，除此主腦之外，無一非附會者」。見《中國歷代小說序跋選註》，頁二八三。

故言真不如言幻。[22]

這種宗教哲學現與老莊有契合之處，這點容後再討論。

除上述兩種看法之外，另有一種折衷的看法，認爲實觀與虛觀同樣重要，而現實有實體，也有虛幻的一面。小說因爲能夠把虛實兩面並陳於讀者眼前，因此堪與歷代經典並列。這種觀點顯然超越了前人的看法。我們此地僅簡要介紹金聖嘆的看法。他把《三國志》列爲第一才子書之目，因爲：

> 作演義者，以文章之奇，而傳其事之奇，而且無所事於穿鑿，第貫穿其事實，錯綜其始末而已。無之不奇，此又人事之未經見者。[23]

---

[22] 見《中國歷代小說序跋選註》，頁一一九。

[23] 見《全圖綉像三國演義》（呼和浩特：內蒙古人民出版社，一九八〇），上，原序。此序很可能是毛宗崗僞托金聖嘆之作，因與金聖嘆在〈讀第五才子書法〉對三國的評法有出入。見葉朗《中國小說美學》（北京：北京大學出版社，一九八二），頁二二〇—二二一。因無充分證據，本文仍將此文歸劃爲金聖嘆之作。

俄國形式主義者 (Russian Formalists) 主張敍述體有兩類：一類與外界事物發展的關係，可以說亦步亦趨，基本上不違反客觀現象的時空與因果次序，這類敍述叫fabula；另一是敍述體，它經過作者的經營，與現象的原狀有相當出入，所呈現的是作者個人獨特的看法與境界，這類敍述體叫 sjužet。金聖嘆的看法與後者可以說是異曲同工，同樣點出創製的重要性。我們甚至可以說金聖嘆的觀點比俄國形式主義者更進一步。後者基本上對客觀現象遵奉有加，而藝術之所以塑造現實，用意也無非要喚醒讀者，使他們對現象有嶄新的體認，避免讀者習以爲常，視而不見，聽而不聞。金聖嘆則更進一步主張「以文章之奇，傳其事之奇」，這可分兩面看：文章有奇與不奇之分，事也有奇與不奇之分。換句話說，現象有兩面，相爲表裏；文章也有兩面，互通有無。二元之間藉相互補襯的手法而加統一，這種史識在歷史小說中可以說表現淋漓盡致。這種補襯的關係正是本文所要討論的中介。

三、中介

最廣義的中介介乎主體與客體之間。本來我是我，物是物，物我之間無任何牽連，可是人意動之後，外面的物體，一變而爲物象，進入我意識之中。換句話說，一般的認知行爲都可以稱之爲中介。[24]

當然，認知的先決條件是外界有物可認，而此物有其整體性，內在不相互矛盾。在這種情形之下，客體往往把現成的整體意義加諸主體，主體被動接受，中介的成份也因此相形減低。相反的，如果外界混亂不堪，矛盾叢生，主體面臨混沌一片，也不免用心機設計一連串折衷中介的方法。李維史陀（Lévi-Strauss）即曾舉例，說明原始人面臨生死矛盾，無法解決矛盾，因此自圓其說，認爲死後另有輪廻，故死後有生，而生之過程也無非以死爲終點，因此生即是死的開始。

上述的中介大抵由外而內，解釋人如何在錯綜複雜的世界中，自立一規矩清晰的次序，並求安身立命於其中。另一種中介活動方向與此恰恰相反，大抵由內而外。我們都知道佛洛伊德（Freud）的心理分析理論，他認爲我們內心無意識深處就如一鍋翻滾的液體，完全談不上條理或結構。這種無意識當然不能讓它宣之於口。社會文化往往應用各種力量來加以控制，務求它昇華提升之後方可見諸於世。文學即是一種昇華的過程，這種昇華也可以稱之爲中介。

不管是由外而內，還是由內而外，人與外在現實的關係都不是直接的（immediate），而是

---

[24] 關於中介的定義請參考 Raymond Williams, *Keywords, A Vocabulary of Culture and Society* (New York: Oxford University Press, 1976), p. 171.

間接的（mediate），需透過中介（mediation）的媒介與過程，這點我們必須首先明白。上面談到文學是中介的媒介，底下我們要繼續討論文學的中介角色。

我們常聽人說詩詞之中自有境界，這種境界既非實存於外在世界的實體，也非純屬心中的意念。這種境界往往介乎主體與客體之間，自成一體，獨立，不受制於外界或內心。換句話說，文學作品固然介乎主客二體之間，但文學作品卻也自成一體。中介於此已由手段、媒介一變而爲目的、本義。當然，我們此地所謂的目的與本義並不表示，中介自成一體之後卽與主體或客體脫離關係。事實上透過中介，主體與客體都有了改變。我們閱讀文學作品之後，由於參與作者的創作過程，因此產生一種自由解放的感受，有別於日常刻板，機械式的生活。㉕至於客體的變化，最好的例證當推烏托邦文學。我們可以批評烏托邦文學逃避現實，描寫不外子虛烏有之事物，可是從另外一個觀點看，烏托邦文學給予讀者一項寄託，使他們超越目前生活的困境。透過文學我們可以明瞭目前生活的困境，進而改善生活，這是中介影響客觀現實的一大功用。

中介最主要的功用固然在於它折衝主體與客體的關係。可是到底如何折衝呢？從認識論的觀點看，我們中國人相信虛實相成始有眞。《道德經》十一章對有、無作了一個相當精闢的比喻：

㉕ Jean-Paul Sartre, "Why Write," *What is Literature*, trans. Bernard Frechtman (New York: Washington Square Press, 1966), pp. 23-42.

三十輻共一轂。當其無，有車之用。

埏埴以為器。當其無，有器之用。

鑿戶牖以為室。當其無，有室之用。

故有之以為利。無之以為用。

有、無，虛、實的關係顯而易見。它們兩者之間必須互補互襯始成其爲眞。《道德經》四十二章又說：

道生一；一生二；二生三；三生萬物。

萬物負陰而抱陽，沖氣以為和。

也就是說萬物孕合陰陽，同時也是陰陽調和的產品。陰陽兩者的關係無疑是一種辯證關係，二者靈活運用，衍生宇宙之衆相，而衆相又蘊合陰陽，這兩個過程循環不已，生生不息。本體論與天地起源論無形之中也合爲一體了。㉖《莊子・齊物論》也說：

㉖ 詳見張岱年，《玄儒評林》（長沙：湖南人民出版社，一九八五），頁七—九。

是無彼也，彼亦是也；彼亦一是非，此亦一是非。果且有彼是乎哉？果且無彼是乎哉？彼是莫得其偶，謂之道樞。樞始得其環中，以應無窮。是亦一無窮，非亦一無窮，故曰：「莫若以明」。

此地明對隱而言，明卽是「十日並出」之明。明也可以說是全面觀點；彼此、生死、是非都相互依附，相互轉化。而既然對立的關係是依附、轉化的對立，這種對立也是動態的，可加以「兩忘」，㉗而達致萬物一齊的渾然境界。關於虛實有無在藝術的具體表現方式，因牽涉太廣，當另文討論，此地不贅。

四、中國歷史小說

就中介而言，西方寫實小說介乎個人與社會的關係。小說興起於十八、九世紀，與個人主義的成長有密切的關係，而小說所描寫的，泰半也與個人和社會的衝突有關。早期小說談人性世態，描寫市井人物與風俗民情之間的衝突；晚期小說談自我放逐，描寫人物不堪社會壓力，憤世

㉗ 張岱年，《玄儒評林》，頁八三—八四。

嫉俗，因而自絕於世。[28] 從另一個角度來看，小說也可以說是社會與個人之間問題的結晶，也就是說小說是社會文化與個人辯證關係的成果。西方歷史小說起源於十九世紀，描寫的也正是十九世紀個人的本質。[29] 換句話說，歷史小說側重人物與問題的具體時代性，把歷史意識具體而微移植進小說的範疇。在移植的過程中，由於過去與現在兩者之間時間的差距，過去事物的瞭解可就無法「單刀直入」，掌握事物也無法是直接、親身的體驗。也因此歷史小說所牽涉的中介，遠比一般人情小說要複雜得多了。

西方寫實小說與中產階級的興起、個人意識的覺醒有關。西方歷史小說與法國大革命，國家興亡匹夫有責的客觀歷史情勢相爲因果。就文學傳統言，西方小說乃是史詩、傳奇之後的新表現形式。換句話說，小說乃是時代的產品。同樣的，中國的第一部章回小說，有獨無偶也是一部歷史小說，也是歷史時代的產品。這話怎麼說呢？要追溯中國章回小說的起源，我們應該着眼於宋朝哲學、歷史與文學各方面的發展。我們都知宋朝的理學強調在「人倫日常」中體現「至理」，透過日常生活的觀察與實踐，而達致最高的

---

[28] 詳參 Georg Lukács, *The Theory of the Novel*, trans. Anna Bostock (Cambridge, Massachusetts: The MIT Press, 1968).

[29] 詳參 Georg Lukács, *The Historical Novel*, trans. Hannah and Stanley Mitchell (London: Penguin Books, 1969).

生活境界。㉚換句話說，理學充分肯定人的價值，而透過「即物窮理」的考察，個人對外界的瞭解重要性也大大提高了。這點與西方小說追求個人對事物的審察，頗有異曲同工之妙。就史學而論，我們都知道通鑑體與本末體，可以說替小說的結構提供了嶄新的可行性，不僅小說篇幅得以大大擴充，而小說的結構也可因此循時間先後，因果關聯的關係而發展、擴充。㉛就語文而論，唐宋的古文運動，大大解放了語言，使作者更能得心應手描寫周遭的事物，而不再拘泥於駢文呆板的表現形式（這個時代產生大量的傳記文學，與語言的改革有相當密切的關係）。㉜就小說本身而言，從先秦的「叢殘小語」、「街談巷語」，魏晉南北朝的志人、志怪、唐宋之傳奇，而宋之說話，可以說小說的各種條件已大致具備，只等羅貫中出現，把三國的故事，根據《三國志》與《全相平話三國志》加以編纂、鋪陳，並賦予章回的形式。

既然有了產生小說的條件，而小說也就跟著問世，於是應運而生的是小說的讀法。我們上面說過虛實相輔的認識論。這種觀點自古已有，老莊哲學中有，孔孟的著作中也有。孟子的心形諸

㉚ 張岱年，〈論宋明理學的基本性質〉，收於《玄儒評林》，頁一六二—一七五。

㉛ 詳參 Andrew Lo, *"San-kuo-chih Yen-i" and "Shui-hu Chuan" in the Context of Historiography: an Interpretive Study* (Diss.: Princeton, 1981).

㉜ 喬象鐘、徐公持與呂薇芬選編，《中國古典傳記》（上海：上海文藝出版社，一九八二），上冊，頁六。

於外便成仁義禮智，而與天命相互契合。㉝這種契合到了宋朝理學家可以說更加落實、具體。可是這種互補的觀念又如何才能運用到小說的詮釋上呢？而從作者的觀點來看，小說又如何揉合虛實呢？這都是我們必須要具體考慮的問題。我們底下就討論歷史小說揉合虛實的實際情況。此地我們就以三國爲例。

所謂實的三國唯有當時的人才有認識，可是嚴格說就是當代人對三國的認識也是片面的。一來他們有時空的限制，不可能對三國全盤的情況瞭若指掌；二來他們的地位往往決定他們所見所聞的事物，並影響他們對事物的解釋。所以嚴格說來，三國即使眞有其事，可是要掌握三國可以說是幾無可能。當代人物既然都不可能掌握三國史，㉞那後人更不用說了。陳壽生於三國末期，長期居住在蜀，大大限制了他所知的事物。我們都知道，他撰〈魏志〉與〈吳志〉，根據的是二手資料，只有〈蜀志〉才算是他親身的體驗，這且不說。由於他任職於晉，因此下筆之際，不能對晉之前的魏有任何不敬之嫌。可是另一方面他對蜀又有相當好感，稱劉備爲先主，所以唯一的

㉝ 牟宗三，《中國哲學的特質》（臺北：學生書局，一九六三），頁五二。

㉞ 從學理說，當代人掌握的三國其實也談不上是史，因爲當代人對當代事物，缺乏一種事過境遷的全盤體會。關於這種歷史意識，請參閱 Arthur C. Danto, *Narration and Knowledge* (New York: Columbia University Press, 1985), esp. Chapter XV, "Narration and Knowledge."

折衷辦法是不用本紀，而志分三國，以示公允。[35]

陳壽的《三國志》虛實多少難下定論，更不用說他與羅貫中立場有出入。陳壽之後裴松之收集各種資料，用來彌補陳氏之不足。而另一方面民間文學有關三國的材料，如雨後春筍，相繼問世。民間文學所表現的三國，性質與陳壽的三國可以說大不相同。所以文末羅貫中所繼承的三國，是個衆說紛紜的三國，也是個相互矛盾的三國。羅氏必須作一番的取捨、剪裁才能把他心目中的三國，用藝術的手法來再現。換句話說，過去並非順理成章，俯拾皆是，過去必須經過一番中介才能加以掌握。過去須要一番轉折才能在後人的世界裏（羅貫中的世界與我們的世界）產生意義。從詮釋學的觀點說，過去的水平線與現在的水平線必須加以融合，而後才能產生意義。除了上述古今須要中介之外，雅俗也要加以中介，否則後人面對往昔的資料，也往往會覺得支離破碎，無所適從。

五、《三國演義》的中介

《三國志》雖然爲陳壽所著，但志分三國，不成有機整體，後世甚至有人把《三國志》分集

[35] 李辰多，《三國、水滸與西遊》（臺北：水牛出版社，一九八一），頁二一三。

編目，隸屬於不同的文集。[36]就敍述方法論，《三國志》也並未給予我們一個一目瞭然的鳥瞰圖。[37]我們只能利用魏的紀元爲準，在不同的志，或同一個志當中，相互索引、連接，從中建立事件的本末或因果關係。換句話說，如果缺乏這項重組的工作，我們無法對當時的人物、事件等等有個整體的認識。當然，除了上述形式的限制之外，《三國志》失之疏略，而裴松之之所以註《三國志》，也就是有鑒於此一缺點。我們只消將陳壽與《後漢書》相同的章節稍加比較，就可以看出前者粗疏，而後者敍述性高過前者。嚴格說來，《三國志》類似敍述原料（fabula）有異於敍述結構（sjužet），盡可能保存了事物原形。借金聖嘆的話，《三國志》並未「以文章之奇，而傳其事之奇」，也談不上「貫穿其事實，錯綜其始末」。相反的，《三國志演義》經過作者匠心經營的結果，可以說「無之不奇……人事之未經見者」。[38]所謂「奇」也就是用獨特的敍述手法，道出常人之所未見、所未言之歷史，進而對過去、現在、與將來作一個嶄新的體會、認識。

陳壽的《三國志》整體結構嚴格說不算嚴謹。《平話三國志》的敍述結構卻可以說是密不通

---

[36] 有關《三國志》的版本問題，請參考繆鉞，《三國志選註》（北京：中華書局，一九八四），I，頁一—二。

[37] 陳壽的《三國志》沒有志的這一部份，對當時的典章制度也因此闕如了。

[38] 〈三國志演義序〉，見《全圖綉像三國演義》，上，原序。

風。一般而論，歷史的演變往往出人意表，而事件的發展也往往不盡符合敘述條理，變例甚至多於常規。可是民俗傳統中的《平話三國志》把歷史錯綜複雜，或應運而生，難能逆料的過去大大簡化，用粗疏的因果報應的程式來解釋三國的分合大勢。我們都曉得報應的觀念深植民心，而報應的前因與後果往往只能證諸於漫長的時間，今日的因往往無法證諸於明日的果。不過《平話三國志》的一因一果相距長達三四百年之久，不能不算是民間信仰的極致。㊴作者告訴我們當初高祖得衆功臣之助，終於創了大漢江山，可是卽位之後，不念舊誼，反而謀害功臣，因此幾百年之後這些舊臣的寃魂在陰間告了高祖一狀。所謂寃有頭，債有主，漢朝天下於是判定由韓信、彭越、英布三人瓜分：「交韓信分中原爲曹操；交彭越爲蜀川劉備；交英布分江東長沙吳王爲孫權；交漢高祖生許昌爲獻帝；呂后爲伏皇后」。這一來人物的發展幾成定局，轉寰餘地不多，而天下大勢也只能循定軌而行，因爲「曹操占得天時，囚其獻帝，殺伏皇后報讎，江東孫權占得地利，十山九水，蜀川劉備占得人和」。㊵

除了上述因果報應，幾近迷信的痕跡之外，《平話三國志》另一個特色是側重義氣，講究推心置腹的友情。漢初高祖謀害功臣，漢末景帝十七代賢孫，中山靖王劉勝之後（劉備）相反卻得

㊴ 這種因果報應，甚至輪廻的觀念在中國小說中可以說比比皆是，《水滸傳》的天罡地煞下凡爲梁山好漢卽爲一例。這種情形在西方寫實小說中並不常見。

㊵ 《元至治本全相平話三國志》（香港：中外出版社，一九七六），頁七。

人和，得關羽、張飛之勇與諸葛亮之智。劉備與關張三人之間桃園結義在陳壽的《三國志》裏並無記載，〈關張馬黃趙傳〉只說關張爲先主「禦侮」，而「先主與二人寢則同牀，恩若兄弟」。[41] 至於他們誓言同年同月同日死，不但史書未有記載，而依時間先後，劉備的死實遲於關張四年。俗史顯然準確性低於正史，但俗史的改寫無疑有感於正史（又戲稱「相斫書」）中君王將相之猜忌殺戮而發。具體而言，高祖之殺害功臣經改寫之後，一變而爲先主與關張桃園三結義，一反一正，一實一虛，充分反映各種文類相互補襯的關係。[42]

Hayden White 在 *Metahistory* 一書中套用 Northrop Frye 的理論將歷史材料的撰寫方式分類。他主張每部歷史都有它的深層結構，與語言結構有相當多類似之處，並決定了史家使用什麼典範來解釋歷史。這種先入爲主的深層模式，在每個作品之中產生了所謂預佈的作用（prefiguration），決定史籍的發展格局。[43] 此地我們姑且不論此一分類適不適合中國歷史，但

---

[41] 《三國志・蜀書》（北京：中華書局，一九八二年），四，頁九三九。

[42] 馮夢龍的《古今小說》中有個故事叫〈鬧陰司司馬貌斷獄〉更進一步也把三兄弟的前世帶回漢初。末了《新刻三國因》（一九八八）把牽涉進陰司官司的人數甚至擴充到五十來人，把重要人物泰半網羅進故事。見丘振聲，《三國演義縱橫談》（南寧：漓江出版社，一九八三），頁三六—三八。

[43] *Metahistory, the Historical Imagination in Nineteenth-Century Europe* (Baltimore & London: Johns Hopkins Univ. Press, 1973).

就《三國志》與《平話三國志》比較而言，前者無疑比後者預佈得少。預佈太少則敍述性較低。敍述性一低，讀者很可能難以從中推演出過去事物之中的將來性（讀者透過過去的將來性，來瞭解過去、現在與將來）。相反的，如果預佈性高，敍述性強，往往將歷史運作的神秘性剝奪殆盡，而歷史中原有天命不可知的神秘面紗也不復存在。預佈太高太低都妨礙讀者全盤投入歷史的機會，主體與客體也難以產生一種辯證的動態關係。詮釋學所說的詮釋圈（hermeneutical circle）也無法運轉舒暢。㊹

《三國志演義》無疑介乎《三國志》與《平話三國志》之間，它截長補短，把先存的兩個版本用虛實互補的手法加以揉和。就以整體故事結構而論，羅貫中的《三國志通俗演義》基本上根據平話本的敍述輪廓，因此字裏行間往往透露出一種「天命不可違」的訊息。也正因如此，毛氏父子編纂《三國志演義》之際，爲了因應這種大勢，在第一回開宗明義揭出「天下大勢分久必合，合久必分」這麼一個預佈局面。此外，雖然《三國志演義》刪除了《平話三國志》首卷中有關因果報應，輪廻投胎的迷信架構，可是我們只要細加考察卽可發現，小說中的三國情勢與漢初的局面，不無若干雷同之處。就以劉備而言，他與漢高祖有許多類似之處，出身地區相近，二人

㊹ Richard E. Palmer, *Hermeneutics* (Evanston: Northwestern University Press, 1969), pp. 87-88.

卽位之前也都敦厚愛民。㊺

當然，這與平話本的人物關係顯然有出入。漢高祖遺傳給劉備的是正面的品格（而非殺害功臣的劣跡），由劉備來肩負復興的大業，道統的觀念因此顯然比平話本要來得重。陳壽在《三國志》裏早也已說過：「先主之弘毅寬厚，知人待士，蓋有高祖之風，英雄之器焉」。㊻換句話說，平話中漢高祖—漢獻帝的組合已經一變而爲漢高祖—劉備。

羅貫中與陳壽的關係，我們只須看作者一欄的資料便可明白。明弘治年間刊行的《三國志通俗演義》可以說是最接近羅貫中寫定本的版本，這本書卽明白署名「晉平陽侯陳壽史傳，后學羅貫中編次」，正與金聖嘆的評價不謀而合：「……無所事於穿鑿，第貫穿其事實，錯綜其始末而已」。㊼再拿一例來說明羅貫中與陳壽的關係。三分的政治軍事局勢在平話中只憑司馬仲相，在陰間受天公之命審查呂后殺害功臣的寃獄所作的判決（我們上面已引述過：曹操占得天時，孫權占得地利，劉備占得人和）。這種判決與報應說並無必然的關聯，而其背後所蘊涵的政治意義，也未能在平話本中表現出來。

㊺ Andrew Lo, "*San-kuo-chi Yen-i*" and "*Shui-hu Chuan*" in the *Context of Historiography: An Interpretive Study*, p. 12.

㊻ 見《三國志・蜀書二，先主傳第二》，四，頁八七〇。

㊼ 〈三國志演義序〉，頁二九。

我們都曉得三分可以說是歷史發展的自然規律，非人力所能致，可是我們也可以說三分是諸葛亮審察時局，所作的戰略建議。《三國志・諸葛亮傳》描寫劉備三顧茅蘆，諸葛亮爲其所動，因此替劉備獻策，他說：

> 操遂能克紹，以弱為強者，非惟天時，抑亦人謀也。今操已擁百萬之衆，挾天子而令諸侯，此誠不可與爭鋒。孫權據有江東，已歷三興，國險而民附，賢能為之用，此可以為援而不可圖也。……將軍既帝室之胄，信義著於四海，總攬英雄，思賢如渴，若跨有荊、益，保其巖阻，西和諸戎，南撫夷越，外結好孫權，內修政理……則霸業可成，漢室可興矣。㊽

從上引這段話我們並不容易看出天時、地利、人和的三分法。《三國志演義》的做法便是將《三國志》的原文大致照引，然後再從《平話三國志》引述「交曹操占得天時……江東孫權占得地利……蜀川劉備占得人和」。換句話說，《三國志演義》兼顧了史實，但也同時賦予史實一項婦孺皆曉的解釋。

㊽《三國志・蜀書二，諸葛亮傳第五》，頁九一二—九一三。

六、結　論

晉太康元年（公元二八〇年）晉滅吳，結束了分崩離析約九十年的三國分立局面。陳壽時年四十八歲，開始著手撰寫三國的歷史。魏、吳兩國有官修歷史可供參考。蜀漢未置史官，但陳壽原爲蜀人，對文獻向來留意收集。書成之後蒙張華賞識，薦舉陳壽爲中書郎，可見《三國志》有相當的功力與價值。陳壽作《三國志》後約一百三十餘年，劉宋文帝命裴松之爲之作注，裴在上《三國志注表中》也說：「壽書銓序可觀，事多審正。」

《平話三國志》的故事口耳相傳必有一段時間，元英宗至治年間（一三二一～一三二三）出了《平話三國志》新版（建安虞氏新刊本），扉頁題《至治新刊新全相三國志平話》，既有新刊，必有初刊或原刊，可見這個民俗故事流傳之廣（元朝三國戲，與宋之話本有關三國故事之多皆可爲佐證）。㊾到了羅貫中的時代（約三、四十年之後），三國故事流傳民間也絕無可疑。可是這些民間故事在文人眼中，價值極小。蔣大器（即明庸愚子）序《三國志通俗演義》所批評的

㊾ 請參考丘振聲，《三國演義縱橫談》，頁三一－三二，頁三九－四〇。

大概就是平話本。他說：「前代嘗以野史作為評話，令瞽者演說，其間言辭鄙謬，又失之野，士君子多厭之」。[50]平話本三國故事評價之低可見一斑。

照這麼說，《三國志》與《平話三國志》一實一虛毫無疑問。可是，我們只要將虛實詳加考察，就可明白兩者並非黑白分明。陳壽距羅貫中的時代年代湮遠，而《三國志》中疏漏之處甚多，裴松之就批評它「失在於略，時有所脫漏」。相反的，平話本儘管「言辭鄙謬」，可是無疑它已成民間小傳統不可或缺的文化。平話本只是一個版本，文字拙劣固不待言，情節不盡合理，違背史實之處甚多，但畢竟它是民間文化（或次文化）的一部份，它代表的毋寧是一個文化現象，而不僅是一部小說而已。

羅貫中的小說顯然是作者對歷史的三國所作的解釋。他透過敘述的文體，網羅史識、文才等百科全書式的資料，而整理出他一己的世界。這個世界存在於過去，可是對他所身處的世界也不無關聯，不無意義。我們甚至可以說他明言三國，實指元末。論者甚至有人主張羅氏抗元，因此將竊據中原的元人與曹魏相提並論，而他與張士誠的關係，更促使他把道統寄托在抗魏的蜀漢劉備身上（劉備聯吳抗魏乃《三國志演義》之一大主題）。就當時的政治軍事局面而言，元末農民起義，往往以趙宋為名；也就是說，託有宋在江南之道統以對抗由北方入侵的元人（農民同時也

---

[50] 收於《中國歷代小說序跋選註》，頁一六。

針對當時「貧極江南，富稱塞北」，貧富不均的現象起而對抗北方的統治階層）。51羅貫中圖王的抱負不果，於是將心力付諸「傳神稗史」上面。52他寫〈宋太祖龍虎風雲會〉顯然有所寄託。53此外，《三國志演義》循的是朱熹《通鑑綱目》的體系，而朱著尊劉抑曹的精神在羅著中也表露無遺，正顯示了羅氏借古寫今的作法。也就是說，羅氏透過對過去的解釋，而對現在、將來重作評估。

既然是解釋過去，重估現在、將來，史實的準確與否並不是最重要的課題。同理，故事的發展必須要實有所托，如果一味講輪迴報應，甚至情節發展大量依據神奇力量（平話中的孔明撒豆

---

51 羅貫中把張士誠視爲「眞主」，但張士誠嚴格說背叛了農民起義的理想，這種矛盾在《三國志演義》裏如何處理倒是一個值得探討的問題。關於南北貧富不均與張士誠的評價，請參閱丁國危，〈元末社會諸矛盾的分析〉及王崇武，〈論元末農民起義的發展蛻變及其在歷史上所起的進步作用〉，均收於南京大學歷史系元史研究室編，《元史論集》（北京：人民出版社，一九八四），頁五八三－六〇〇及頁六一六－六三九。

52 〈稗史滙編〉，收於朱一玄、劉毓忱編，《三國演義資料滙編》（天津：百花文藝出版社，一九八三），頁二二九。

53 這個雜劇描寫宋太祖雪夜訪丞相趙普，商討治國大計，宋太祖稱趙普爲兄，其妻爲嫂，他平常禮賢下士，與《三國志演義》中的劉備有很多類似的地方，也因此成爲羅貫中期望中興的寄託，詳見《三國演義研究集》（四川：四川省社會科學院出版社，一九八三），序，頁三。

成兵，與法師毫無差異），那麼小說也就喪失了身體力行，參與復興大業的人爲因素。也就是爲了上述兩個原因，《三國志演義》介中於《三國志》與《平話三國志》之間，並且酌情虛者實之，實者虛之。

從上述這種觀點，章學誠的看法無疑是不正確的。他在《丙辰札記》中說羅著七實三虛，又說這種作法要不得。章氏主張小說要不就全實，如《列國志》等，要不就全虛，如《西遊記》，但不可錯雜虛實，淆人視聽。[54]豈不知歷史必加中介整理，使成整體，然後後人才能參與其中，並體會其中的旨意。在中介整理過程當中，古今應加揉合，而虛實也要求其互補。

胡適說《三國志演義》是五百多年演義家累積下來的集體作品。[55]不過，我們也可以說《三國志演義》是中國文人透過一種虛實互補的中介觀，而對過去歷史所作的詮釋與瞭解。比較《三國志演義》或《全相平話三國志》更能對漢末風起雲湧的時代，提供一個更全面、更週詳的詮釋與瞭解。

一九八六・十二

---

[54] 見丘振聲，《三國演義縱橫談》，頁三六三—三六五。

[55] 《中國章回小說考證》（上海：上海書店，一九八〇），頁三八八。五百多年指宋至清初，包括現行毛本。

《紅高粱家族》演義

莫言的《紅高粱家族》（北京：解放軍文藝出版社，一九八七）一共有五章：〈紅高粱〉、〈高粱酒〉、〈狗道〉、〈高粱殯〉與〈狗皮〉。坊間選集大抵僅收〈紅高粱〉一章，而張藝謀贏得柏林國際影展金熊獎的〈紅高粱〉電影，所根據的大致上也僅限於〈紅高粱〉及〈高粱酒〉兩章。本文所要談的牽涉整個長篇，原因很多：一來小說裏頁自稱：「這是一部作者奇特、內容奇特、形式奇特的探索性長篇小說。」而莫言在書後的跋說得更清楚：「寫完《紅高粱家族》第五章，我就匆匆地把五章合一，權充一部長篇濫竽了數，……雖沒寫好長篇，但也確想寫好長篇。」莫言自謙，因此有濫竽之說，但跋中一席話在在都顯示這部小說是個長篇。而作者更自稱其中含有若干伏筆，留待日後「完整地表現這個家族」。而這句話也顯露出作者自己撰述史詩的野心，《紅高粱家族》也絕非斷簡零編，隨興之作。上述兩個外證或許不足以令人折服，本文因此想試就五章的內涵與形式，說明《紅高粱家族》不僅是個長篇，還是一部很具現代特色的演義歷史小說。小說企圖透過紅高粱家族的族史，來探索中國人在歷史新舊交替期間，所遭遇的種種人性問題。

先談長篇。莫言在跋裏很自信地說：長篇「無非是多用些時間，多設置些人物，多編造些眞實的謊話罷了。」也就是說長篇靠時間、人物與情節的交織而成，效果多元，有異於短篇之凝聚統一。此地我想就這個長篇，其中時間、人物與情節的特點，略加探討，並突出這個作品的歷史演義特色，以及其背後的涵義。

有人按敍述人與敍述事件的距離，而把敍述體分三種：寫實小說、歷史小說與神話。寫實小說記載的是第一手、切身的經驗，作者透過各種敍述人的眼、口，企圖敍述、詮釋親身所見所聞的事件。歷史小說敍述的是一個比較遙遠的社會，而當時發生的事物與目前的事物勢必有相當的出入，這點容後再談。至於神話，它描述的往往是渺不可及的時代，當時混沌初開，人類的所作所爲都爲了生存，與現代人繁文縟禮直有天壤之別。這種三分法顯然有它的局限性，因爲其他的不說，敍述人與敍述事件的距離，不一定是客觀的歷史時間；心理的時間往往更加重要。而神話與歷史小說在當代重演的例子，更多得不勝枚舉。不過這種分法毫無疑問有它的好處，令我們正視敍述人與敍述故事兩者之間，價値觀念、意識型態的差異。具體而言，《紅高粱家族》故事中的「我」敍述的是有關他爺爺、奶奶等人「最英雄好漢最王八蛋的歷史」。(頁二)他的祖先敢作敢爲，有骨氣；相形之下，現代人卻懦弱無能，僞善。(「我逃離家鄉十年，帶著機智的上流社會傳染給我虛情假意，帶著被骯髒的都市生活臭水浸泡得每個毛孔都散發着撲鼻惡臭的肉體。」（頁四五〇）他的祖先與紅高粱共存亡，敢愛敢恨，甚至不惜與狗類認同；現代人相形見穢，孱弱、膽小宛如家兎。（頁四八；四五〇）兩代之間的差距正是這本小說所要突出的一大主題，而歷史演義也正是突出此一主題之有效藝術途徑。這種文學形式給予作者前瞻後顧之自由，並透過前瞻與後顧而對人性以及歷史，作面面俱到的認識與檢討。這部小說可以稱得上是近年來探討中國歷史、國民性格與文化的一項力作，其中探討的問題足以令人一新耳目，而小說的意義也絕對超越了它表面的「異國情調」，與違情悖禮的情節。

故事從一九二三年奶奶結婚當日開始，到一九七六年爺爺去世才告結束，其間五十多年可以稱得上是中國社會轉化過程中，最具關鍵性的年代。一九二三年國共和談開始，整個國家其實尚處於軍閥割據的局面，而山東地區更成了三不管地帶。故事發生於高密東北鄉，當地土匪與土八路、國民黨勢力，甚至地方的衙門勢力等等，在日軍入侵之威脅下，互相結合、利用，你爭我奪，永無休止。故事到了一九四一、四二達到高潮，並以一九七六年爺爺死亡，「文化大革命」結束而宣告完結。

故事中的「我」誕生於一九五四，（頁二一一，早生於作者莫言兩年）故事大半截按常理是他無從知悉的。作者並未告訴我們，「我」的故事來自何處（爺爺？奶奶？父親？母親？），而「我」對過去的一切，似乎一目了然，也更令人無法理喻。其實，不可理喻的東西不僅如此，連他自己對敍述角色也抱懷疑的態度，因爲他來到父親的墓上，撒了一泡尿，然後大聲高唱抗日歌曲：「高粱紅了——日本來了——同胞們準備好——開槍開炮——」，（頁二）而我們都知道他生於一九五四，對於抗日可以說一知半解。也正因如此，他又說：「有人說這個放羊的男孩就是我，我不知道是不是我。」（頁二）儘管如此，這個故事無疑是經由他口中道出。事實上，他不僅能敍述故事；他對故事的瞭解，幾乎是達到一種全知的地步。舉個例子說，爺爺與奶奶騎著騾子去打野兎，打了野兎回家加菜，敍述人接着告訴我們，「奶奶的後槽牙縫裏，夾着一粒高粱米粒大的鐵砂子，那是吃野兎肉時塞進去的，怎麼摳也摳不出來。」（頁七〇）說話人對歷史人物的一舉一動知之甚詳，而《紅高粱家族》有些地方比實錄還來得翔實。至少實錄很少觸及人物的心理層面，而說話人說到他母親倩兒，如何逃避日軍而困居井底，這時他不僅描寫出井底之陰濕，與漫長之等待，連母親夢見自己生了翅膀，飛出井口，（頁二二五）這件內心事件也都逃不出說話人的意識。這種敍述本領到底如何解釋呢？

西方人對歷史有一種看法，認爲歷史之所以可靠，乃是因爲人從古迄今都有理性，因此前人所作所爲，後人都能憑常理一一推斷。可是紅高粱家族（包括爺爺、奶奶、二奶奶、父親、母親、羅漢大爺、家中的五條狗，甚至紅高粱地等等）都非憑常理可解的「人物」。他們甚至是反理性的，因此後人能否一清二楚說明箇中之因緣可就大成問題了。按理說，《紅高粱家族》這麼一個敍述體能否成立，基本上就很值得斟酌。

這個問題其實並不難。「我」身爲爺爺與奶奶的孫子，父親與母親的兒子，所謂血濃於水，先人所作所爲，後人理能瞭解。「我」的幻想追着父親的幻想，父親的幻想追着爺爺的幻想。（頁二一二）此外，前人的行爲固然悖乎常情，可是卻逃不出歷史發展的大原則。故事一再強調：個人的行爲儘管再乖異，但自然與歷史的軌跡仍然是清晰可辨的。爺爺深信天下分久必合，合久必分，（頁三五二—三）再說作者也同意，土匪有土匪的天命，爺爺當土匪並非想錢財，而是「他想活命、復仇、反復仇、反反復仇，這條無窮循環的殘酷規律，把一個個善良懦弱的百姓變成了黑手毒、藝高膽大的土匪。」（頁三三九）而「日滿則仄，月滿則虧」（頁三七一）的原則仍然有效，爺爺領導鐵板會盛極一時，但終於在奶奶的大殯中，中了曹夢九的離間計。我們其實只消將耳熟能詳的正史，稍稍加以變動改寫卽成《紅高粱家族》，而紅高粱族的家族史，也不妨當一部錯體的正史閱讀。閱讀錯體的正史促使我們對正史有更正確的認識。古人說正史不外乎一部部的相斫書，而莫言這部小說廝殺的情節，豈不與正史不謀而合？再說，從演義的觀點看，按金人瑞（或毛宗崗所僞託）之〈三國志演義序〉所云：「作演義者，以文章之奇而傳其事之奇。」（見黃霖、韓同文選注《中國歷代小說論著選》（南昌：江西人民出版社，一九八二，上，頁三三一））《紅高粱家族》豈不也是「以文章之奇傳其事之奇」？當然，讀者可能會問起有關正史裏，春秋筆法的道德問題。這個問題並非此地三言兩語所能回答，不過春秋筆法往往牽涉到語言的問題，卽執筆者何許人，執筆用意何在等等問題，並非黑白判分，正邪殊途那麼簡單。事實上，《紅高粱家族》這部地方志描寫的正是一部正反相生，善惡難分的衆生相。

> 高密東北鄉無疑是地球上最美麗最醜陋、最超脫最世俗、最聖潔最齷齪、最英雄好漢最王八蛋、最能喝酒最能愛的地方。（頁二）

這個地方的人既「殺人越貨」，又「精忠報國」。（頁二）狹義的道德問題到了此地倒變爲其次了；最要緊的是，紅高粱的家族轟轟烈烈的行爲，令子孫「相形見絀」。（頁二）血濃於水，「我」的幻想追着父親的幻想，父親的幻想追着爺爺的幻想，這點上面已略略談過。（頁二一二）而動亂過後，紅高粱家族歷經穴居生活之後，歷史的遺產順理成章會傳遞給後代，「到時候父親就會揮舞着那隻幸存的獨臂，迎着朝霞，向着母親、哥哥、姐姐、我，飛跑過來。」（頁二一二）也就是說，歷史奔向現代，要求現代加以接受、承認與詮釋。

話雖這麼說，歷史如何由過去奔向現代倒並不容易。我們上面說過，普天之下天皆有理性，因此過去與現代之間暢通無阻。這種歷史哲學無疑太過簡化。歷史的事件固然有表象，而史家只須多看多聽，多加研究，原則上都能將過去的輪廓勾勒清楚。《紅高粱家族》儘管敍述跳躍，時間反複顚倒，敍述人卽與說書，追求敍述效果的統一，而不計較時間與因果的機械結構，不過大體說來，故事的歷史紋路還是相當清楚的。爺爺十六歲那年因他母親與和尚私通，因而殺了人，之後二十歲那一年參加「婚喪嫁娶服務公司」，一九二〇年因爲綦家出銀一千大洋雇用他們而受辱，之後他遇上奶奶（這年爲一九二三），一九三九年抗日，一九四一年加入鐵板會，勢力達到高峯，不久之後也就兵敗被俘，之後有一段時間人在日本北海道荒郊僻壤裏，一九五七年由地洞裏跑出來，而終於一九七六年死亡。年份固然可以理出頭緒，甚至日期都可以查考到。此外爺爺的個人歷史固然可以查考，整個高密東北鄉的歷史也稍有記載，比方說一九四一年，高密東北鄉呈現了一片安寧氣象，可是在其他地區，抗日戰爭卻已達到空前殘酷的階段，而當地國民黨與共產黨的衝突也正是如火如荼。（頁二八四）由此可見，歷史事物的外象，只要經過理性的研究與詮同樣也是釋，並不難重建。

可是事物另有內相，內相外人不一定全能體會，更何況內相摻雜有許多非理性的無意識成份。從這個觀點看，血濃於水，《紅高粱家族》由爺爺的孫子口中道出，可以說是理所當然。不過這並不表示個個孫子都有寫他爺爺歷史的本事，莫言筆下的「我」所使用的敍述策略，使得「我」擁有特殊的視角，讓他淋漓盡致，娓娓道出紅高粱家族史。

論視角，歷史家與歷史演義作者看待事物有異於一般常人，他們一方面能看穿事物的內相，看透事物的深層因果關係，甚至掌握事物長遠悠久的來龍去脈；另一方面，史學家或歷史演義作家看事物，往往着眼於它的未來性，他們不像常人，看事物不作單獨、孤立的處理，而往往把它與將來事物結合，並進而瞭解到過去事物之將來性。（關於此點，請詳參 Arthur C. Danto,

Narration and Knowledge (New York: Columbia University Press, 1985, pp. 285-297.)

換句話說，「我」一開始敍述爺爺、奶奶、羅漢大爺與父親、母親的歷史，他早就知道事物將會有怎樣的收場。舉個例，爺爺與他兒子帶着五十塊銀洋進縣城買子彈，這時作者告訴我們：「五天之後，這裏(指村子裏)的一切都要在戰火中化爲灰燼。現在是一九三九年八月初十……」(頁二七〇)作者指的正是八月十五日軍在村子裏大肆屠殺的悲劇。這件事幾乎使村裏人種滅絕，也幾乎使村裏的狗成了喪家之犬。(頁一九六)諸如此類的預言性文字，歷史小說中相當常見。再說故事的主力集中在一九二三至三九年之間，但三九之後有四一年(這一年有爺爺與江小腳、冷支隊長、曹夢九之間的四角矛盾)，以及五七、五八，甚至七六年等等。作者欲語還休，似乎暗示紅高粱家族的早期歷史，與四一年之後的民族社會史有密切因果關係。換句話說，按他跋裏的話，過去的歷史佈滿伏筆，這(指小說)「爲我創造了完整地表現這個家族的機會，表現我自己的機會。」

所謂鑒古而知今，人唯有瞭解過去，才能瞭解現在與將來，而瞭解過去，也就是瞭解過去的將來性。這問題超越了歷史的本體(指過去發生了什麼事)，而與歷史的認識(指人如何認識已發生之事)更有密切關聯。人看歷史，或讀歷史演義固然是一項創造性與表現性的行爲，但能創造與表現的人不僅限於作者或敍述人，連書中的人物都能創造歷史。爺爺、奶奶，甚至羅漢大爺都憑一己頂天立地，蔑視世俗的行動來塑造自己的歷史。作者描述單家滅門血案發生之後，奶奶着人將屋裏屋外清洗消毒過後，如何一展她剪紙技藝，剪出蟈蟈跳出牢籠的圖案，象徵重獲自由。

她還用超現實的手法，剪出一隻梅花小鹿，背上生出一枝紅梅花，尋找它無拘無束的美滿生活。（頁一五二）作者認爲這是奶奶，「大行不拘細謹，大禮不辭小讓。」（頁一五二）她的創作天才，足以讓文學家自慚形穢。奶奶一生敢作敢爲，而奶奶在死的一瞬間，對生命仍然採取主動；「奶奶三十年的歷史，正由她自己寫着最後的一筆，過去的一切，像一顆顆香氣馥郁的果子，箭矢般墜落在地，而未來的一切，奶奶只能模模糊糊地看到一些稍縱卽逝的光圈。」（頁八二）奶奶生的意志如此強烈，以致眞誠動天，她死前廻光返照，父親見景大叫：「娘，你好了！你不要死。」（頁八四）

人物創造歷史，敍述人也同樣透過詮釋創造歷史，經過「我」的創造，爺爺他們那一代人的歷史既光輝燦爛，又卑鄙可憐，這點小說一開始卽已說明。敍述人除了解說外相之外，另也就過去事物內相作一番哲理的詮釋。父親對事總是比較清醒，也因此缺乏哲學思維的深度，爺爺相反的卻是「我」眼中的理想人物，爺爺執着於某種意念，思想往往「凝滯在一個點上」，「其他的景物他視而不見，其他的聲音他聽而不聞。」（頁二〇六）換句話說，爺爺這個人物乃是他孫子口中創作的作品，與他本人多少有出入，而作者莫言本人多少也與敍述人相認同。書前的獻言亦莊亦諧，招喚祖先的靈魂；

謹以此書召喚那些游蕩在我的故鄉無邊無際的高粱地裏的英魂和冤魂。我是你們的不肖子孫，我願扒出我的被醬油腌透了的心，切碎，放在三個碗裏，擺在高粱地裏。伏維尚饗！尚饗！

此地的「我」與書中的「我」並非同一個人，可是他們對祖先的景仰可以說是一致的。《紅高粱家族》對祖先的景仰，受一種很特殊的歷史觀所支配，而人對歷史的態度是兩面的，是亦莊亦諧的。對歷史與人物、或事件整體，作者的態度相當嚴肅，「天命」、「天意」在作品中扮演相當重要的角色，充分反映出一套天命不可違的哲學思維。可是就個別的事件與人物，作者或者是敍述人的態度往往跡近戲謔。這部小說——甚至張藝謀的電影——之所以遭受批評與此不無關係，讀者觀衆對酒中撒尿、高粱地裏野合，可能無法苟同，正說明了小說詼諧的一面。

事實上，我們不妨對故事的細節作一項新的讀法，除了認識作者對細節的精心經營，與對事物玩世不恭的處理，作個別的注意與詮釋之外，我們不妨在細節當中稍加推敲，找出其中的組織，甚至挑選其中若干主要的修辭程式（master tropes），並研究它們如何將故事某些脈絡結合起來。此地我想談兩個意象：高粱與狗。儘管兩者都相當卑微，可是它們卻無形之中支配了故事與人生命運的發展。

高粱與人息息相關，人以紅粱止飢，也以紅粱取樂，它象徵苦難中國百姓的生命力。從敍述的層次看，高粱起初可以說僅提供敍述的背景，可是到末了，高粱卻成了人類生命的終極意義。

也就是說，高粱地由起初人類喜怒哀樂之舞臺，演變成人類的圖騰（指人類之先祖乃爲高粱）。（頁四五三）先說前者，故事發生的地點，不是在高粱地，就是在村子或縣城裏頭。村子裏固然有自發性的抗日活動，不過基本上，村子與縣城裏有法治的體系，曹夢九（曹青天）憑用厚底布鞋打人屁股或嘴巴，而聲名大噪，可惜他的司法觀念非常落後、狹窄，因此他的司法固然可以還人公正——如開鷄膛驗明鄉下女人爲吳三老所寃（頁一三四）——可是他禁烟、禁賭、殺土匪的律法，在當時內憂外患的中國，對百姓毫無幫助，何況曹夢九末了甚至用計消滅了各個地方勢力，無形中給予抗日大業很大的打擊。相反的，高粱地海濶天空，生命有最卑微的層次——如奶奶出嫁途中匪徒攔路，遭轎夫擊斃，爾後屍體在高粱地裏發爛，（頁五二—五六）又如野狗在高粱地裏搶食人屍，父親率衆殺狗。（頁二四七—二六二）可是高粱地裏發生的，卻都是頂天立地、轟轟烈烈的大事，襯托出人類的活力與尊嚴。羅漢大爺跟爺爺家的兩匹騾有相當的情感，他們一起在日軍槍口下被迫修路，羅漢爺爺逃亡之後一片愛心，想把兩匹騾子也帶走，沒想到騾子不認舊人，踢了他一腳，羅漢大爺無名火起，用鐵鍬把一隻殺了，把另一匹傷了，爲了這件事他被捕，並被淩遲示衆。過程可以稱得上怵目驚心，人性於此已淪爲獸性，處理手法也與西方自然主義中的生物決定論相去不遠。儘管如此，在場的女人「全都跪到地上，哭聲振野。」而「當天夜裏，天降大雨，把騾馬場上的血跡洗得乾乾淨淨，羅漢大爺的屍體和皮膚無無影無跡。村裏流傳着羅漢大爺屍體失踪的消息，一傳十，十傳百，一代傳一代，竟成了一個美麗的神話故事。」

（頁四二）諸如此類的神話故事，在奶奶中彈臨死之前也出現過。奶奶臨終前張眼望着頭上的高粱，與高粱頂上的青天，青天裏有一羣白鴿飛翔而下，奶奶與它們說着話，表示不願意離開它們。這時她又感到：

> 最後一絲與人世間的聯繫即將掙斷，所有憂慮、痛苦、緊張、沮喪都落在了高粱地裏，都冰雹般打在高粱梢頭，在黑土上札把開花，結出酸澀的果實，讓下一代又一代承受。奶奶完成了自己的解放，她跟着鴿子飛着，她的縮得只如一隻拳頭那麼大的思維空間裏，盛着滿溢的快樂、寧靜、溫暖、舒適、和諧。奶奶心滿意足，她虔誠地說：
>
> 「天哪！我的天……」（頁八五—八六）

高粱地不啻人間天堂，而一羣年輕女人把奶奶身體擡走時，「高粱地恍若仙境，人人身體週圍，都閃爍着奇異的光。」（頁一五七）

當然，這並不表示高粱地就等於烏托邦。儘管爺爺與奶奶在高粱地裏野合，「為歷史抹上一道酥紅，」（頁八一）儘管高粱嘲弄奶奶，（頁七九）而高粱可以釀酒，奶奶的血液也帶有很重的酒味，（頁七六）高粱可以當藥，（頁二〇四）高粱救了爺爺父子二人的命，（頁二八二）可是高粱本身也是苦難的象徵。奶奶的死也就是高粱的死。奶奶臨死之前耳聞日軍機槍掃射，

「高粱齊聲哀鳴，高粱的殘破肢體成直線下落成弧線飛升……」（頁七五）高密東北鄉的鄉民打游擊，往往以高粱田爲掩體，日軍因此厭惡高粱田，有一次爺爺與父親躲在高粱田裏，日軍騎着洋馬，橫衝直闖：

父親看到他用馬刀把高粱穗子劈下來，有的高粱無聲無息地頭顱落地，連站立的棵子都紋絲不動；有的高粱嗶嗶亂響，被砍折了的穗子暗啞地哀鳴着歪向一邊，懸掛在莖葉抖顫的稭稈上；有的高粱則以極度的柔韌順着刀前傾，又隨着刀後仰，像粘在刀口上的一捆麻線。（頁一九七—一九八）

高粱的命運與人的命運似乎已結合爲一體，而隨着人種的退化，（頁二）純種高粱也逐漸爲雜種高粱所取代。（據云張藝謀拍〈紅高粱〉電影時吩咐用純種高粱，但底下的人偷工減料，用的種子有一半是雜種高粱，雜種高粱高度不夠，無法配合情節需要，也無法襯托出高粱的象徵意義，張藝謀只好用另一半的高粱田當實景。）這時「我」感慨系之，他再也看不到往昔八月中秋高粱譜成的一片血海。（頁四五二）現在全圍着他的竟是一片雜種高粱：

它們像蛇一樣的葉片纏繞着我的身體，它們遍體流通的暗綠色毒素毒害着我的思想，我

在難以擺脫的羈絆中氣喘吁吁，我為擺脫不了這種痛苦而沉浸到悲哀的絶底。（頁四五三）

高粱控制人的思想，也多多少少控制歷史的發展；高粱可以說已植根於中華民族的民族意識裏。這時敍述人聽到一個聲音，像是他祖先的聲音，對他「發出了指示迷津的啓示」，要他淨化他「可憐的、孱弱的、猜忌的、偏執的、被毒酒迷幻了」的靈魂，並說：

在白馬山之陽，墨水河之陰，還有一株純種的紅高粱，你要不惜一切努力找到他。你高舉着它去闖蕩你的荊榛叢生、虎狼橫行的世界，它是你的護身符，也是我們家族的光榮的圖騰和我們高密東北鄉傳統精神的象徵。（頁四五三）

高粱其實超越人的歷史，它永遠維持着它那原始的、甚至是反文明的生命力，不受人類盛衰興亡的影響：

多少年後，這些地方的土壤還是無比肥沃，種在這裏的高粱長勢凶猛，性格鮮明，油汪汪的莖葉上，凝聚着一種類似雄性動物生殖器官的蓬勃生機。（頁三六六—三六七）

如果人的植物性與高粱認同，那麼他的動物性可就常常與狗認同。當然，書中的動物除了人與狗之外，另有兎子、虱子與黃鼠狼等等。兎子、虱子是作者自嘲，指我們這一代軟弱無能、思想干癟，而兩者與狗類相形之下都有所不及。至於黃鼠狼，我們都知道它與狗同類，何況它出現的時間與日軍姦辱二奶奶這件事幾乎是同時穿插進行。一九三一年二奶奶去高粱地裏挖苦菜時，看到一隻黃鼠狼，站在墳頂上揮動前爪向二奶奶叩拜，二奶奶爲其迷惑，因此神志昏迷，倒地亂叫，村裏的人都說她給黃鼠狼魅住了。（頁三九九—四〇〇）事後黃鼠狼竟然找上門來滋擾二奶奶，終於給打死，血液也濺滿了門扇。後來日軍攻入咸水口村子，破門進入二奶奶房中，二奶奶兩眼注視着那道門，看着血跡，想起黃鼠狼的舊事。不過所不同的是這次她不能倖免於難，失了清白不說，末了還舊病復發，死得非常狼狽。作者毫無疑問，想用黃鼠狼來影射日軍野獸不如的行徑。

至於狗類，它的意義可就複雜多了。狗的表面意義當然是負面多過正面。日本人在作品中常被比喩爲狗，甚至狗雜種。（頁二〇二）再說〈狗道〉一章寫的無非是狗的劣根性，寫狗雖然有攻擊人類的集體意識，可是相互之間不信任，不合作，相互偷對方的伴侶，相互勾結、離間等等。（頁二五三—四）可是話又說回來，狗類如此，人類又何嘗不如此？上述的狗類劣根性，在書中人物中都可以一一找到例證。比方說，抗日的精神中國人人都有，可是講合作可就困難重重，爺爺與江小腳、冷支隊長相互之間無法推心置腹，以至爲曹夢九所乘，並爲日軍個個擊破。

而偷情的事，故事中也不乏其例，大抵都與奶奶有關。（電影中羅漢大爺離開製酒場，卽與爺爺得寵有關。）這麼一來人獸之分也就微乎其微了。

當然，人旣是「最王八蛋」，也是「最光榮」的，狗也有它光輝的一面。首先，狗與人的命運休戚相關。人的歷史與狗的歷史也同樣無法分割：

光榮的人的歷史裏摻雜了那麼多狗的傳說和狗的記憶，可惡的狗可敬的狗可怕的狗可憐的狗！（頁一九五）

一九三九年中秋節晚上的大屠殺，「使我們村幾乎人種滅絕，也使我們村兒幾百條狗變成了眞正的喪家之犬。」（頁一九六）由於無家可歸，人與狗的主從關係也就結束了，而早期爺爺與他家的兩條忠心耿耿黃狗的忠誠關係也就不再有了。有意思的是，爺爺家的三條新狗——紅狗、綠狗與黑狗——從此與主人反目，偷食死屍，對傳統極大不敬不說，它們還攻擊人類，並甚至差點將余家的香火給弄斷了。（頁二四五—二七〇）

不過，狗有狗光榮的歷史，奶奶在世時狗不比人差，狗與人共葬一穴。（頁二四一）而卽使與父親鬪爭的狗羣，他們躲閃人類致命的武器，也有相當的一套本領，並善用各種策略。（頁二五三）而在反奴役的「報復」戰役中，「我」家三隻狗更「把這種原始的朦朧衝動上升到理論的

高度的……對這一系列行動進行理性思維……」（頁二五三），它們的進攻循的是「辯證法」的戰法。（頁二五九）

當然，狗忘恩負義，翻臉不認主人，吃死人肉等等都值得批評，可是作者對它們的態度也並非全然否定。比方說父親病後完全靠吃狗肉滋補來恢復他的元氣。而狗吃人，人吃狗，人狗豈非不分？（情形與魯迅筆下的狂人相同）父親後來變成個彪形大漢，殺人不眨眼，據說與吃狗肉有關。（頁三三三）而父親與爺爺穿了狗皮，「白茬子朝裏，毛兒朝外，三分像人七分像狗。」（頁三三四）這都證明作者視人狗同等，無意塑造人爲萬物之靈之理想形象，而「狗道」與「人道」也並非黑白判分。

拿高粱與狗類來與人相喩，基本上屬於誇張的修辭，若干讀者可能不以爲然，不過作者似有他的苦心，希望以奇喩正，用誇張，甚至不合常理的情節、意象來點出社會建制之腐敗無能，包括司法不公正、軍事混亂無能、財政岌岌可危等等。這點稍後再與歷史演義相提討論。此地再回到修辭的問題，誇張可分兩類：比喩與換喩。作者以高粱、狗類比喩人類的苦難與人類的劣根，這種作法卽屬前者。相反的，作者偶而也會穿挿若干出人意表的寫實情節與意象，如爺爺在酒罈中撒尿——電影中父親在埋在路面下，當作陷阱的酒罈中撒尿——目的乃要以出奇的手法達致目的。說得更明確些，爺爺駭俗的行動，從象徵層次上言，乃是要徹頭徹尾改變單家幾代相傳的傳統，因爲單家末代業主得了不治的痲瘋病，家道眼看就要無以爲繼了，這時爺爺以土匪的行徑出現，篡了單家家業不說，還以令人錯愕的行動（如用尿泡製佳釀），有意無意之間，中興了奶奶的家業。另一個換喻的實例描寫奶奶有一次帶爺爺去村裏扔死小孩的地方，事先奶奶做了一桿秤，秤上刻了押花會（卽一種彩票）的三十二個花名，到了之後奶奶就找了一個死嬰秤重，然後看秤砣放在那個花名上，當夜奶奶押了一筆錢在「牡丹」上，可惜開了獎卻是「臘梅」，奶奶因此生了一場大病。（頁四二〇—四二四）這些情節、意象往往駭人聽聞，可見作者透過爺爺、奶奶的口中，認爲這一切都是天意、天命，個人的行爲不論如何怪異，也都是爲天意所容。也就是說，個人行爲不論如何乖異，廣義而言也只是率性而行，因此符合天意，與當時歷史上社會政治之建制，以及官僚倒行逆施，日軍蹂躪中華河山，相形之下，書中人物的獨立特行，嚴格講並無任何出軌之處。

談軌跡，我們不能不談談歷史演義。所謂歷史演義當然有異於客觀的歷史——姑不論歷史是否有客觀這麼一回事。西方的歷史小說往往把着眼點放在次要人物的身上，看他們的遭遇如何反映時代的總體變遷，（詳參 Georg Lukács, *The Historical Novel* (Harmondsworth: Penguin Books, 1981) 中國的歷史演義小說卻往往着墨於大人物的行爲與思想。它與正史最主要的差別，乃是正史爲人物個別立傳，而歷史事件則另立條目處理；相反的，歷史演義小說，比較側重人物與歷史事件之整體動態關係。相形之下，歷史演義小說比較側重個人對事件整體的影響力。而談個人，歷史演義小說一方面固然神化英雄人物，如諸葛亮神謀遠算的形象，卽比較接近平話本裏撒豆成兵的師傅，而與《三國志演義》中鞠躬盡瘁的諸葛亮有相當的出入——《三國志》的諸葛亮主要功勞乃是他與劉備共同籌劃出來三分天下的計謀。可是小說着墨人物，往往也勾勒出人物罕爲人見的一面。夏志清論中國古典小說，卽曾指出羅貫中筆下之關羽，爲人忠心耿耿，但心胸往往不夠舒坦，往往爲名而草率行事。（詳參 C. T. Hsia, *The Classic Chinese Novel* (New York: Columbia University Press, 1968.)）

《紅高粱家族》無妨從演義的觀點來讀。書中的筆觸不乏說話的風格。五亂子對爺爺的一席進言就值得全文抄錄：

「余司令，我自幼熟讀《三國》、《水滸》，深諳謀略，膽大如鷄卵，苦無明主報效。原以為黑眼（指鐵板會會長）是條英雄好漢，便拋家棄舍，投奔他門下，原欲乘長風破萬里浪，建功立業，封妻蔭子，誰知這黑眼蠢如豬，笨如牛，無勇無謀，一心一意想只保全他在鹽水口子那一畝三分地。古人云：禽擇佳木而栖，良馬見伯樂而鳴。我想來想去，偌大個高密東北鄉，只有余司令您是個大英雄。因此我串通了數十個弟兄，一齊發難，要黑眼睛請您入會，這叫做引虎入室之計，你在會裏效越王勾踐，臥薪嚐膽，爭取同情和聲望，爾後小弟伺機除掉黑眼，然後扶您為主，改換門庭，嚴飭綱紀，擴大隊伍，先佔住高密東北鄉，爾後向北發展，佔領平度東南鄉，再佔膠縣北鄉，三片聯成一

> 氣，這時，就可以在鹽水口設都，亮出鐵板國旗號，您就是鐵板王，再以後，就派三路兵馬，一路攻膠縣，一路攻高密，一路攻平度，共產黨、國民黨、日本鬼子，統統剿滅，力拔三城之後，天下就粗定了！」（頁三五三）

爺爺談不上什麼「鐵板王」，而「天下粗定」這回事也沒能實現。事實上，從政治的觀點來看，爺爺的一生可以說是失敗的，可是從「人性的光輝」來看，作者認爲爺爺是成功的。（頁二二二）爺爺不折不扣稱得上是個英雄人物。同樣的，奶奶巾幗不讓鬚眉，撰寫她自己的歷史。但到了父親的一代可就稍稍遜色了，父親厭戰，父親只會帶頭打狗，而母親只有困坐井底受苦，與爺爺、奶奶一代人相比，不可同日而語。而到了敍述人與作者的這一代，也就更談不上豪爽的英氣了。「我」這一代人也唯有回到過去，才能獲得勇氣，才能不人云亦云，成爲一本暢銷的《讀者文摘》。（頁四五〇—四五一）「我」在參拜過衆多的墳墓之後，來到了二奶奶的墳頭。二奶奶可能是她們那一代最軟弱的一個，可是：

> 她以詭奇超撥的死亡過程，喚起了我們高密東北鄉人心靈深處某種昏睡着的神秘感情，這種神秘感情只有處在故鄉老人追憶過去的、像甜粘稠的暗紅色甜菜糖漿一樣的思想的緩慢河流裏才能萌發，生長，壯大，成為一種把握未知世界的强大思想武器。（頁四五〇）

《紅高粱家族》無論在內涵或在形式上都相當奇特，令人耳目一新。可是要瞭解其中的眞諦，我們不妨從歷史演義的觀點，看這部小說如何處理過去與現在的關聯，如何應用意象的對比，來描寫人與歷史的關係。總體而言，《紅高粱家族》表現的是現代精神，使用的也不乏現代技巧，可是小說的哲學基礎中也充滿了反現代的歷史觀，暗示所謂「種的退化」，令人不免掩卷長思，到底文明發展的方向指向何方?而理性、愛情、禮教、國家民族等觀念，是不是比我們想像的要來得複雜，值得我們再三深思?

一九八八・六

第二輯：小說與心理

愛情與死亡——

小說、人物與心理的關係

人物在小說裏，通常佔很大的份量。而談人物，一般人側重的往往是人物與外界的社會關係，探討的也通常不外乎人物與社會的愛憎關係。西方小說發展的歷史因此大可以憑個人與社會關係的變化來衡量：十八世紀小說探討個人意識的發展，以別於個人血緣與政治地位；十九世紀循同一路線，而將個人意識配搭資本主義各種不利的社會經濟條件，並突出兩者之間的辯證關係；二十世紀顯示的乃是個人意識的高度膨脹，外在現實往往被棄而不顧，小說的首務也轉移為內心心理狀態的經營。中國小說的發展也大可以人物的發展為着眼點：早期寓言作品中人物代表的無非是抽象的意念；到了唐傳奇作品中，個人的意識與社會才發生衝突；而宋擬話本的人物則更進一步，落實到小市民的層次，並直接與當時的經濟、社會環境發生關係；明清小說則以章回的手法，探討個人與集體、個人與外界的持久發展關係。

諸如此類的研究，歷來都有人做，成績也相當可觀。不過這類研究往往停留在內涵的層次；對形式很少觸及。再說這類研究往往着眼於故事明的層次，對於暗的層次往往存疑不加涉及。這一來形式與無意識的關係、小說的敍述功用、小說的意識型態等等重要問題，也都給遺漏掉了。

底下我想利用佛洛伊德（Sigmund Freud）有關愛欲與死亡的概念來闡釋西西的〈像我這樣的一個女子〉，目的是要說明作品中各種錯綜複雜的關係，並對人物作一個粗淺，但也是稍有不同的探討。

西西一九八二年這個短篇小說，至少觸及了兩個層面：人性中愛情與死亡所佔的份量、中國女性意識在轉型社會中所扮演的角色。

■

首先談談作者與作品的關係，西西執敎香港，顯然與故事中在殯儀館替死人化粧的女主角，扯不上關係。當然有人會說西西本來就有兩個：一個是敎書的西西；另一個是下筆行文的西西。前者卽是所謂的史實的作者（historical author），而後者通稱之爲蘊涵的作者（implied author）。故事中的女主角與史實作者距離甚大，但與蘊涵的作者距離較小。根據古典的創作理論，西西在寫作之際，身不由己，下筆若有神助，因而冥冥之中本人（蘊涵作者）與女主角混然合一。

可是事情是不是眞如此簡單？蘊涵的作者通常僅僅提供故事背後的生命觀，頂多也只提供故事大綱。故事一旦開始進入第一個句子，問題馬上來了：故事是透過誰的眼睛看的，用誰的嘴巴說的？根據心理分析的理論，一旦用眼睛觀察外物，或用嘴巴表情達意，人的主體馬上變了質。這種說法或許有人覺得是危言聳聽，可是就以說話爲例（看的問題牽涉較廣，無法在此說明），我們日常常用的語彙當中，代名詞佔很大的比例，而代名詞就像幾頂帽子，人人都可以戴，不一定有實質；換句話說，「你」、「我」、「他」這類字，可以靈活應用，因人而異。也就是說，語言虛多實少。耶柯（Umberto Eco）甚至認爲符號（語言屬符號的一種）可以以虛代實，並且往往是一種騙人的障眼法。這種論點比較偏激，此處暫且按下不談。不過毫無疑問，人一使用語言，主體性往往是會變質的。＜像我這樣的一個女子＞裏的「我」正是一個好例子。

這篇故事的題目本身就值得我們推敲。作者不說＜我這樣的一個女子＞，而在前頭加了一個字：＜像我這樣的一個女子＞。這一來故事的虛擬性無疑增加了許多，相信不僅僅是主角自怨自艾，暗示說：「我這種一個苦命的女子」一語所能涵蓋。我們甚至可以說，這個故事的主人翁有兩個：像「我」的女子，以及「我」本人。這時主體顯然一分爲二了。除此之外，故事中的主體也並非顯而易見的實體。她不但無法瞭解自己的心理，而且也無法控制自己的思潮；面對愛情與死亡，她無法瞭解，更無法決定自己的立場。

故事的題目暗示女主角自嘆命苦。可是她之所以命苦，也與她的性別有關。也就是說，生爲女人，多多少少註定了她的苦難。我們甚至可以進一步說，如果生爲男人，問題可能就不存在了。女主角的父親生前也是「從事爲死者化粧的一個人」，可是他卻能安安樂樂成家育子。根據主角解嘲式的解釋，主因是她母親的愛征服了恐懼，可是事實上恐怕與父親身爲男人，關係更加密切。性別這個因素毫無疑問是故事的主流，因爲各位讀者只消稍爲注意女主角與她怡芬姑母不可分解的關係，就可以認識到女人世代相傳的悲慘命運。西西似乎有意表示，主角的命運固然與她不幸身操「賤」業有關，可是女人的悲慘命運，更是代代相傳，無法輕易化解。前者是社會現象（社會歧視），後者屬歷史問題（惡性遺傳）；前者僅爲個人的不幸，後者乃女性主義之一大課題。〈像我這樣的一個女子〉，自稱「女子」，而不用比較中性之「女人」，或甚至措辭比較強的「女性」，相信多少襯托出中國女性歷來所受之歧視。這種歧視在明的層次，可從職業、社會地位、男女主從關係上得到驗證。不過比較潛沉不露，但影響宏著的倒是男尊女卑的價值意識，這種意識經過內化（introjection），使得女人也自慚形穢。故事結束時，主角不等夏表示態度，自己「臨陣脫逃」，不敢面對現實，卽爲此一心理現象之外現。

西西故事中的女主角並非一個清晰可辨的整體，這與敍述的本質，以及主角的女性意識有密切關係。不過這兩大因素如何透過故事而落實、開展，倒是值得我們好好考慮。就敍述本質而言，西西透過主角，開宗明義說明：「像我這樣的一個女子，其實是不適宜與任何人戀愛的。」故事一開始就點出一種缺陷，而往後敍述的舖陳，也不外乎針對此一缺陷而作文章；故事結束時女主角又說：「他是不知道的，在我們這個行業之中，花朵，就是訣別的意思。」其實，女主角的男朋友對她的想法一無所知，可是女主角卻在二十一頁的敍述空間裏，營造了一個幻想的世界。在這幻想世界裏，眞與僞、內與外、過去與將來，似乎都已渾然不分。我們因此要問：這種渾然不分，甚至眞僞不辨的世界，與女性意識是否有任何必然或因果的關係？這個問題此處暫且擱置不答，等下面討論愛情與死亡時再談。

■

談抽象意念如何落實到敍述的層次，我們不妨把討論的重點放在三個意象羣上：愛情、死亡，與命運。三者事實上相互糾纏，不易分清，不過此地爲使討論層次比較明晰，暫時使用三分法。愛情的對象是男朋友夏（影射夏天），代表生命的活力。夏使她「魂飛魄散」，而兩人除了平常看電影，漫遊之外（兩者都是年輕人活力充沛的表現），夏還會牽著她的手，和她「一起躍過急流的溪澗」。女主角也甚至有過這麼一個念頭，要「懷抱新生的嬰兒」。這些意象都與年輕男女戀愛時，所做、所想的事情有關。

與愛情相對的便是死亡。女主角生活的世界，與其說是活人擾攘不休的世界，不如說是死人的極樂天地。她工作的地點是殯儀館，工作的對象是死者，而更重要的是——她認爲可以與自己無所不談，不怕嘲笑，不怕洩露機密的，也只有死人。死人不但可以與她相處融洽，死人經過她一番化粧之後，甚至可以變成美的化身，「最安詳的死者」享有「最佳的安息」。各位只須將愛情與死亡稍加對照即可看出，後者（死亡）在這個故事裏佔了絕對的優勢。這原因何在？

從人類最原始的慾望而言，食與色一向認爲是最基本的天性。而色似乎愈來愈顯得重要，原因是近代社會比以往富裕多了，食物充飢基本上並不成問題，可是色（即是愛情的一種表現）牽涉可就較廣了。一來人基本的性慾要求，從小開始卽有。有的人類學家甚至認爲，人類之所以有家庭這麼回事，乃是因爲人類對性的要求與一般動物有所不同，四季不斷，沒所謂週期。二來性與傳宗接代有必然的因果關係，性並非僅僅床第之樂而已，而與香火之傳遞息息相關，性也因此與個人生命的延續有關。除此之外，性的意識也或多或少決定自我的意識，根據佛洛伊德的理論，小孩子發育的過程當中，三至五歲這個階段最爲重要，在這個性蕾期（phallic period）之內，小孩子的性意識（與父母之間的性別觀念），往往決定了他一生的人生觀。〈像我這樣的一個女子〉中的女主角，之所以不能與男朋友夏建立持久的關係，相信與她跟姑媽之間的曖昧關係有關聯。

性愛無疑是人性中最大的原動力。事實上，性愛往往支配人的行動，助長人的私心，甚至造成人慾橫流。社會爲了防止此一私慾氾濫，不得不制定各種禮教與法制。換句話說，性愛與文明往往站在對立的位置。佛洛伊德早期作品重點放在性愛上面，主張性愛乃是人性的樞紐，因此有人批評他動輒以性愛的眼光來看社會現象，是一種泛性主義（pansexualism）。

這種批評基本上是不公平的，因爲其他的因素不說，佛洛伊德晚期討論的重心，已由性愛轉移至死亡的本能（death instincts）。死亡本能有異於生命的本能：人希望透過死亡，而把生命的衝突降低到最低的程度。也就是說，人希望藉死亡回到無機而永恆的狀態，因爲一旦進入此一境界，人也就無所謂爭執了。死亡的本能分內外兩種活動，對內這種本能追求死亡；可是對外這種本能往往演變爲侵略性極強的行爲。〈像我這樣的一個女子〉裏的女主角，毫無疑問充滿了死亡的本能，因此除了自毀的衝動之外，她對世界、對男人的敵意也極端強烈。從負面而言，她對外在的世界深懷戒心，本來她大可改變工作，可是回頭一想：「像我這樣一個讀書不多、知識程度低的女子，有什麼能力到個狼吞虎嚥、弱肉強食的世界上去和別人競爭呢？」可是就正面而言，她也著實迷戀上了死亡，殯儀館這個地方，「沒有人世間的是是非非，一切的妒忌、仇恨和名利的爭執都已不存在。」「人一進入死亡之後，「一個個變得心平氣和而溫柔」。死亡如此祥和，而她與死者的關係也就變得更加密切，她把他們當做膩友，對他們無話不說，不用擔心他們洩密（他們是第一等的保密者），到末了甚至對他們說：「你們知道嗎？明天早上，我會帶一個叫做夏的人到這裏來探訪你們。」

■

愛情固然與死亡對立，可是兩者之間的中介並不是不存在。故事談到三個爲情而死的年輕人，包括一對殉情的男女，以及女主角的弟弟。殉情的男女象徵死亡勝利，爲此女主角大不以爲然，拒絕爲這兩個懦弱男女化粧。至於他的弟弟，他與女友兩情相悅，卻因家庭的反對而無法結合，結果男的只好一死了之。這時女主角心中唯一的顧慮，是希望不必爲親人化粧。(女主角自已很少化粧，甚至想辦法要把身上防腐劑的味道除去，恐無意中與此有若干關係，不願意替自己化粧。)爲一般的死者化粧，她可以一展所長，製造死亡祥和之氣，並與死者建立友誼；可是死者如果與她處境相同，處於熱戀之中，或是她的親人，那麼其中可就帶有諷刺的意味了。這時命運的角色也顯得更加重要。命運介乎愛情與死亡之間，塑造了兩者之間的曖昧關係。

不過所謂命運，指的是什麼?故事一開始，女主角就把一切問題歸咎於命運。她說：「我想，我所以會陷入目前的不可自拔的處境，完全是由於命運對我作了殘酷的擺佈。」接著，她又說：「對於命運，我是沒辦法反擊的。」命運擺佈她，而她卻完全無法反擊。這種命運，我們不妨稱之爲女性的命運。讀者當然會問，所謂女性的命運與男性的命運有何差異？男人平常談命運，往往指的是超自然的力量，冥冥之中操縱，甚至嘲弄人類。可是我們一談女人的命運，讀者總會或多或少想到，命運往往指社會禮教對女性的約束，逼使女性屈服。關於這點各位只消看看魯迅〈祝福〉中對祥林嫂的處理，卽可知道男女命運之分。如果論程度之深淺，男性的命運比女性似乎要來得形而上，而女性的命運比起男性的命運，歷史與社會的成份無疑要來得大些。我們甚至可以說，在命運裏，女性的人爲成份要高過男性。不過，儘管如此，命運終歸是命運，都是當事人所無法理喩的。我們一開始就說過，主體一進入敍述，自覺性可就大大降低，而人物也往往在語言與敍述中「隨波逐流」（關於這點，請參考拉崗（Lacan）有關語序鏈（chain of discourse）的討論）。換句話說，女人的命運一寫入語言、故事，那麼撲朔迷離的程度也更強了。西西筆下的女主角表現的正是這種雙重的迷離。

要瞭解女主角迷離的性格，我們不妨從她與怡芬姑母的關係下手。女主角的童年，我們知之不詳，我們只知她母親爲了愛，毅然衝破禮教的樊籠，下嫁給他父親。不過兩人顯然很早就過世，因此把女主角的教育，完全託付給怡芬姑母。怡芬姑母自己本身的經驗獨特，與一般「女有歸」的情形恰好相反，因爲她終身守身如玉，甚至希望死後都不讓人碰她的身體。她交代女主角說：「當我躺下，你必須親自爲我化粧，不要讓任何陌生人碰我的軀體。」這種執著的態度，大大影響，甚至決定了女主角對男人，對世界的看法。

其實與其說姑媽影響姪女，還不如說兩人同體來得妥當。怡芬是女主角的姑媽，也是她的師傳，而女主角也慢慢體會到：

> 奇怪的是，我終於漸漸地變得愈來愈像我的姑母，甚至是她的沉默寡言，她的蒼白的手臉，她步行時慢吞吞的姿態，我都愈來愈像她。有時候我不禁感到懷疑，我究竟是不是我自己，我或者竟是另外的一個怡芬姑母，我們兩個人其實就是一個人，我就是怡芬姑

母的一個延續。

姑姪二人合一的敍述意義很重要，因爲女主角的一生等於她姑媽的複印本，晚一輩的人一生等於上一輩人的重述(repetition)。這一來，後來者的生命也就談不上自主，更不用說獨創了。人的生命被一種決定論所支配，而不幸的是這種決定論的結論是死亡一途，別無其他生命的抉擇。換句話說，生命的抉擇可以做的，姑媽早已試過。她姑媽愛過，同時也設法使對方瞭解她的情形，可是對方一看到死者，膽量頓然全失：

> 他是那麼地驚恐，他從來沒有想到她是這樣的一個女子，從事這樣的一種職業，他曾經愛她，願意為她做任何事……。不過竟在一羣不會說話、沒有能力呼吸的死者的面前，他的勇氣與膽量完全消失了，他失聲大叫，掉頭拔脚而逃。

姑媽「這樣一個女子」竟然作這種工作，遠非她男朋友所能預料或諒解。這點讀者相信都能瞭解，不過瞭解之餘不禁要問：到底姑媽這種做法是否明智？而一個人本身與他的工作，是否絕對不可分割？這兩個問題，我們無法在姑媽身上找到。可是到了女主角身上，問題可就變複雜了。首先她大可以姑媽爲前車之鑒，不再重蹈覆轍，也大可不必把男朋友夏帶進殯儀館，不用把男朋友嚇走。

當然，話說得容易，可實際上做起來，困難重重。一來故事的底稿早已打好，她的一生等於她姑媽生平的複述，她姑媽的經歷也就是她本人的經歷，一前一後，亦步亦趨，絕無逃脫之可能。何況從象徵的層次說，女主角由於與死者的「交情」，無形之中已感染了死者某些特質。她身上帶有防腐劑的味道（男朋友卻以爲是香水），她怎麼想盡辦法也無法把藥味去掉。換句話說，她的體味，也就是死者的體味，她自認她的職業已經改變了她整個人。她自認外人對她整個人，已感到不喜歡和害怕，就像是「動物面對烈焰，田農驟遇飛蝗」。

■

而尤其值得我們注意的是，女主角與死者都默默無語。雖然故事透過她口中道出，滔滔不絕，使我們可以一目了然，瞭解她的苦衷，可是故事基本上是女主角自言自語的紀錄。對於外在世界，她是寂寞無言的，她一方面主張人要絕對坦白，不可有所隱瞞；可是另一方面，她卻無法把她心中的眞情，甚至恐懼說出，與她心愛的人共同分擔。這才是她生命的悲哀所在。

寂寞無言象徵一種死亡，可是故事中自語自言的部份也顯示出，另一種女性意識的世界觀與美學觀。在這獨特的世界中，一切的價值與理性都被另一種渾然不分的境界所取代，而遊戲的價值也已超越了實用價值。女主角告訴我們：

我只希望憑我的技藝，能够創造一個「最安詳的死者」出來，他將比所有的死者更溫柔，更心平氣和，彷彿死亡真的是最佳的安息。

但是她一下又改變了主意，認爲她的工作只不過是她在「人世上無聊時藉以殺死時間的一種遊戲吧了」。原因是死者一無所知，而死者的家屬也不會欣賞她的一番苦心。她的工作只是「斗室中……個人的一項遊戲而已」。眞正的原動力還是回到她的寂寞無言，她說：

我的工作是寂寞而孤獨的……當我工作的時候，我只聽見我自己低低地呼吸，我甚至可以感到我的心在哀愁或者歎息，當別人的心都停止了悲鳴的時候，我的心就更加響亮了。

所謂「響亮的心」大概就是女性意識的一種表現吧。這種心有異於平常心，平常心是外射的，而響亮心卻是內爍的。

西方討論女性主義主要分兩種：男女同體（androgyny）與實質主義（essentialism）。前者主張陰陽共濟，然後女性才能瞭解世界，並積極介入社會。西西的故事顯然與此思想背道而馳，因爲女主角把他男朋友拒之千里之外（與她姑媽被遺棄，情形不同），甚至不願意與現實的世界有任何來往。西西的女性意識強調的，毋寧是一種實質主義，強調女性獨特的世界觀。透過女主角獨特的美學眼光，塑造出一個一己的天地。在這個小千世界裏，心靈的安詳與豔美，要比現實來得重要。

在轉型的社會中，西西筆下這位女性，面臨前瞻與後顧之抉擇。前者透過愛情，而預述一個煥然一新的世界；後者回歸死亡，並進入一個渾沌不分的宇宙。女主角不幸選擇了後者，並視之爲女性意識之實質所在，其歷史意義遠遠超越了故事本身的範圍。

一九八八・二

男女與親子的心理關係——

獨占花魁的深層意義

明人馮夢龍《醒世恒言》（一六二七年）卷三〈賣油郎獨占花魁〉，故事相信大家都聽過，不用再詳加複述。故事說的不外秦重自幼過繼與人，後遭繼父所逐，不得不自力更生在外賣油維生。一日秦重出外販油偶遇瑤琴，驚爲天人，事後整整積存了一年多的錢，想與瑤琴睡上一夜。無奈錢花了，瑤琴卻醉酒而不省人事，好事因而未遂。從此二人也未再見面，直到有一天瑤琴遭一劣紳所辱，將她棄置荒野之中，秦重路過將她迎回。兩人情意相投，於是安排贖回瑤琴自由之身，並共結連理。故事的主題可以「有情人終成眷屬」一語以概之。

可是故事除了獨占花魁這麼一個與男女關係有關的第一主題之外，另有歸宗復姓這麼一個與親子關係有關的第二主題，描寫秦重與瑤琴如何亂世中與父母分開，經過一番波折之後，由於二人的婚事，而附帶引出兩人與父母久別重逢，共聚天倫並重歸本姓。

初讀這篇故事有人可能會認爲，第一主題帶出第二主題。由兩姓通婚而帶出兩家父母子女團圓。從主題内涵言，也就是說誠能動天，誠不僅能使一個賣油郎與一個風塵女人，排除萬難，締結良緣，而二人精誠所至，金石爲開，瑤琴重會父母，秦重則歸宗復姓。從故事情節的發展而言，第一主題的確帶出第二主題，這是無可否認的。不過我們只消看現象的深層，卽可發現，如果沒有父母的追認，如果沒有兩代之間的大團圓，男女雙方的情感並不能有長遠的進展，更無法獲得適合的承認。換句話說，父母代表權威，凌駕於二人兒女之情之上，甚至支配私人之情。從這個觀點看來，二人之情與社會之理的因果關係，可就與故事的敍述發展不相逕庭了。

可是讀者可能會問：秦重與瑤琴早年旣與父母分開，又何有婚事受制於父母之可能呢？事實上盧卡契（Lukács）研究西方寫實主義小說，卽挑出所謂的「問題人物」（Problematic heroes），其中一類人卽爲孤兒。這類人在社會中固然備受歧視，可是他們所受禮教的約束也相對減低，因此與其他體面人家的子弟相形之下，行動可要自由多了。盧卡契甚至認爲，要認識一個動盪的社會，最好的辦法莫過於由這些人物下手。賣油郎與花魁女顯然也屬此類人物：秦重可以存上一年多的錢，只求與瑤琴睡上一夜，而瑤琴在賣笑生涯中，可以自由決定交往的對象，並私下積存了三千兩私房錢，在在都顯示出孤兒行動自由，父母與社會的約束不大。

不過這類自由的本質到底如何？嚴格說來，這類自由只是一種假象。秦重嫖瑤琴並非眞正的自由，也不爲性慾的放縱，也正因如此，作者才安排讓瑤琴醉酒，而讓秦重「未曾握雨攜雲」。

在秦重的眼中，瑤琴不啻是個仙女，他頂多只敢眼看「親炙」一番，他千辛萬苦，求的只是「得這等美人，摟抱了睡一夜」，不敢有非份的念頭。換句話說，早期秦重固然有自由，可是他自由的對象是不眞實的。至於說瑤琴嫌棄秦重是市井人家，不符她「談笑有鴻儒，往來無白丁」的要求，說穿了也只是一種幻想，與她賣笑的身份頗不相符。末了她被吳八公子拔簪去鞋，棄置荒野，不是沒有道理。

再說這類自由與其他更加重要的權利與義務相形之下，重要性有多大?具體說來，秦重嫖女人的自由，與瑤琴擇客、積私房錢的自由，與秦重獨占花魁與歸宗復姓的權利與義務，或花魁女甘心與賣油郎過百姓人家的生活，其中的權利與義務相形之下，所謂的自由其實相當有限。

回到既是孤兒又何來父母這個問題。問題答案有兩個。一來秦重與瑤琴嚴格說並不算孤兒。秦重自幼過繼給朱十老，後雖有一段時間被逐，但後來父子終歸和好，而父親臨終時，秦重也隨侍在側，事後「舉喪安葬，事事成禮，鄰里皆稱其厚德。」且不說後來秦重成家立業，上山進香還願，終於與生父重逢，並當場把禱詞上自己的姓由朱改回秦，因此父親在他生命中所扮演的角色可以說無時不在。這且不說，秦重的父親由生父而養父，由養父而無父，由無父而尋父，一而再再而三的改變，讓他有充分的機會來試驗、甚至控制父親這麼一個觀念。第二點與心理分析上所謂不在的父親（Absent Father）有關，說父親或遠遊，或死亡，把兒子留在家中，兒子一方面已不得父親早日回來重振家聲，另一方面卻又因父親不在一事而感到內疚，自認父親不在，自已要負上一份責任。像這種原型，西方神話中頗不乏前例，奥德賽斯的兒子鐵里馬卡斯是一例，而哈姆雷特也是一例，兩個兒子對父親的感情都曖昧難明。前者父親因違反文明習俗（搗毀神廟），因此被罰在外浪遊十年，後者年輕時剛猛無比，但卒因年老力衰，遂爲奸人所乘，中毒身亡。這種曖昧關係在賣油郎身上，也明顯不過。我們稍後當細加討論。

至於瑤琴，她可是名符其實的孤兒。幼時她豐衣足食，本來是父母的掌上明珠，父母甚至還想招贅個女婿，免得失去這個一個寶，無奈變生旦夕，汴京淪陷，他們只得避難出走，路上不巧遇到官兵刼掠百姓，因此與父母失散。從象徵的層次看，秦重父親固然不盡責，但卻替他安排了出處，在朱十老膝下暫時棲身；相反的，瑤琴父親本想把她一輩子留在自已身邊，卻因無能而把她帶丢了，讓鄰里將她賣入煙花，把她的命運交給鴇母，等於父權旁落，使得「母」權高漲，把個「女兒」當搖錢樹看待。底下我們就逐一討論兩個爲人子女與父母的曖昧關係，並探討這類親子關係如何左右他們二人的男女關係，希望藉這項討論，來澄清許多專家學者，討論中國小說所常提起的人物節操，人物空間等等問題。

■

首先談談誠與愛情的關係。秦重諧音「情種」，指人用情專一。作者結束時也概而言之，說：「至今風月中市語，凡誇人善於幫襯，都叫『秦小官』，又叫『賣油郎』」。所謂幫襯就是體貼，體貼在風月場中最討便宜。幫襯可以說是故事最明顯可尋的主題。可是我們只消加以冷眼旁觀卽可知道事情並不如此簡單。

就以故事的入話爲例，作者舉鄭元和與李亞仙的故事爲典範，說明男方如何體貼女方，把他的五花馬殺了，做馬腸湯餵病中的亞仙，而亞仙同樣也毫無私心，收容在雪天中叫化的元和，充分表現二人情意相投。可是大家只消看過原故事卽知，故事中女的聽信鴇母的話，把男的騙到竹枝神廟中，然後趁機擺脫了他，事後他淪落街頭，女的收容他，一方面是因爲覺得有虧於他，另一方面因爲「生親戚滿朝，一旦當權者熟察其本末，禍將及矣」（《汧國夫人傳》）。當然，這並不表示男女之情全不可靠。男女的情當然有其重要性；不過情往往受制於社會禮法，包括父母、宗族、鄰里等等勢力，並非二人情意相投卽可決定一切。

幫襯無法決定男女的關係，但男女雙方卻也有他們的膽識、執着、甚至機智和運道，足以與社會勢力相抗衡。不過個人與社會抗衡，其鬬爭情形往往抽象而不彰顯，要理清其間的關係，勢必要觀察語言與敍述結構。也就是說透過語言與故事結構，我們可以具體看出個人與社會，私人與公衆之間的政治關係。

此地我們要介紹拉岡所謂的父之名。根據精神分析，兒子與父親的關係往往具對抗性。父親在兒子的心目中可以三種形式出現：第一種是幻想式的父親，兒子尚在襁褓之中，對父親有一種若有若無，若卽若離的印象（image）；第二種指的是眞正有血有肉的父親，屬於眞實(Real)的範疇，它雖爲客觀世界的一部份，但卻無法加以掌握，詹明信認爲眞實的範疇屬於歷史，受我們無法洞悉的力量支配，因此人只能從闕不知。(Fredric Jameson, "Imaginary and Symbolic in Lacan: Marxism, Psychoanalytic Criticism, and the Problem of the Subject," *Yale Fench Studies*, 55-56 (1977-78), p. 342.) 第三種父親乃所謂的父之名，完全屬於語言的範疇，兒子進入語言的世界中，利用自己的創造力塑造一個父親的名，這時幻想的父親已不再存在，而眞正的父親卻又渺不可及，因此需要憑空創造一個語言的父親，透過它來進入，並參與社會的活動。

我們上面說過，父親本人不在，也因此有失爲人父之責，兒子因此必需透過敍述來延遲個人慾望的滿足，並彌補他心裏的欠缺。荷馬說：「認識父親的人才是聰明的子女」，指的正是子女對父母的認識，以及其中牽涉的各種心理策略。

討論父之名，或討論父子，甚至父母與子女的關係，最重要的附帶條件莫過於家庭結構。我們都知道家庭是歷史的產品，與政治、經濟環境有密切關係。西方十八、九世紀中產階級的小家庭制度與新教之盛行不無關係，因而連帶使得家庭之內的衝突變得更加尖銳，而衝突所引起的創傷也格外痛楚。相對而言，中國的家庭單位向來以大家庭爲主。大家庭固然有大家庭的缺點，可是親子的衝突往往大大緩和下來，《紅樓夢》中寶玉與父親完全合不來，可是兩人有了大家庭其他成員之緩衝，給了寶玉大有天高皇帝遠的自由感。至於父之名本身，在大家庭之中，它也往往可由單數轉變爲複數；換句話說，父親一個人的名份固然可以代表社會倫理的權威，可是家族中其他輩份較高的親屬一樣代表權威。遠的不說，叔伯的份量相信沒人敢低估，而在某些情形之下，舅父的地位甚至也高高在上的。中國如此，非洲社會也未嘗不是如此，馬利・索西（Marie Cecile）與愛德蒙・奧地格（Edmond Ortegues）夫婦研究非洲的戀母忌父情意結卽發現，兄弟之間集體對祖先所承擔的責任，與所發生的衝擊，遠勝過父子二人私下的恩怨。（詳見 *The Language of the Self* (New York: Dell Publishing Co., 1968), pp. 303-306.)

大家庭是中國社會一大特徵，而另一特徵不妨暫稱之爲代父（Surrogate fathers）。代父包括生父不在時，取其位而代之的養父、伯叔、鄰里等等。代父往往數目不小，不僅限一人。從大傳統的觀點而言，天地君親師，除了親之外都勉強可稱之爲代父；從小傳統的觀點而言，代父應用之妙無法一言以概之，賣油郎故事中的鴇母以母親自居，也不妨視之爲代父觀念之延伸。

代父觀念靈活，往往以集體的形式出現。這一來父之名的權威也就更加可觀了，可是代父不可能集體同時出現，在不同的代父輪流出現之間，往往也有空檔。成長中的青年男女也就利用這些空檔，取得相當的自由，並充分發展自己的個性。

代父並非在社會各階層都普遍存在。事實上，代父在低下階層發生的可能性，遠高過中上階層。低下階層家庭流動性往往較大，萬一全家遭受天災人禍，而無法長久共聚天倫，代父與代母當然也就應運而生。在賣油郎的故事中，家庭的傳奇寫的也正是孤兒與代父代母之間的戲劇關係。

孤兒的定義固然因歷史社會條件不同而有所出入，不過孤兒一指孤，二指兒。兒的定義比較簡單，可以泛指未成父母之青年男女，或未曾成家立業之青年男女；就狹義而言，兒也可以僅指未能自力更生的青年男女。至於孤，一般指的是早年父母雙亡；但孤的定義也不妨加以延伸，指父母其中一人早亡，或指父母出走，置子女於不顧。而最廣義的孤可以泛指青年男女突然喪失家人的保護，不得不以一介弱男弱女，在險惡的社會中自求生路。

談到孤兒的自由，最大的莫過於選擇代父母的自由，因爲既然生父母已經亡故或散失，孤兒當然有權選擇自己的代父母。這句話乍聽似有語病，因爲代父母十之八九都強加諸孤兒身上，代父母甚至還付了代價（金錢）才買來的孤兒，因此視孤兒爲小廝、「奇貨」、搖錢樹等等；簡而言之，孤兒卽是財產。可是從心理的層次而言，孤兒對父之名可以靈活運用，與代父母保持一段若卽若離的關係。有時孤兒甚至於私下培養自我的個性，而不須徵得代父母之同意。底下就賣油郎的故事闡釋上述的觀念。

■

談〈賣油郎獨占花魁〉的家庭傳奇，首先要說的是國家。故事一開始作者告訴我們：「大宋自太祖開基，太宗嗣位，歷傳眞、仁、英、神、哲，共是七代帝王，都偃武修文，民安國泰。」這個太平局面到了徽宗之後就無以爲繼了，當時朝政紊亂不說，金虜還乘虛而入，弄得百姓嗟怨。賣油郎與花魁女二人所遭遇的波折，多少與當時的政治局勢有關。換句話說，沒有戰亂，花魁女很可能一生養尊處優，與父母永享天倫（她父親捨不得她嫁人，打算尋個入贅的女婿）。至於賣油郎，他十三歲被賣，過繼給朱十老作小廝，父親自己去上天竺替和尚打雜，諒也必與避難江南、生計艱辛有關。

國家有難，子民遭殃，這是明顯不過的事實，而更令人嘆惜的是：人民的苦痛不直接來自異族的蹂躪。花魁女之所以與父母失散，並非碰上韃子，而是敗殘的官兵乘機搶掠。就象徵的層次而言，徽欽二帝被擄，南宋偏安江南，情形影射花魁女與賣油郎二人喪父，因此只好流落杭州，並想辦法在一連串的不幸中，尋求棲身之所。兩者之間固然有因果的關係，但更重要的是，兩者有異體同型的對應關係，而作者甚至在字裏行間也都暗示家與國之間的共通性。作者批評徽宗無道，以致金人乘機而起，「把花錦般一個世界，弄得七零八落。」後來賣油郎與花魁女結婚之後，由於各種有利的因素加在一起，丈人「把家業掙得花錦般相似，驅奴使婢，甚有氣象。」我們說「花錦」是文字上的巧合也行，不過馮夢龍（〈賣油郎獨占花魁〉作者）與李玉（字玄玉，又作元玉，自號蘇門嘯侶，明傳奇〈占花魁〉作者）皆爲明末揚州、蘇州創作集團之成員，他們相互切磋，作品中不乏患難意識，而他們之中有些（包括馮夢龍與李玉）還是由明入清的作家，相信也因此感染到國家的動盪與百姓的苦難。（詳見朱承樸、曾慶全，《明清傳奇概說》（香港：三聯書店，一九八五），頁一一—二〇）李玉的傳奇本大大提高二人的身份，賣油郎之父秦良本种世衡部將，爲金人所拘，置之冷山，而花魁女之父本爲內監，因此家庭與國家更加是唇亡齒寒，息息相關了。

論國家是江山淪陷，金人入侵；談社會就當從當時揚州、蘇州一帶之經濟下手。顧炎武在他《天下郡國利病書》即指出，明代前期「家給人足，居則有室，佃則有田，薪則有山，藝則有圃，催科不擾，盜賊不生，嫣婧依時，閭閻安堵，婦人紡績，男子桑蓬，臧獲服勞，比鄰敦睦。」（引自〈歙縣風土論〉）這簡直就是禮運大同篇的翻版，可靠性如何值得探討。不過無論如何，到了正德（一五〇六—一五二一）末嘉靖（一五二二—一五六六）初，社會就有了變化，此時商業凌駕在農業之上，而「詐僞萌矣，訐爭起矣，紛華染矣，靡汰臻矣。」到了隆慶（一五六七—一五七二）、萬曆（一五七三—一六二〇）年間，貧富懸殊，階級分化的情形則更加嚴重，還不說江南人口開始集中，城市所有的問題也就接二連三發生了。（詳參侯外廬主編《中國思想通史》（北京：人民出版社，一九五八），第五卷，頁三三五）故事中花魁女原先從良之計，是要找個官宦人家寄托終身，後來決定下嫁賣油郎，原因很多。她認爲賣油郎忠誠可靠，因此口說即使「布衣蔬食」也願意二人共結百年之好，可是事實上此時賣油郎生意已有了起色，他甚至「居移氣，養移體」，經濟條件絕對不差，這點花魁女不可能不知道。換句話說，花魁女看得起生意人家，不再堅持要嫁有名稱的人家，而賣油郞也不用爲了取悅花魁女而再去當舖買讀書人的長袍，並「演習斯文模樣」。這都很可能與當時城市商業主義擡頭有關係，商高於農（婚後二人把錢拿來買房置產卽有投資性質），也高於吏（花魁女與官宦子弟相交數年找不到如意的人，而後來吳八公子凌辱她，使她改變主意，不再執意要找個做官人）。當然，就反面的意義而言，故事中男的被賣給養父，又因金錢關係而被養父逐出家門；女的被拐騙由北方千里迢迢帶至江南，並賣給假媽做棵搖錢樹，後來幸賴自己出錢贖回自由之身。這些唯利是視，販買人口的例證，多少都與城市人際關係的變化有關。這時人的關係往往以買賣爲基礎，買賣人口錙珠計較，作者不煩一一加以交代。而卽使其他的關係也經常以金錢來量化。比方說，賣油郞存了一年的錢才能付得起渡夜之資，而後來好事未遂，花魁女以雙倍的錢還他。婚後一月，花魁女把她的私房錢拿出來幫丈夫作房地產投資。這些都反映了十七世紀城市中金錢掛帥的現象。當然，金錢可以是眞情的延伸，情之所至，財之所至，所以賣油郞看上了花魁女，卽說到做到，節衣縮食整整一年，存了十兩銀子，去供奉給花魁仙子。可是相反的，從另一個觀點看，金錢也可能使人的關係變得庸俗，故事既然明言幫襯、忠誠、體貼、運氣，甚至孝道，又何庸處處一五一十將金錢數目交代於我們？

國家動盪，社會重財，因此使得青年男女身受其害。他們因此希望在情愛中尋求慰藉（賣油郞名秦重諧「情種」，乃情之極致），可是他們的條件不充足，而時機也不成熟，因此培養出的愛情往往失之理想太高，與現實格格不入。作者於是一方面讓二人的愛情萌芽成長，另一方面想辦法讓他們與社會接觸，讓他們逐步成熟。

要成長當然少不了父母。有了父母才有模仿的對象，同時有了父母，青年男女才能取其位而代之，並因此長大成人。這是成長一體之兩面，故事中賣油郎與花魁女與父母的關係正是如此；二人生父生母不在身邊，因此代父代母乃乘虛而入。

先談賣油郎的父親。他生父在他十三歲那年把他賣給朱十老，自已去上天竺做香火，這事件有個重要性：上天竺不通舟楫，雖然香火很盛，到底與世隔絕，而寺廟歷來與世無涉，賣油郎生父進了寺廟，等於與塵世斷了緣，因此做兒子的訪父無功固不待言，就是後來婚後賣油郎與父親重逢，做父親的也斷不願長敍天倫，寧可繼續出家。既然出了家，賣油郎也就名符其實無父了。父親在世時賣油郎無父，父親去世後更加如此，因爲他父親活到八十多歲，「端坐而化。遺命葬於本山。」人葬在外地，相信他在宗族中的重要性也不高。套句拉岡的說法，賣油郎不見的不僅是生父，而且還包括父之名。

當然，父之名並非說不見就不見，它總會以其他形式出現，賣油郎被朱十老逐出家門之後，卽刻長街短巷訪求父親，雖然一時不成功，心中卻牽掛着父親，因此也不經官府註册，自已復姓爲秦，又在油桶上寫上秦字，久而久之，人人都叫他秦賣油，可見父親留下來的姓並不輕易不見的。套句臺灣鄉下的說法，賣油郎卽使過繼給朱十老，改姓爲朱，嚴格說仍然秦骨朱皮。皮可去，骨絕對是換不了的。

不過話雖這麼說，生父不在是事實，養父取其位而代之也是事實。過繼這件事對賣油郎來說有利也有弊。就利而言，賣油郎謀生之技靠朱十老訓練而成，因此即使被逐之後，憑他在店裏學到的本事，以及認識的油坊，賣油郎得以維持生計，而末了店裏的伙計把錢財席捲一空，賣油郎再度回去，他繼承的雖說是一個空殼子，相信店舖貨物亦所值無幾，但是賣油郎卻也繼承老店號，因此不久之後「生理比前越盛」。就弊而言，賣油郎與養父朱十老及侍女蘭花三人發生了三角關係，原來朱十老與蘭花有曖昧關係，而蘭花對賣油郎有意，偏偏賣油郎卻是流水無情，朱十老因此對這個養子頗不高興，而店中另一伙計邢權又從旁中傷，誣告賣油郎侵佔款項不說，又說賣油郎嫌朱十老不替他娶媳婦，因此心中早懷離家出走之意。換句話說，賣油郎與代父的衝突起因有二：一是金錢上的糾紛，養父懷疑養子暗藏私心，想自立門戶；二是朱十老吃醋爭寵，唯恐賣油郎取其位而代之。

賣油郎與生父、養父的關係多少顯得簡單，甚至平面化。兒子與生父的關係失之於太疏（父親出家，踪跡全無），與兒子同養父的關係相反，因爲後者失之於太密（三人爲金錢女人而發生爭執）。而之所以無法維持中庸不偏的關係，與生母、代母之早喪有關連。也就是說兒子與父親的爭執，沒有母親從中化解，而吃虧的終歸是做兒子的。賣油郎之所以顯得晚熟，恐與此有關。說得具體一點，賣油郎初見花魁女，把她視爲天仙，之後積存一年的收入，爲的只圖與花魁女渡上一夜，作者並未告訴我們他有任何慾念，因此果然不出所料，花魁女只中看，他好處沒得到，倒落得一身汚穢。這種晚熟的現象不僅出現在情節中，也可以在語言文字中略見一二。賣油郎對花魁女可以說一廂情願，因此千方百計想討好對方，他去當鋪買了一套讀書人的道袍，在家學走方步，「演習斯文模樣」，在在都表示他對自我認識不夠。而在與花魁女應對當中，說的都是文謅謅的話，給吐了一身，反而說：「有幸沾得小娘子的餘瀝。」又說：「小娘子天上神仙，小可惟恐伏侍不周，但不見責，已爲萬幸。況敢有非意之望。」賣油郎對女人態度不切實際，與生父、代父之影響有關，而與母親（包括生母與養母）早亡也更有關連。這種現象要等他葬了養父，同時也把尋訪生父之事忘個精光，（婚後上山還願遇父，完全是巧合，因爲那天用的油桶剛巧是以前賣油時用的油桶，上書有秦字與汴梁地名，因此引得秦父好奇，而問起他的家庭與原籍。）在這之後他的態度才有好轉。他對花魁女可以說不恭不倨，甚至還實實在在討論了二人成婚可能遭遇的困難。這時賣油郎用辭也平實多了，他說：「小娘子就嫁一萬個，也數不到小可頭上，休得取笑，枉自折了小可的食料。」末了終於說：「就是小娘子自己贖身，平昔住慣了高堂大厦，享用了錦衣玉食，在小可家，如何過活？」

生父與養父早期庇護兒子，可是也相對支配兒子。賣油郎要等擺脫了生父、養父之影響才能獨立自主。雖然如此，父之名仍然屹立不移。養父過世，賣油郎必須「舉喪安葬，事事成禮，鄰里皆稱其厚德。」而婚後賣油郎「天然湊巧」遇上生父，當場復姓，並把他迎回家中，讓「新娶媳婦……拜見公公。」甚至事後他父親不肯住下，堅持回到寺中出家，賣油郎仍然「每十日親往候問一次。每一季同莘氏（即花魁女）往候一次。」

相形之下花魁女的運氣就差多了。最簡單的解釋就是亂世之中，佳人誤陷風塵；可是事實並不如此簡單。社會動盪與個人不幸之間另有家庭因素介乎其間，我們甚至可以說，社會與個人的衝突與和解都發生在家庭這個單元之中。而這個單元彈性甚大，包括生父母、代父母，甚至包括鄉里，以及往來的體面人家等等。

先談生父母。花魁女父親開個六陳舖兒（即雜貨舖），家道頗豐，而年過四十只得一女，因此送她去唸書。到了十二歲她已經是「琴棋書畫，無所不通。」而吟詩作賦固然名傳一時，女工一事，也「飛針走線，出人意表。」可以說各種美德技藝俱備，唯一缺少的是墮落烟花之後不得不補學的歌舞，以及她向賣油郎表白：「布衣蔬食，死而無怨」的心理態度。不過回頭看花魁娘子的早年，生父因爲「自家無子，要尋個養女婿，來家靠老。」這種想法當然無可厚非，而後來賣油郎娶了花魁女之後，岳父母與他們同住不說，店裏的業務完全交由岳父處理，所以雖無招贅之名，卻有其實；可是故事一開始金兵攻破汴梁，父親與女兒在兵慌馬亂之中失散之後，女兒再也得不到父親的庇護。在她心目中，父母之名久而久之變成若干虛無飄渺的回憶，實際上並不能幫她大忙。花魁女進了妓院，起初拒絕接客，她的藉詞是：「要我會客時，除非見了親生爺媽。他肯做主時，方纔使得。」父母顯然只是緩兵之計，她明知自己絕見不到親生父母，而故事結束之前花魁女決定許身於賣油郎之時，她並未把親生父母放在心上，也從未想過須不須要等他們同意。為了貶低生父母，作者甚至不惜安排由生父到劉四媽家中去打聽花魁女的消息。當時花魁女已經搬進劉四媽家中，父女兩人卻失之交臂，要等到婚後次日，生父母求見新人時，一家人才相認團圓，這時生米已成熟飯，而做父母的風光、威信等等也大大打了折扣。

生父母不在，於是代父母乘機而入。代父母的出現有利有弊，正如生父母一般。故事的首號惡人當然要算第一個代父卜喬（諧「不巧」），他壞事做盡此地暫且不講，不過我們也不能說他一無是處。他千里迢迢把花魁女從戰火頻仍的北方帶到江南，經過不少波折，身上的錢財也全部用盡，這不能不歸功於他。此外，花魁女小時的教育與身份並不相稱，當時找不到適當的配偶，部份原因是她自負過高。卜喬把她賣入門戶人家，將她推入火坑，無形中幫了她大忙，使她在從良的過程當中逐步瞭解到財勢地位之不可靠，而終於甘心與一個地位相若、忠誠可靠的賣油郎共偕連理。其他的因素不論，卜喬至少可稱之為觸媒。

卜喬的罪名主要是販賣人口，有違鄰里守望相助之德。與馮夢龍時代大致相同的李玄玉在他傳奇本〈占花魁〉作品中引《西湖遊覽志》，描寫卜喬後來如何當了和尚，如何俗念未斷，意圖姦污良家婦女，結果偷鷄不着蝕把米，被婦人與丈夫設計賺進櫃中，並拋棄荒野，事後有個官員路過開櫃，發現一個一絲不掛的和尚，猜想必是奸情外露的結果，因此囑人把和尚原封不動鎖回櫃中，並拋棄水中。馮夢龍曾據李玄玉的傳奇而加改寫，劇本名也叫〈占花魁〉，可惜遺失不傳，否則看他如何處理此一情節，必甚有趣。李本把花魁女的代父描寫爲聖俗的結合，即是說卜喬既聖又俗。馮夢龍的話本則把聖俗劃分得一清二楚：賣油郎的生父是聖，而花魁女的代父是俗。兩個作家處理父之名手法不同，也同時反映兩人政治觀點的差異。李玄玉賦予卜喬雙種性格，有他獨到之處，而他把賣油郎與花魁女都寫成官宦子女，又把故事人物提升一級，描寫名門子弟淪落而後恢復名望之過程。馮夢龍把重點放在高的層次，所鋪陳的不外說明，商比仕宦可靠，而商也能超越社會種種之不平。後者反映的，可以說是一種民俗的意識型態，俗的勢力支配花魁女的一生。首先出現的是卜喬，他要花魁女與他以父女相稱，以免惹起外人疑心，並對鴇母謊稱花魁女是她的親生女兒，利用的是欺騙的技倆。

王九媽可就比較坦白，她把花魁女視爲親生女兒，只因她相貌出衆，是件値得珍惜的寶貝。同理，花魁女要求贖身，王九媽答應她的要求，主要看在錢的份上(王九媽要價一千兩，而當初她買花魁女僅僅花了五十兩，盈利不可謂不大)，不過她心中也相信花魁女婚後既無父母，過年過節還不是要回到她身旁，並永遠以母親之禮待她。

王九媽與花魁女的關係純粹是一種商業的關係，兩人的關係似乎不甚親近。倒是劉四媽介中在二人之間，解決了二人的僵局，使得花魁女回心轉意，失身之後仍答應接客。這一件事對兩方都有好處，因爲花魁女答應接客，受益人當然就是王九媽，往後的日子不愁這棵搖錢樹不替她賺大錢。而對花魁女而言，最大的好處當然是從良；也就是說，接客也就等於騎驢覓驢，讓她有機會尋找理想的對象。在沒想通之前，花魁女不恥與市井人家往來，並說：「我要銀子作甚?」當時她唯一躭心的是有失面子，怕她的假媽會拷打她。劉四媽看中這點，於是曉以利害，並授以從良的方法。一語點破了花魁女的迷津，使她領悟到要跳出火坑唯有擲身火坑。而在應接往來的歲月中，她也慢慢體會到她自己的身份，明白到她與官宦人家往來，吟詩作對的日子僅是假象，遲早會有破滅的一日。而後來在吳八公子手中飽嚐了拔鞾去鞋之恥，終於領會到地位配合的重要性。這種轉變不能不間接歸功於劉四媽。作者有意把劉四媽營造爲代母，因此花魁女離開王九媽之後，並不直接去到賣油郎家中，而是經過明媒正娶的手續，先到劉四媽家中小住而後由男方正式迎娶。

上述的生、代父母關係複雜，反映出中國人的泛家族主義。故事中的人物十之八九都是男女主角的親故，而這些親故也往往比西方阻擾青年男女好事之父母要複雜得多。一來中國的代父母幾乎是以車輪戰的戰術輪流上陣，很難有機會讓年青人逃遁到與世無爭的森林中（關於這點請參考弗萊Northrop Frye, *Anatomy of Criticism* 有關喜劇一節），也更難得有機會逃出家庭傳奇，這是第一點。不過話又說回來，父母的觀念既然比較廣泛，青年人也就可以自由調動代父代母，而無須像西方男女一樣，與父母產生尖銳與個人的衝突。相形之下中國青年男女與父母關係比較融洽，部份原因在此。

代父代母替孤兒帶來各種幸與不幸，可是孤兒卻可以有意無意調配代父代母。相反的，親生父母對子女，除了愛心之外別無其他感情。雖然如此，生父母往往對子女期望太高，或溺愛太甚，因此無意中害了子女。此外，生父母自有生之日卽在，無選擇之餘地，而卽使生父母不在，做子女的也念念不忘，希望父母早日回歸。生父母與代父母兩者各有利弊，兩組若配合適當，可以說最理想不過。這原因何在？

在未回答這問題之前先要介紹兩種人際關係。第一種關係依賴血緣，父子、祖孫卽屬這種關係。在農業社會，甚至手工業社會裏，這種關係可以說是經濟的支柱。上一代把世世代代，經年累月累積下來的寶貴知識傳遞給下一代。這種關係好處甚多，不過做晚輩的毫無選擇餘地可言。與這種上下關係相對的左右關係，包括朋友、同寅，甚至情人等，這類關係在工業社會中重要性很大，父母親的重要性只限於子女成長之前，而與社會上其他人的關係雖說是一種契約的關係，可是契約的合同時期往往很長。

這兩類關係並非絕對分明，毫無關連。男女本屬第二類關係，可是兩人只要一決定互託終身，他們之間的第二類關係往往會轉化爲第一類。除了這種正常的轉化之外，外人也可以透過儀式而與家人建立親屬關係，遠的例子可以舉皇帝賜國姓給有功的臣子，近的可以舉小傳統中結拜的習俗。結拜這種契約嚴格說來是同輩間的合同，不能像朋友的關係一樣隨便解除。就廣義而言，代父母也是一種契約關係，這種契約把第二類的左右關係，化爲第一類的上下關係。賣油郎的故事中，代父母卽屬此類的轉化。

男女由第二類關係轉化為第一類關係，必須經過生父母的認可，也因此賣油郎與花魁女的關係要等到男的歸宗復姓，才算眞正圓滿。（女的與父母團圓只能算是附屬條件）。故事的結局巧合的成份很大，可是只要從中國的宗法觀念來看，這種結局是必然的，絲毫無可避免。

相反的，青年男女與代父母的關係彈性可就大得多了，說故事的成份也同樣高得多了。也就是說，代父代母乃是作者應男女主角的心理需要而作的敍述安排，必然性不一定很高，但敍述性，甚至憑空杜撰性卻很大。賣油郎與花魁女戲劇性很高，而眞正的「戲肉」乃在於代父母與二人的起伏關係。我們甚至可以說，故事在明的層次，說的盡是幫襯、忠誠、體貼與歸宗復姓，可是眞正流露出來的是代父母與二人的複雜關係。

■

歷來小說批評的質量比不上詩，這種現象在西方如此，在中國也是如此。這與小說的地位有關，不論在西方或在中國，小說所反映的是小市民的心聲，與當權者的想法有相當的出入，因此小說要進入教育主流，或所謂的官方意識型態也就難上加難。地位既然不高，自然也就提不起研究人的興趣，這是無可奈何的現實。

而即使到末了小說地位提高許多，研究小說的方法可以說仍然趦趄不前，原因很多，而最主要恐怕小說這種文類不純有關。在西方，小說與小品文（essay）、傳奇（romance）、歷史（

history)、傳記(biography)甚至喜劇、鬧劇都有歷史因緣,因此批評方法也跟着很難發展成一套圓滿自足的體系。中國的情形也差不了多少,從早期的寓言,歷經志怪、志人、傳奇、話本、擬話本,而後人情小說、譴責小說等等,可以說林林總總,更不說歷史(包括紀傳體、編年體、別史、外史、野史)這麼一個近親。(詳見 Andrew Plaks, "Towards a Critical Theory of Chinese Narrative," in *Chinese Narrative* (Princeton: Princeton University Press, 1977), pp. 309-352.)而批釋、讀法這類批評至今仍然停留在比較局部的層次。

儘管如此,與其他文類相形之下,小說無疑更借重人物,並透過人物相互之間,或人物與外在世界的動態關係,而將作者最關心的問題提出,並進而感染讀者。我們甚至可以說,人物是作品整個人生觀的化身。

既然如此,中國小說的人物有何特色?西方的人物講究發展,而小說的情節也往往描寫年青人如何在不同的社會環境之下,發展自我並認識社會。中國小說卻比較側重人物之情操與象徵意義,這種特點與中國的抒情傳統有密切的關係,因爲人生的眞義乃在於刹那間至美至善的呈現,而不在乎一一舖陳陳述。(關於這點,請參考上引浦安廸(Plaks)一文,及同書中高友工之"Lyric Vision in Chinese Narrative: A Reading of *Hung-lou Meng* and *Ju-lin Wai-shih*," pp. 227-243.)

談人物的象徵意義,我們都知道孤掌難鳴,而人物單獨很難產生意義(現代小說不受此限,此地不論）。人物要與人物配合才能產生意義。唐君毅在《中國文化精神價值》（臺北：正中書局，一九五三）對人物的討論相信很多人都很熟悉。他認為中國小說嚴格說，單一人物不成氣候，通常要藉人物與人物共同創造出一個空間，然後才能襯托出意義來。

當然，談人物與人物的關係，在中國小說中最常見的情形往往是相輔相成的關係。脂硯齋把薛寶釵與林黛玉兩個人物視為一體之兩面卽為一例。不過談人際的關係，我們也不妨把這個問題稍予落實，並從形而上的哲學層次，降低到比較歷史與社會的層次。也就是說談人際關係，不妨把它落實到宗法制度上，討論人物在制度化了的人際關係體系中，如何認識自我，建立自我的形象。而在討論人情小說時更不妨探討一下個人與家人的關係，並進一步留意一下泛家族主義對個人的影響。

對個人行為影響最大的，往往不是有形的因素，而是無形的力量。無形的禮教往往支配我們的意識與無意識，而無形的禮教也無時無刻以生父生母、代父代母的形式左右我們的行為。賣油郞與花魁女二人的幫襯關係，乍看似甚簡單，但生父母與代父母從頭到尾支配着兩人的思想行為，其複雜程度實非西方小說所能比擬。

童話故事〈小紅斗篷〉的三種讀法

一

在沒談讀法之前，先把故事大綱複述一次。

從前從前有一對夫妻，他們生了一個漂亮又活潑的女兒。有一年生日她祖母替她縫製了一件天鵝絨的斗篷，這個小女孩喜歡的不得了，整天穿着，到處蹦蹦跳跳。村子裏人人見了都喜歡她，並且乾脆就叫她「小紅斗篷」。有一天，小紅斗篷的母親吩咐她把一籃蛋糕跟酒送去給生病的祖母。臨行之前囑咐她務必小心走路，不要離開林中的小路，不要亂蹦亂跳，不要跟陌生人講話。小紅斗篷當然一一答應了，可是等她一進到林子裏頭，眼前出現一隻狼，橫躺在路當中。狼接着趁機搭訕，小女孩也不免應對一番。這時大狼心中另有企圖，於是開始問長問短，問她上哪兒去，又問她祖母家在哪兒，父母親人在哪兒等等。問到這兒，大狼早已口水直淌，心中盤算如何好好享用祖孫二人這頓美餐。於是決定先吃老的，把嫩的留待最後。這時大狼自告奮勇，答應替小女孩帶路。小女孩這時早已不把母親的吩咐放在心上，跟着大狼上路。路上大狼有心把她遣開，趕去祖母的小茅屋，先把祖母吃了，然後坐待小女孩入彀。於是他想出了一個計策，誘使小女孩打開眼界，享用自然之美，並且到處採集花卉。小女孩不明究裏，越跑越遠，終於不見了踪跡。這時大狼來到祖母家裏，祖母毫無戒心，輕易就讓大狼登堂入室，一口把她「狼吞」了。吃完之後大狼又穿上祖母的衣服，戴上祖母的帽子，上床靜待小紅斗篷。不久之後，小紅斗篷興高采烈來到小茅屋，發現大門敞開，不免心中一驚，她小心翼翼來到床頭，問祖母爲何耳朵、眼睛、雙手及牙齒都如此粗大？大狼一一回答：耳大好聽你的，眼大好看你的，手大好抱你的，齒大好吃你的。說完一口就把小紅斗篷給吞了。飽食之後的大狼不免昏然入睡，並且起伏有致打起鼾來。獵夫此時剛巧路過，拿起一把剪刀當堂替大狼開了膛，救出祖孫二人。事後獵夫把狼腹塞滿了石頭，依舊縫好。這時大狼終於醒了過來，並且氣急敗壞，跳窗而逃。逃的時候不巧路經一條河，大狼身懷石頭，終於滅頂而死。此時小茅屋裏一片歡欣。祖母回到床上，享用茶點，小紅斗篷三步併成兩步跑回家中，並自戒說：「以後我再也不離開小路，再也不跟陌生人說話，並且乖乖聽母親的話。」讀者千萬也別忘了，你住的地方不一定有狼，可是出門散步，千萬別忘了小紅斗篷的教訓。（取材 Peter Carter 譯 *Grimms' Fairy Tales,* (Oxford: Oxford Univ. Press, 1982), pp. 50-155.）

上面複述大綱嫌長了，不過長亦有道，也算是讀法的一種。讀者看了<小紅斗篷>的故事之後寫讀書報告，也許也同樣提綱挈領把故事複述一遍，結果可能與我的大綱相同，也可能有所不同。讀者所獲得的意義往往因人而異，但讀法並無不同，基本上都停留在字面及情節的層次上。這種讀法姑且稱之爲提綱法。

提綱法有提綱法的好處與壞處。就好處言，提綱法最容易掌握，即使小學生都會，因此可以做到閱讀民主化，有井水處人人都能閱讀，不用上大學學些文學分析、文學理論的專門知識，也不用去計較大學師生相承的專業秘密。有人批評新批評的方法，說它非上大學專修四年，絕對學不了，因此文學整個變成了大學學府的專賣。美國有一段時間，不僅傳授文學讀法的人是教授，連創作文學的也是大學教授，大可以「肥水不流外人田」戲言之，給反專業讀法的人一個好證據。

提綱法所憑藉的大抵不外常識，而目之所見，經理性推論所得的，即是原文的意義。<小紅斗篷>一文如有任何不明之處，讀者可以查閱字典，甚至百科全書，然後亦步亦趨，追溯文章的本意。不過這一來可就發生問題了：作者寫作有他或明或暗，或自知或不自知的意義，想通過寫作而傳達給讀者。再說讀者同樣也有他的背景，閱讀時也專從他所能瞭解的層次下手。因此從作者經作品到讀者，其間幾經中介，要掌握作品本身的意義，絕非一部字典或百科全書所能濟事。這種傳播的複雜情形，文學作品固然可見，即連平日說話也非聽懂聽不懂那麼簡單；弦外之音固不待言，言不盡意的情形也很常見，而妄言妄聽，甚至惡意曲解的問題更是比比皆是。

既然語言文字表情達意如此複雜，憑常識或常理推斷是否靠得住？當然，我們可以說如人飲水，冷暖自知，而飲者憑本能即可自解其中冷暖，何庸他人置喙。話雖這麼說，萬一有人在水中添加了些無味而有害，甚至有益的附加品，問題可就複雜了。一來飲水這回事不僅僅與水質、水溫有關，而且還牽涉到給水喝的人，以及他給水喝的意向。同理，喝水的人又何嘗沒有他的意向。解渴只算其中一項，其他的社會涵義可能還更重要，比方說拜訪別人，主人奉茶待客，客人能嫌茶冷暖，或甚至不賞面而不淺啜嗎？換句話說，不管是水、語言或文學作品都牽涉到用處的問題，最重要的不再是本質，而是用法。用法如此重要，讀法也因此相形變得重要了。何況我們所說的常識或常理推斷，也不一定是天下的至理。我們只要細心觀察即可發現，常識常理也不外乎約定俗成的認識方法，說得更重一點也就是人云亦云的認識方法，而當事人往往毫無自覺。這種因循的惡習，是觀察文化現象的人所不能不指出的，這種惡習可稱之爲人認知的盲點（blind spot）。■

回到〈小紅斗篷〉。故事一開始說，「從前從前有一對夫妻」，一說「從前從前」（臺灣人說：「古早古早」），顯然要讀者不以常理對待故事。換句話說，由語言行動的觀點看，作者要求我們摒棄日常生活的常理，並跟着他進入一個虛幻的世界。這虛幻的世界充滿了怪誕不經的現象，如大狼會說人話，小女孩見了狼而不怕，狼肚子給剪開個大洞還不會痛醒等等。虛幻的世界有虛幻的物理現象，我們閱讀之際勢非轉換閱讀的波長（wave length）不可。

虛幻世界的物理現象不能以常理推斷，那麼社會現象可應該以常理推斷了吧？〈小紅斗篷〉戒語少女千萬不要輕信人言，以免誤蹈圈套。作者開始借母親的口中說出這顛撲不破的眞理。末了小女孩上當學乖，瞭解這句話的眞諦，自言自語把這個教訓複述了一遍，而結束之前作者唯恐我們不察，對我們耳提面命，說大狼在不在都屬其次，但小紅斗篷前車之鑑絕不可忘懷。可是社會現象是不是就這麼簡單呢？一來社會現象結構千頭萬緒，豈是三言兩語可以解釋得了，更何況社會現象離不開權力。根據傅柯(Michel Foucault)的看法，眞正的權力與知識不可分割，而享有特權的階級，即是掌握解釋專利的階級。就以小紅斗篷的故事爲例：作者說給兒童聽，表示大人對小孩兒的一片苦心，希望小孩兒不要讓壞人騙了；不過我們也不能說作者另無用心。作者希望小女孩變成個小大人，也希望她養成與大人一模一樣的價值觀。這本身當然也無可厚非，可是作者透過故事，透過小孩子，而後訓戒我們，其背後的社會意義可就難解了。（童話故事早期其實是說給大人聽的，文藝復興之後，資產階級興起，兒童的觀念同時產生，童話故事才慢慢變成教化兒童的工具，見 Patricia Duncker, "Re-imagining the Fairy Tales: Angela Carter's Bloody Chambers," in *Popular Fictions*, ed. Peter Humm. et al., (London: Methuen, 1986), pp. 222-36.)

難解之外的另一個問題是：意義是不是一定要藉敍述的形式才能加以表達，才能讓讀者接受？一般常理是說，良藥苦口，良言逆耳，所以必須加以敍述的糖衣，兒童才肯服食。姑不論這種說法的可靠性有多高，不過敍述的功用絕對不局限於此。用一種比較傳統的心理分析說法，敍述體可以讓主體（卽患者），把他幻想中的恐懼，具體而微地演示出來，進而將事件中焦慮的內涵除去。換句話說，說故事是一種控制自己週遭世界的象徵手法。小孩聽過〈小紅斗篷〉之後，可以因此或多或少消除生長過程中所遭遇的恐懼。

這又表示故事有明暗兩個層次。明的層次卽是本文開始所列的故事大綱；暗的層次可以說是人的恐懼與慾望的劇場，其中充滿形形色色的人物，以及千變萬化的情節，一切就像夢幻。要探窺這個劇場的奧妙，就非潛進故事的深層結構不可。

二

這一節分兩部分：前半部用心理分析的實際批評，來解說小紅斗篷這個小女孩面臨的困境，根據的是格林兄弟的版本(Peter Carter, trans., *Grimms' Fairy Tales*, Oxford, 1982)，而具體採用的是戀母忌父情結（Oedipus Complex）的模式，解釋泰半取諸 Bruno Bettlheim, *The Uses of Enchantment* (New York, 1976)；後半部評鑑此一解說方法之優劣。就優點而言，此一方法透過小家庭內部的人際衝突，而突出個人與社會兩者之間問題的癥結（子女代表個人中心心理的極端，而父母則為社會權威的代理），因此可以由小關節看出大情勢；就缺點而言，古典心理分析（Classical Psychoanalysis）用的是一種後設語言（Metalanguage），將個人內在波濤洶湧的無意識（Unconscious），簡化為一成不變的心理公式，一切都離不開性，因而忽略表現的形式與過程，更說不上藝術的象徵與歷史意義了。換句話說，故事的內容被改寫為大綱，與常理推斷，歸納所得的大綱並無實質的差異。唯一的差異只能說常理推斷所得的是社會意義，而心理分析推斷所得的是心理意義。

■

先說戀母的一環。男孩子戀母，女孩子也就必然戀父，對父親有一份特殊的感情。故事開始的時候，母親因為家務忙碌，無法分身，因此遣女兒送酒水與蛋糕去祖母家。行前母親作了一番吩咐，女兒當然一一答應了。可是她心中另有打算，希望藉機取母親之地位而代之。無奈母親身健力強，能幹精明（一說母親當天忙着烤製麵包，一說母親當天須要清洗衣物，因此要等第二天才能去探望祖母），這一來女兒當然不敢公開與母親對抗，所以把對象轉移到祖母身上，把她視之爲非拔不可的眼中釘。嚴格說來，祖母之所以成爲小紅斗篷的心中大敵，除了因爲她是母親的替身之外，另外也與她年事已高有關（老祖母昏庸無能，竟然任野狼登堂入室，後來被救出狼腹之後，急忙爬回床上吃點心，補身子，在在都證明祖母老弱不堪），而小紅斗篷年紀輕輕的，看到自己不久之後，也不免會變得像祖母一般老邁，心中驚慌之餘，將計就計，暗中想把老祖母出賣掉，賣給大野狼。我們甚至可以說，故事中女性的關係是一種代溝間的衝突。

就忌父一層而言，此處當事人既爲女性，當然要改成戀父了。我們都曉得，在古典心理分析理論中，女兒對外界的反應起初與兒子並無區別，都把母親當作自己身體的延伸。可是有朝一日，女兒終於發現自己與男孩子相形之下，身體少了那麼一樣東西，「自慚形缺」之下，逐漸把感情轉移至父親身上，心中幻想可以藉此而替自己生個兒子，用來彌補自己女兒身不足之處。當然，這種幻想爲社會道德所不許，女兒爲避免自討沒趣，只好另尋出路。佛洛伊德對女性的戀父情結（Electra Complex）語焉不詳，引起後人頗多揣測。不過小紅斗篷的故事似乎提供了若干線索，不妨在此稍加介紹。話說小紅斗篷遵母命去祖母家，在樹林裏卻被隻大野狼攔住去路，兩人開始搭訕。大狼問她上哪兒，又問她父母親在不在家。這時小女孩自告奮勇，告訴她父親不在，到城裏買牛去了。她這句話頗爲耐人尋味，不在家的父親有兩層意義：父親代表權威與力量，父親不在給了女兒難得的自由，使她得以到處採花，隨便與陌生人說話。不過父親外出也同時使她頓失所倚，失卻安全感。這種曖昧的態度正是心理發展過程的一大特色（有人說莎士比亞的哈姆雷特舉棋不定，無法下手殺他的叔父，原因乃哈姆雷特之父親生前勇猛無比，可是過世之後陰魂來去飄忽，做兒子一心一意想等父親回來報仇雪恥，可是父親偏偏遲遲不顯靈，做兒子的只好拖延下去，這種曖昧的情形可以說與小女孩的處境大同小異）。再說此處父親不在，於是有了空隙，須要另外找人替代，野狼於是乘虛而入。有人甚至主張野狼即代表壞父親，引誘女兒去做壞事，把禮教忘個精光。用一般道德的說法，小紅斗篷與野狼的關係可算是一種意淫，二人兩廂情願，在林中相互勾搭不說，而等到了祖母家裏，兩人的關係可就更加親密。早先十七世紀法國的丕侯(Charles Perrault, *Contes des fees*)的說法，比起上述格林兄弟的版本可要更加露骨，說小紅斗篷到了祖母家之後，立即應邀解衣上床，與野狼共寢。而更令人費解的是，野狼根本就未喬裝成祖母，這一來小女孩豈非明知故犯了嗎？再說野狼說他健碩的雙臂是用來擁抱女孩的，這句話把雙方的關係勾勒得更加明顯了。他們兩人的關係另有一層值得注意：他們關係的內涵可能曖昧不明，但兩人關係的形式卻極爲明顯，與五官的活動關係密切。野狼躺在床上，小紅斗篷逐一問：幹嘛你的耳朵、眼睛、手臂、嘴巴這麼大？這些都一一與男性美有關，而二人以劉三姐唱山歌的形式，一唱一和，更加強了挑逗性。最後野狼說：「嘴大好吃你」，這句話也不妨說是二人打情罵俏的高潮。接着狼說到做到，一口把小女孩吃了，這固然表示狼饕餮的本性（中文與英文裏的狼都有這個意思，中文說狼吞，而英文也說 wolf down），可是另外也突出了這個動物好色的本性（英文把窮追不捨女人的男子稱之爲狼，而中文裏的色狼指的也正是同一回事）。再說狼吃了小女孩之後終於倦極入睡。這時來了一個獵夫，他一見了野狼便指着野狼說：「你這個老罪人（old Sinner）」，所謂老罪人也正是中文裏老色鬼的意思。

不管是狼吃人，還是人被狼吃，雙方都享受到了家。這話到底怎麼說呢？佛洛伊德早期提倡性本位說，晚期卻側重人類對死亡的嚮往。而在這故事裏，性與死亡剛巧二合爲一；性的高潮與死亡相互脗合，而非巧合那麼簡單。根據佛洛伊德的看法，本我（id）在我們的無意識中翻滾，只盲目聽從享樂原則（pleasure principle），完全不理會世俗、人情、禮法，可是文化的力量終歸還是要佔上風，個人一番放肆之後，也不得不與現實原則（reality principle）妥協，乖乖回到現實世界。這時獵人出現了。有人說他是好父親，代表與野狼剛巧相反的善性。不過話得說清楚，野狼與獵人固然好壞判若雲泥；可是嚴格說，二人也只是小女孩慾望對象一體之兩面。卡特在她改寫的故事中（見 Angela Carter, "The Company of Wolves," *The Bloody Chamber*, Harmondsworth, 1979），就乾脆讓野狼喬裝成獵人，前去誘騙小女孩，不過這不歸本文範圍。言歸正傳，說回到獵人發現了野狼，以他無比的經驗與才智（象徵父執的權威），判定腹中另有蹊蹺，於是不開槍而用剪刀，三下兩下替野狼開了膛，救出祖孫二人。就小紅斗篷而言，她天眞無邪，懷孕生子固然是她所嚮往的一件事，希望藉此彌補己身之不足，可是臨盆生子這件事想來也相當可佈（童話故事中繼母特別多，原因不外當時女人生產時往往引起各種併發症，死亡率非常之高）。這時小女孩被吃固然身不由己；可是從心理投射（projection）的觀點看，小女孩被吞食可以說正中她下懷，讓她可以身體力行，把自己由經驗的主體一變而爲客體，並進而將懷孕生子這項經驗的創傷內涵（traumatic contents）一除而盡。用常理推斷的說法，小女孩死裏逃生，因此經一事長一智；用心理分析的說法，小女孩不僅經歷了死亡，還心中度過了懷孕生子的煎熬。不管是生理的死亡也好，是心理的死亡也好，總之大難不死，兒童有驚無險，以後卽使再碰到同樣的情形，可是既然有了經驗，處理變故心理就不會再受到創傷。

逃出狼腹之後小女孩自戒以後不可再離開馬路，不可再與陌生人說話，也非做個乖女兒不可。從常理推斷，可說是她領悟到人心之險惡；不過從心理分析的層次看，這件事代表一種倒退（regression）。小女孩本來離開家門出去尋找自我，滿心指望可以擺脫母親的控制，沒想到路上碰到不可抗拒的引誘，過度放縱之餘差點釀成大禍（丕侯的說法是小紅斗篷給活活吃了，根本沒獲救），因此事後乖乖回到母親的籬下，不敢再作任何稍有越軌的事體。

格林兄弟常見的版本（參閱 *Folklore and Fables*, New York, 1909）倒是說：事後又有一次小紅斗篷的母親再度叫她送東西去祖母家，路上再度碰到一隻野狼。這次小女孩總算聰明了，她不再與野狼答腔，一口氣跑到祖母家，把詳情向祖母報告了，祖孫二人並合力把野狼消滅了。用常理推斷，這表示一回生兩回熟，小女孩不再因花言巧語而上當。就心理分析而言，這是一種昇華（sublimation），因爲潛沉在內的原始慾望，必須用社會禮教所能接受的形式才能允許它出現，上次小女孩放浪形骸，這次終能與大人同心協力，戰勝野狼，既嚐禁果又合禮儀，何樂而不爲？

■

心理學近年來已不太重視心理分析，這種方法在文學批評的範疇裏倒是方興未艾，而最近更與語言學、符號學互通有無，造成相當的聲勢。詹明信（Fredric Jameson）在他《政治無意識》（*Political Unconscious*, Cornell, 1981）一書中甚至譽之爲中古世紀經典四層詮釋法以來影響力最大，體系最爲完備的解釋方法。不過話得說回頭，這種人棄我取的情形值得我們探討。但探討的範圍很廣，我們此地只能就古典精神分析的優劣點、其歷史意義，及其局限略加討論。

心理分析的一大前提是把作品當作人類無意識的表現，因此實際批評也往往以人爲核心。研究人離不開人與人之間的關係。而研究人際關係，心理分析家又往往把它集中在小家庭這麼一個單元中，進而探索父母與子（或女）之間的三角關係。

就人的無意識與作家的關係而言，容格（Carl Jung）即曾經說過：「不是歌德寫浮士德，而是浮士德寫歌德」。這句話即是說，文學的原型內涵透過作家而呈現於世，作家只不過是表現的工具而已。文學如此，神話與民俗文學更加如此，唯一不同的是這二類作家與民衆打成一片，談不上個人的文名而已。李維史陀 (Claude Lévi-Strauss) 也曾說過與容格大同小異的話，認爲不是人藉神話而思考，而是神話透過人而思考。神話乃是一種亙古不變，自強不息的思維，而在落實於人世間的過程當中，暴露出人間的矛盾，並進而透過中介而加以化解。神話如此，民俗文學何嘗不是如此。我們甚至可以說後者是前者在特定歷史、社會與家庭結構落實的藝術表現。以童話故事爲例，我們都知道，早期的童話對象不止於兒童，可以說老少咸宜，到了文藝復興之後，有了兒童這麼一個觀念，童話才變成兒童的專利。西方的童話內容不外乎小家庭裏面既複雜又曖昧的關係，說的不外是父母、兄弟、姐妹之間的矛盾，以及化解矛盾的方法。

我們又常聽人說家庭是社會的基礎，而家庭既然介乎個人與社會之間，童話故事以家庭問題爲核心，等於把個人與社會之間的問題加以綵排預演一番，這點不容置疑。不過不同的時代有不同的家庭結構，十七、八世紀小家庭制度開始發展，家庭內在關係緊湊，衝突也相應變得尖銳，毫無外人緩頰之餘地。這與中國傳統的大家庭制度有所不同，中國家族成員多，衝突往往有各種渠道可以化解，但個人的行爲也往往受制於社會整體的政治因素，其複雜程度恐非精神分析小處着眼，靠研究家庭的內在關係所能解釋。

佛洛伊德的心理分析學說常受人曲解，誤認爲他望文生義，把一切都塗上性的色彩，因此只能算是一種泛性主義。不過嚴格說，性只能說是他理論的一部份，其實他理論的重點毋寧是心理的動態過程。嬰兒一生下來，第一件事就是求自保，甚至求自私自利（俗云赤子之心只是想當然的說法而已，並無心理根據），追求的也不外他一己感官的滿足。可是社會自有它的規律，對私慾必須加以約束，以免法度盡失。（詳參 Herbert Marcuse, *Eros and Civilization*, New York, 1955.）心理分析的着眼點正是私慾與禮教相互衝擊時所牽涉的動態過程。

詹明信批評心理分析，說資本主義的社會支離破碎，性由初民時期的社會行爲，一變而爲家庭小世界中的私事，即所謂家庭的傳奇（family romance）。而心理分析等於是火上加油，把家庭隱私的一面大而化之，說成是普天之下人類共有的宿疾。這種解釋方法的另一缺點是把歷史整個給摒諸門外，忽略了家庭也是歷史的產品。關於這點我認爲並不需要過慮，因爲心理分析從小家庭下手，自有它方法學上的需要，後人如何加以援用，那可是見仁見智了，不可因此而怪罪佛洛伊德，也不必嗤之以鼻，說心理分析是十九世紀末的產品，起因乃是維也納的王公貴族過的紙醉金迷的日子，因此日夜唯以性事爲念。

同理，也有人會質問：人的基本需要會不會是飲食，而非男女？甚至也有人認爲中國人的執着（fixation）乃在口腔期，而非性蕾期。不管正確的答案如何，無可否認的，就象徵的層次言，人與社會的衝突，性毋寧要比飲食來得重要，因爲性更加個人化，更加自我中心，更加能決定一個人的自我意識。開個玩笑說，餓死事小，去勢事大。

至於心理分析的解釋方法，詹明信的批評可以說一言中的。他認爲心理分析的後設語言往往把不同的內涵與形式，千篇一律簡化爲戀母忌父情結。詹明信主張應該鬆綁，並廣泛探討慾望全體，而非性本身。至於說心理分析忽略藝術形式，或敍述的心理意義，這點讀者只消回顧一下本文前半部的分析，卽會領略到心理分析顯然化繁爲簡，忽略了敍述的程序及其心理意義。■

總而言之，用古典心理分析看〈小紅斗篷〉固然有其長處，可以因小見大，從家庭看個人與社會的衝突，不過這種解釋顯然有其時效，討論十八、九世紀的歐洲社會，顯然比討論中國社會，或討論八〇年代的現代社會效果要大些。此外心理分析是一種粗枝大葉的先驗認識論，把現象的個別性、歷史性、曖昧性一舉都抹煞了。

三

心理分析見人之所未見，把無意識的重要性大大提高，因此在本世紀的解釋理論界中起了重大的影響。可是話說回頭，古典心理分析的方法論並未跟進，處理現象也往往停留在粗枝大葉的階段，一切唯性爲重，胡塞爾(Edmund Husserl)卽譏笑此一解釋理論爲心理化 (psychologizing)，所指料必是這種一成不變，信口說來的簡陋解釋。

我們也曾說過，詹明信批評心理分析，說它把一切社會歷史現象都簡化爲跡近幻想的「家庭傳奇」，而在處理人際關係時動輒施以後設簡化，把錯綜複雜你我他的關係都轉化爲形而上的忌父戀母情結。詹氏的看法基本上與德勒茲與吉亞德利（Gilles Deleuze & Felix Guattari, *Anti-Oedipus, Capitialism and Schizophrenia*, 1972）兩人的觀點大同小異，都不認爲人的心理是人爲後設的整體（totality），談不上完整無缺，也絕非不假外求。嚴格說，需要我們注意的，不是無意識的結構，甚至也不是容格的集體無意識，因爲它們都是靜態的整體；應該留意的倒是無意識與意識之間交會的過程與後果，這是第一點。性的概念應加擴充，討論的範圍也應包括一切的慾望（desire），泛收所有人類的匱乏，以及實際上或象徵性滿足需求的手段與意義，這是第二點。除此之外還有一點值得我們注意：語言（包括文學、藝術等等）不僅僅是無意識的表達工具而已，也不僅僅浮游於明的意識層次，語言事實上支配人無意識的結構。拉崗甚至更進一步，認爲意識中的意義與目標受到隱抑。也就是說，我們心目中眞眞正正想要的東西無法提昇到意識明的層次，因此需要藉語言文字的表意活動來敷衍一番，提供象徵性的滿足。

從敍述的觀點而言，我們讀一個故事，除了用常理推斷，看它明的層次，或用古典心理分析，看它暗的層次之外，另外也有必要兼顧明暗之間的動態關係，並且小心探索形式與內涵如何相輔相成，甚至相互掣肘的實際情況。此地我想介紹並應用拉崗根據佛洛伊德的〈本能與其變化〉（"Instincts and Their Vicissitudes"）一文而發展出來，有關人際權力關係的解釋法，名爲凝視(gaze, 詳見 *The Four Fundamental Concepts of Psycho-Analysis*, 1977)。

人不僅靠視覺活動來建立與外界的象徵關係，並且透過看人與被看，來界定人際相對的權力關係。不過沒進一步解說之前，我們先要談談這個理論到底怎麼來的。原來佛洛伊德已出嫁的女兒有一次將她的兒子留在小床裏，而自己走掉了。小孩子很不高興，可是他表示不悅的方式卻相當有趣。佛洛伊德從旁觀察，發現他孫子把玩具扔下床去，邊扔邊叫：「去！」(fort)，然後立刻拉扯綁在玩具上的繩子，把它收回，邊拉邊叫：「來！」(da)。這麼來來去去的動作持續甚久，而小孩似乎也樂此不疲。根據佛洛伊德的結論，小孩子利用一扔一收的象徵動作來控制他實際生活中的匱乏(因母親不在而引起的匱乏感、失落感)。實際動手扔收玩具固然可以發洩不滿的情緒，可是更有意義的控制，無疑靠的是他的雙眼，慾望的對象藉雙眼加以控制，使之來去自如，進而彌補實際生活的欠缺。

談到視覺活動，人不就看人，再不就被看，而看人與被看並不能截然分明。(詳參 Robert Con Davis, "Lacan, Poe, and Narrative Repression," *MLN*, 98, 5 (1983), 983-1005.) 我們看外界所得的印象並非絕對客觀，而我們與外界在觀賞時早已融爲一體，也正是如此才有禪宗中見山是山、見山不是山、見山仍然是山的三個領悟階段。

這句話怎麼說呢？人看外界，人是主體，外界是客體；可看過一陣之後，人的主體會變爲客體，成爲外界的一部份，李白說「相看兩不厭，只有敬亭山」，原因卽在此。這種主客換位的現象在事後追憶，或在追記成文時，情形可就更加顯著。同理，我們讀山水遊記所留意的，既不是山水本身，也不是作者主觀意念的抒發，而是山水與文人兩者之間一種微妙、美感的游移關係。

至於看人與被看，到底與人性格的發展有何關係？根據佛洛伊德的理論，看人過度容易引發窺淫癖（voyeurism），並進而演變成施虐狂（sadism），個性轉強，並帶侵略性。相反地，被看過度可能演變爲暴露癖（exhibitionism），並進而養成自虐狂（masochism），個性變得消極軟弱。男性往往容易患上前項毛病，個性變得太強；而女性往往帶有後者的傾向，事事逆來順受。當然，這兩種傾向只是程度上的區分，基本上不管是男人是女人都需要看人，也需要被看。

〈小紅斗篷〉這個故事講的正是小女孩如何看人與被看發展不得均衡，因此遭遇成長過程中經常遭遇的危機，差點被人所騙，喪失她的天眞。具體而說，她固然一向在母親的呵護之下，可以說人見人愛，但也只有被看的份。等她一出家門，受不住外面五光十色的誘惑，卽刻一改往日被動的習慣，看盡外界不說，還甚至詳詳細細把一個壞人瞧了一番。結果當然不出所料，吃了個大苦頭，只好乖乖回到母親的身旁，再度屈服於被看的命運。底下就按故事敍述開展的先後，討論小女孩看人與被看的過程，所用的版本乃是根據《格林童話》而改寫的故事。（見 Peter Carter, trans., *Grimms' Fairy Tales*, 1982.）

借用結構主義敍述學的一個觀念：故事像個句子，人物是主詞，情節屬賓語。此地先介紹人物，卽小紅斗篷。這個綽號耐人尋味：此地斗篷乃爲騎馬專用的斗篷，小女孩一來並不騎馬，二來以她小小年紀穿着豔紅的斗篷招搖林中，既不得體，又有招惹歹徒之嫌。就招惹而言，斗篷的顏色一片鮮紅，既代表青春（與青春期之初次月經不無關連），但紅色也代表慾望（鮮紅的斗篷與野狼深紅的舌頭相互輝映）。就斗篷與祖孫的關係而言，祖母溺愛孫女，因此送她孫女一件斗篷，反映她毫無條件的愛心，可是問題是贈衣不得其時，差點因此而害了孫女。從象徵的層次看，送斗篷不啻於餽贈青春，落得自己因此老邁多病，這都不在話下。最後就名稱而言，斗篷本爲衣物，但此地卻變爲小女孩的綽號，表示二者已合併爲一體；小女孩此地與其說是主體，不如稱之爲客體，因此儘管她人見人愛，但她到底也只有被看的份，等故事一路開展下去之後，小女孩被野狼看在眼裏，視之爲一塊嫩肉，末了甚至呑入狼腹，情節發展的必然性可以從她名字中看出一點端倪。我們甚至可以問兩個與名字有關的基本問題：一、如果小女孩不叫小紅斗篷，她會不會有同樣的遭遇？二、小女孩長大之後是不是還會保留小紅斗篷這個綽號？小紅斗篷幾乎可以說等於小女孩的慾望，故事的開展也可以說以慾望的放縱開始，以慾望的控制結尾。

控制慾望的原動力有兩個：一是她自己的超我（super-ego），主要是靠父親在她心中所代表的權威，來克制她的慾望（關於這點心理分析理論中仍有爭論，有人認爲女孩子心中超我的份量甚小，不過此地不擬討論），可惜父親外出，無暇管教或保護女兒，因此讓野狼乘虛而入；第二種力量是母親，母親是過來人，勸女兒不要蹦蹦跳跳（蹦跳是否影射騎馬，而騎的正是慾望的野馬？），不要離開林中正路（象徵人生正路），也不可與陌生人講話（個人交往的圈子宜與家族整體配合）。這三條戒律基本上都配合社會倫理道德，即使父親也會給同樣的吩咐。不過就母親與女兒之間的關係而言，母親固然愛護女兒，可是母親也不願女兒長期厮守在她身邊，因此必須遣她外出，讓她看看世面。就女兒而言，她巴不得有這麼一個海闊天空的好機會，不用再受母親的管束，自然喜出望外。有人甚至認爲她與母親免不了有代溝，心中暗恨母親，一向要找機會報復，這下有了機會當然不可錯過，因此藉機出賣母親的替身（即祖母），讓她給狼吃了，拔去一個眼中釘。

就視覺活動而言，小紅斗篷在外採花，流連忘返，忙碌極了。相反的，母親家務羈身，父親忙於營生，祖母臥病床榻。人人都不在，也都看不見林中這場慾望劇場即將上演的戲。

圖（一）

卻說小紅斗篷一身鮮紅的裝束出發，進入森林，不久即迎面看到一隻大狼橫臥道中（小女孩此時並未離開正路）；不過與其說看到，不如說被看到。大狼一雙大眼瞪着小女孩，幾乎把她給催了眠。各位不妨看看本文根據的挿圖本中的野狼即可發現（見挿圖一）：故事的野狼雙眼外凸。按野狼的生理結構與狗大同小異，眼球深陷，對正前方，以便追撲獵物時判斷距離與方向（見插圖二）。可是此地童話故事中之野狼生的幾乎是一對兎子眼，似乎是專爲瞪人用的，而小女孩之所以着了迷中了邪也絲毫不足爲怪。事實上，野狼看女孩不說，它的眼神似也流瀉出圖外，我們只須從不同的角度看野狼無處不看的雙眼卽可發現，野狼瞪的不僅限於小女孩，連我們也成了對象。換句話說，我們也成了他慾望的對象。故事結束時作者勸我們要小心豺狼，正表示作者也知道我們被看這回事。而另有一點必須注意的是，被看是活生生的生理、物理現象，比抽象的寓言戒條震撼力可要大多了。

（圖二）

話說大狼見了小女孩，笑吟吟跟她打招呼，小女孩不免答禮如儀。旣然答禮之後，二人再不算陌生人，而母親的警告也就不再有效。不過讓我們吃驚的倒是二人幾乎一見如故。作者告訴我們野狼一點也不野，樣子相當友善不說，看小女孩的眼神諒也相當友善。這一來，小女孩不問自答，把有關祖母的消息全盤告訴了野狼。前頭我們說過這明明是出賣祖母，而這種出賣與視覺活動有密切的關係，因爲小紅斗篷詳詳細細說出了祖母家的一切：祖母住在一間小茅屋裏，屋旁有兩棵胡桃樹。經她一番「繪影」之後，小茅屋可以說歷歷在目。小女孩唯恐野狼沒聽淸楚，於是又補充了一句：「相信你一定知道。」野狼當然一一牢記在心。這時他「黑色的雙眼深處泛起閃亮的紅光」。紅光可能是紅斗篷的反映，但也可能是野狼無意識深處慾望的紅光。爲了確保萬無一失，野狼又問小女孩的父親去了那兒，小女孩坦率告訴她父親賣牛去了，這一來兩個人大可放心同謀，不虞有人從中阻擾。野狼看着小紅斗篷，紅色的舌頭伸得長長的，心想這個小女孩比小鷄還嫩，眞是秀色可餐。牠心中想的吃法，與其說是用口，不如說是用眼。野狼與小女孩二人相視而笑，野狼於是自告奮勇要送小女孩一程，小女孩答應讓牠送，於是兩人一唱一和，戲總算正式進入高潮。這時野狼吃吃笑了起來，林中小鳥吱吱喳叫，而小鹿也笑了，幾乎所有的人都知道到底是怎麼一回事，我們當然也不用說了。可是小女孩自己知不知情呢，還是明知故犯呢？這我們可就無法洞悉了，因爲野狼與小女孩使用的是慾望的語言，與我們所使用的社會語言性質截然不同。再說兩人接着上路，小女孩用手拍拍野狼毛茸茸的脖子，而野狼也開始演起「眼神」戲。牠對着小女孩說：「你走路怎麼老盯着路上……幹嘛不週圍看看。你看這森林有多美！」一經指點，小女孩擡頭一望，果然發現陽光在枝椏間躍舞不已。陽光令她想起鮮花，也令她想起該送花給祖母。野狼自然贊成，並用手指着一邊，說：「看！那邊有漂亮的風信子。」此時野狼已儼然成爲小女孩的師父，指導小女孩去看，去採。接着他又說：「看！親愛的，那邊還有更漂亮的呢。」小女孩一看，果然一排排全是漂亮的花朵，因此愈跑愈遠，不久之後連個影子都看不到了。

底下在祖母家發生的一幕主題相當不同，主要想表現的是盲目，不管看人或被看都是盲目的。先談祖母，她年邁多病，與小女孩生龍活虎完全不同，被看的方式也有所不同。她糊裏糊塗叫野狼自己開了門進來，到底自己被哪個人看了都沒弄清楚，就給吞進狼腹中，因此完全談不上演任何戲或任何角色。相反的，野狼穿起祖母的衣裳，準備讓小女孩看個飽。小女孩一到即刻發現門是開的，躲在門後望了一回。這時小女孩似乎比以前機警，不敢造次上前。

底下的一幕可以說是整場戲的高潮，看人與被看這時達到了極端的戲劇效果：看人固然看得眞確，可是被看也同樣有相當的學問，可以反客爲主。小女孩就像個法官，一一審問床上的野狼，爲何耳朵、眼睛與手掌如此龐大。當然這一幕名爲審訊，可是嚴格說也是禮讚，因爲小女孩的問法是：「你的耳朵好大唷！」這句型是驚嘆句而非問句，這是喧賓奪主的一點。另外一點與主客的曖昧關係有關：小女孩看野狼，自己也成爲野狼的一部份，而野狼雖然被看，卻也偷偷看着小女孩，觀察她的反應而相機回答，因此給些似非而是的答案：「耳大好聽你的」、「手大好抱你的」、「牙大好吃你的」。當然，很可能二人根本不分主客，根本就是逢場作戲，假戲眞做。

說時遲那時快，野狼一口就把小紅斗篷吞進腹中，腹中一片漆黑當然什麼都看不見了。從敍述的層次看，小紅斗篷從開始在林中被看，從只看路面，到看花看草，以至於到看人，看人的四肢五官，可以說反映出西方人浮士德式的追求，爲追求知識而不顧一切代價，而追求的終點不幸是一片虛無，回到混沌境界，既無視覺，也無慾望，佛洛伊德稱之爲死亡的本能。可惜這種好景不能長久，社會道德終非介入不可。這時來了個獵人，他看見野狼不說（野狼只有被看的份，因爲吃得過飽，無法及時醒過來），甚至還給看穿狼腹，被人看穿原來祖孫二人在內。於是經過一番開膛如儀之後，野狼、祖母、小紅斗篷都恢復原位。老祖母回到床上，吃她的點心，過她半生半死的殘年。小紅斗篷回到母親的羽翼下，不再亂跑亂瞧。而吃虧最大的當然要算野狼了，不但開了膛，給人看了個精光。整個給看穿的人（動物），當然只有投河自盡的份。

最後一幕由獵夫挑大樑。他乾脆剝了狼皮，免得牠以後再以笑臉誘人。格林兄弟原來的版本裏另有一隻野狼出現，可是一回生兩回熟，第二次再也騙不了人。事實上牠不僅騙不了人，而且還看人看不清楚，所以給祖孫二人用計給謀害了。我們大可說看與被看的關係，到了這個地步已經三百六十度扭轉過來。小女孩這時諒已長大成人，看野狼不說，還消滅了野狼，不再需要獵夫的幫助。

這麼一種讀法顯然要比常理推斷，或古典分析的靜態分析要貼切，不必拘泥於事物的表象，也不必自囿於唯性主義，同時還可以具體審閱故事的敍述結構，兼顧內涵與形式。

最後一點值得一提的是，看人與被看的權力關係不與社會脫節。傅柯研究十九世紀的司法制度卽指出，法國某地監獄的建築，把囚室連成圓環，而把獄吏的管制塔建在中央，守衞因此得以高高在上，俯視囚犯，看清他們的一舉一動，而囚犯卻完全無法看到守衞。(*Discipline and Punishment: the Birth of the Prison,* 1979.）看人與被看的政治意義可以說再明白不過了。玆再舉一例說明。我們都知道香港的九龍城寨由於主權問題一向未解決，因此變成三不管的地帶，而警察也儘可能不涉足城寨之中。可是從看人與被看的哲學來看城寨，這種情況有關當局絕對不能長久容忍，因爲掌有治權的勢力，絕對不可能容許被統治階級關閉自守，不讓外人看到他們的內情。（西方的例子請看 Peter Stallybrass & Allen White, *The Politics & Poetics of Transgression,* 1986.）九龍城寨最大的特色是街道狹隘，光線極差，黑壓壓一片，絕對無法望進去。就象徵層次而言，法律的勢力望不進去，而即使進得城寨，法律也大有受汚染的危險，因此拆樓開路乃屬首務。可惜九龍城寨積重難返，甚至可以說病入膏肓，拆不勝拆之下，乾脆決定全面拆除，把它改成令人可以一望無阻的公園。這就是看人與被看的關係落實到社會現實的一個實例。

當然，看人與被看的翻譯法只有解釋的形式而無內涵，更無先入爲主的內涵（如以性爲取向的內涵），因此大可作超文化的分析。顯然小紅斗篷的主題，可以與中國〈虎姑婆〉(總數超過二十，詳參譚達先，《中國民間童話研究》，一九八一）的故事加以比較，並且推論出中西社會不同的人際關係，與人際關係的不同表現形式。不過這個題目與本文無直接關係，當另文討論之。

一九八七・三

「自我」如何在「表意」中不見了

此地「表意」並非指男女相悅，雙方表情達意的傳播過程。表情達意這件事往往百人一口，千篇一律，無甚佳趣可言。此地表意之英文為 signification，指說話人如何藉助語言或其他表現方式，使聽話人掌握話中的旨意，甚而有所行動。廣義的表意固然可包括男女雙方表情達意，互通款曲。不過本文所談的表意，注重自我內在的表現過程，探討人類如何假藉語言的表現程序，界定自我，而非泛指人際之間的溝通。

男女在孩童時期，由於心理、生理的差異，借助不同的表達方式界定自我，因此造成兩性之間的鴻溝。這種自我意識的鴻溝遠甚於生理的區別。這也就是說，男女的生理固然判若陰陽，其心理差異則更如雲泥。當然，此地所指的心理差異與文化有關。不同的文化具有不同的價值觀，這種價值觀無形中決定了男女的自我形象。

在未談自我形象之前，不妨先說說人人都耳熟能詳的個人主義。個人主義從文藝復興之後，即成爲西方精神文明的主流。換句話說，西方人的精義可以「個人」一詞加以界定。但人是有機實體，自有其特色，不可分割。而個人定義的延伸卽爲理性主義。因此西方人歷來相信，個人之所以爲個人乃因個人具理性，一言一行皆遵循理性的規範。這種幾乎一成不變的人生觀，到了十九世紀末、二十世紀初開始動搖了。存在主義不但否認人有與生俱來，一成不變的本質，而且認爲人的定義有賴存在本身。不過這是哲學層次的問題，本文不擬深論。

人的本質不在於意識層次的具體表現，而在於無意識中瞬息萬變的矛盾現象。換言之，一切顯而易見的現象都是欺人耳目的假象，眞象存在於無形的心理無意識之中，不但外人無法洞悉，卽使當事人亦不知其詳。如此說來，人的本質豈非全然無法獲知？這也不盡然，心理分析學家可從人睡中夢、白日夢、說溜嘴、笑話、誤讀、白字、催眠等無意動作之中，追尋人的心態。本文擬較具體介紹，人如何由早期物我不分混沌一體的階段，成長且進入語言世界。在這過程中，人一方面逐步對自我有整體的認識，另一方面卻意識到自我的不足，並領悟到自我如何爲社會文明所役使。這種個人觀念顯然與文化復興以還的個人主義極不相同。按此學說，人的成長難免導致個人自我意識的喪失，進而使人領悟自我的種種匱乏。

此種匱乏之感從何而來？按行爲科學的觀點，人生最主要的任務是設法滿足小我的一切生理需要，而最基本的生理需要則爲飲食溫暖。嬰兒初生時與母體有不可或離的親密關係，母體卽我，我卽母體。母體的心跳與自我的心跳合拍合奏。嬰兒在襁褓中無法控制外在世界，與外在世界的聯繫完全依賴其嘴。嘴巴不但可用來吸吮奶水，且可哭叫，吸引母親的注意，進而控制其行動。此種主客不分的階段通稱爲幻想階段（imaginary）。

嬰兒六至十八個月之間，稱之爲鏡象時期（the mirror stage）。在幻想階段，人我不分，但到了鏡象階段，嬰兒開始將外界轉化爲自我世界，此時目中所見的如同鏡中所見。鏡中的他，有頭有腳，獨立於外在世界之中，不再與母體認同，且舉止自如，不需乞助母體。在他心目中，鏡中的他卽是眞正的自我。當然，讀者都知道，鏡中的他與其本人不但左右顚倒，其世界也只是個沒有深度的平面世界。而鏡象與其本人有相當的距離，兩者絕對無法融爲一體。幼兒常把臉龐緊壓鏡面，企圖把自己擠入鏡後的世界，卽爲此一心理現象之表現。

鏡象階段之後的第三階段通稱象徵次序（symbolic order），與忌父戀母情意結（Oedipus complex）階段差不多同時（三歲至五歲左右）。此時幼童開始學習使用語言，參與成人的社會。這個階段在兒童的成長過程中最爲重要。他在人際關係中，首次認識自己的性別，而且了解自己在家庭中、社會上所應守的本份，及所佔有的地位。依據拉崗（Jacques Lacan）的說法，幼兒認識自我的一刹那，也正是他體認自我喪失的時刻。換言之，幼兒首次認識自我的身分時，他同時也瞭解，自己只不過是社會上某一角落的一分子。阿杜塞（Louis Althusser）從社會政治的觀點探討過此現象，他認爲人本來對自己所處的社會地位懵然無知，可是一旦意識型態入侵之後，卽刻產生所謂定名（appelation）現象，就如有個人在街上漫步，突然聽到背後有人大喊一聲：「喂，你！」他應聲回頭，猛然察覺自己乃是被叫喊的那個人。這時他才自覺自己是主體(subject)，有別於他人，有別於世界，有別於一切客體(object)。

此種論說或許有人認爲近乎荒謬，我是我，你是你，豈有不分你我，不知自我的道理？法國語言學家班浮奈斯特(Emile Benveniste)對代名詞及虛詞做了詳盡的研究。他認爲「我」之所以成「我」，是因「我」有異於談話的對象——「你」。「我」「你」之間不論是從物理還是生理的角度去看，區分均十分明顯。西方人側重個性，個體是一獨立實體，不可劃分爲更小的單元，而個體之所以成爲個體，乃因他與外人有相當的差異，別人不能假冒。爲了達到這個擁有個性的目的，人除了在衣著、行動上保持自我的形象之外，最主要的莫過於與人應對之間，力求言語得體。藉語言界定人己相互之間的尊卑長幼關係。這種關係往往無明顯的規則可循，因此必須從小細心觀察學習，方不致出錯。古人從小精讀尺牘範本卽是一例。日本人使用動詞形式，視對方的尊卑身分而變，亦爲一例。

代名詞「我」之存在，乃因「我」有別於「你」，而「你」「我」之分同時衍出了「這個」與「那個」。「我」指的「這個」經「你」瞭解之後，變爲「你」心目中的「那個」。「這兒」、「那兒」、「此時」、「彼時」等等時空的範疇，也均是如此。在主體的意識中，意義不一定依憑外在事物而產生。例如人心目中「椅子」這一概念之所以存在，不一定是因外在世界有一張椅子可資主體指涉，而是因爲人心目中的「椅子」有異於心目中的「桌子」，這種概念通稱爲意義

的差異層次 (differential aspect of meaning)。

對人來說，瞭解外物並非太難，唯獨瞭解自我最難。所謂「無自知之明」卽是這種現象的延伸，也可說是心理學上的問題架構 (problematic)。主體本是心智向外活動的核心，但在自知的過程中卻又變成被認識的客體與對象。上述幼兒在鏡象階段中誤把鏡中之我視爲眞我，此一現象卽使在象徵次序階段仍頻頻發生。唯一不同的是鏡象時期靜態的鏡，此時由動態之語言或其他表意鏈 (chain of signification) 所取代。班浮奈斯特指出，日常所常見的「我」應分爲兩種：一是發聲成文的「我」，也就是生存在眞實世界的「我」，另一個「我」存在於象徵次序中，是語文表意活動中的代名詞。舉本文作者與讀者的關係爲例，「我」(卽作者) 與讀者諸君所處的時空有相當距離，實際生活中的我與讀者可能毫無關連。但如我寫下如下的句子：

我希望在這篇短文中向各位介紹自我認識的種種問題。

句中的「我」希望與你讀者發生某種詮釋上的關係，這一來文中的「我」與實際生活的我遂一分爲二；兩者之間甚且可能產生對抗關係，但前者往往會融化於後者的語言活動之中。我們批評人說謊，所謂「言不由衷」，但嚴格說，人是無法做到眞正「言有所衷」。語言一出口立刻與主體脫離關係，一如脫韁之馬，造成拉崗所謂的匱乏。此中緣由甚多：其一乃因語言是約定俗成的社會表意活動，因此難於表達個人心中之感受；同時眞實世界中的「我」一經出口之後，卽變爲語言世界的「我」，並進而與原來「我」一分而爲二。前者爲主體，後者則爲客體。主體透過表意的語言活動，原意是要表達自我，可是一經發聲成文，主體卽刻轉化爲客體，完全不由主體控制，甚至發生消失無踪的現象。

當然，上面討論自我在生長過程當中所面臨的吊詭現象：一方面自我必須學習表情達意，才能建立他的自我形象；可是另一方面表情達意的結果，卻往往導致主體與客體的分割，進而把主體也給遺失了。這種矛盾現象顯然與西方工業社會與個人主義的兩極化有密切的關係。一方面工業化的社會講究效率、統一、集體化，因此一切都講制度化，權威化，可是另一方面工業化社會也與啓蒙精神相爲表裏，提供個人精神一個伸張的絕好機會。這兩種勢力一個講究集體化，一個側重自我表現，兩者相互衝擊，導致西方人二十世紀徬徨無措的窘態，這點不能不叫我們稍加深思。

一九八六・九

第三輯：小說與人物

人格與人物之間

先從日常生活中舉兩個常見的例子，來說明人格與人物在用法上稍稍有所區分。我們常聽人說：

甲：我以人格保證，絕對找個日子請你們吃飯。

乙：你這種大人物怎麼肯跟我們一起吃飯？

甲以人格保證，顯然表示甲本人與人格有段差距，這是第一點。第二點：人格顯然高於甲；也就是說人格說的話份量重過甲，更能令乙相信。從語用的觀點看，甲本人的信用顯然不佳，因此必須借重高於本身、甚至無以求證的人格，來取得他要的「信貸」（需要以人格保證一定請人吃飯的人，必定向來說話不算話，而吃飯也者只不過是個美餌，心中另有所求於乙）。

傳統社會裏，人格與人往往處於主從的關係（現代社會講究功利、契約合同等等，情形大不相同。再舉個假設的情形為例：甲以人格保證請吃飯，乙大可不客氣說：「人格到底幾塊錢一斤啊?不如現在就把時間、地點一起訂了,免得你說話不算話。」不過這個問題比較複雜,此地不加討論)。簡單說來,人格高於「吃飯睡覺」的生物人,但也包含這個生物人。這種突出人格的情形在中國尤其明顯。這話怎麼說呢?西方自從文藝復興之後,講究的是人文精神與個人主義,而所側重的,也正是個人內在潛質的發揮。相形之下,中國人比較注重傳統取向。我們道統中完人的觀念,也往往不外乎內聖外王(韋政通,〈中國傳統理想人格的分析〉,收於《中國人的性格》),內聖指個人的內在修養,外王指經世濟民。但不管是內省或是外求,基本上這種理想一來存在於過去(以三代爲主),二來理想高於實際人生。所以說人格是人的提昇、人的擴張。

從社會科學的觀點說,人格指的乃是個人知性、感性與意志的總和。這項總和賦予個人獨特的個性,令他與別人有所差異。當然,這種定義顯以西方個人主義爲出發點,側重的是個人的人格。在地大物博,具有民主傳統的社會,個人的人格可以以社會契約加以約束,而不致氾濫(當然,例外不是不存在,法國大革命的暴民專政卽爲一例)。中國雖然也可以說得上地大物博,不過中國人口一向甚多,而幾千年來的官僚制度,大規模集中財富、權力、意識型態等等的控制,個人自決的重要性也無形中大大受到削減。威地佛格(Wittfogel)把中國傳統政權歸劃爲東方專制體制,雖然論點頗值得商榷(比方說灌溉體系動員人力,造成權力集中,這種解說法在中國顯然失之簡陋),但他討論這種權力體制的特點時就曾指出;專制體制動員的不僅限於人力、物力(賦稅與徭役),而且還包括輿論(漢武帝之樂府,令李延年采詩夜誦就是一個好例子）。我們甚至可以將這種壟斷加以擴充，包括人格，指中央政府直接負責人格培養的傳統。我們又常聽人說，人的內在修養自由發揮，必然與外在社會理想相互契合。這句話作另一種解釋也可以說：個人一己的決定，務求配合社會的理想；換句話說，個人人格務求配合集體人格。

再回頭看文章開首所舉的例句。甲所說的人格乃甲本人的擴充，基本上兩者仍然相互銜接。人物用法可就稍有不同，乙所說的大人物與甲本人有相當出入，而所謂大人物也不過是乙對甲本人的一種解釋，甚至曲解（十之八九甲並非什麼大人物，到了機場也很可能進不了貴賓室）。人物簡單說乃是由人創造、分劃，甚至詮釋而產生的過程或成品。甲之所以為大人物乃由乙無中生有創造，分劃（視甲為大人物，影射乙自視為小人物，與甲幾乎是坐不同席），甚至詮釋（甲請吃飯的空頭支票被視為是他人格的另一汚點，乙因此以大人物相諷）。

人物的創造全在乎人，而人既是社會政治的產品，經創造而產生的人物勢必也因歷史、地理條件的變遷而有所差異，這是探討人物必要首先認識的一點。另一點與語言有關，也就是說人物大抵是口說筆寫的產品。就廣義言，人物與傳理關係密切，而本身並非實體。第三點：人物與敍述體有關，也就是說人物必須配合行動才能表達他的意義。有人把人物比喻為主語，而行動（故事之情節）為賓語；主賓如果不相輔，即無句子，而也不可能表達完整的意義。當然，敍述往往也會改變人物的面貌、內心，甚至作者對自我的觀感（關於這點請參考本書〈「自我」如何在「表意」中不見了〉一章）。

人物為人所創造，但一經創造成文之後，人物活動的世界與你我的世界截然分離，不容混淆。比方說有人研究《紅樓夢》中婦女到底纏不纏足，把問題整個帶到滿人的生活習慣，即是忽略了人物的虛實問題。嚴格說來，討論這種問題似乎應先討論藝術手段與意識型態，而後探討纏足這個現象與作品中其他價值體系的關係（如纏足與婦女之社會地位，或纏足與婦女之日常活動等等），甚至更進一步追索纏足的象徵意義。把人物當人看待，很顯然忽略了作品的文本本質（textuality）。這點是文學研究工作者所不能不注意的。

人創造人物，勢必需要賦給他的人物若干品質（或稱人性），但是光憑作者主觀描寫，顯然不足以令讀者折服，因作者也需要賦予他的人物若干行動、若干情節，使得靜態的人物動將起來，與其他人物有所交往、衝突，或甚至與社會產生無可解決的矛盾（喬埃斯的人物往往落得放逐的下場，象徵人與社會水火不相容的困境）。這並不是說人格就絕對沒有行為，而描寫人格的文獻也因此毫無情節可言。聖人內聖外王的理想，除了個人的內在修養之外，另外也藉形諸於外的言行體現，而言行無疑會與社會文化發生直接的敍述關係。不過一般而論，理想人格往往是某種道德典範的表現，而基本上聖人扮演某種含道德意義的角色，如仁義、忠信等等，人格與角色的關係也因此極為穩定。有人主張五百年必有聖人出，而聖人一出，他的言行毫無疑問必符合亙古不變的理想。換句話說，聖賢人物的敍述行為創造性不大。

這種情形與民間故事中的人物恰恰相反。俄國民俗學家普樂樸（V. Propp）舉了四個例子：

一、國王送一隻老鷹給主角，老鷹把主角帶到另一個王國。
二、老人送蘇真克一匹馬，馬把蘇真克載到另一個王國。
三、法師送一隻船給伊凡，船把伊凡運到另一個王國。
四、公主送一隻戒指給伊凡，從戒指中顯出幾個年輕人，把伊凡帶到另一個王國。

按普樂樸的看法，這四個故事等於一個故事，說的是同一件事；動作是不變的常數，而人物則爲不定的變數。相形之下，動作（或稱功能）比較重要，人物倒爲其次。

從敍述的觀點，不管是理想人格的言行，或是民間故事的動作（功能）都太過簡化，與實際生活中人的實際活動有相當的出入。

人的行爲錯綜複雜，這點不需要再加說明。不過這並不表示人的行爲完全毫無理緒。人的行爲主要是要求滿足基本生理、心理需要。可是滿足需要的手段泰半爲社會所規限。爲了折衡個人需要與社會規限，人類於是發明了各色各樣的角色。角色一方面得到社會的認可與贊同，可是另一方面角色也能令一己的慾望或多或少落實。角色可以說是個人與社會之間的中介。當然，傳統社會的角色較爲固定不變，開放的社會角色比較開放自如。不過我們所應該注意的是，角色不一定是決定論的產品（生於農夫之家卽一生務農），也未必全取決於社會經濟地位（農夫之子發憤求學，終於身居要津）。

角色很可能由個人在社會默許的情況下自我塑造，這是第一點。尤其值得我們注意的是，個人塑造角色往往是一種不自覺的過程。我們每個人都有固定的工作，固定的身分，可是我們也經常藉各種創造的手法，改造一己的角色。衣著、言行、消遣以及思想往往人人相殊，這就是個好例子。特別值得深省的乃是人人在改造自我角色的過程中，往往自己並不知道有這麼一回事。換句話說，人人都似乎替自己編故事，講給自己或講給他人聽，可是很少人對自己的敍述形式有任何深入的瞭解。

敍述有敍述的動機與手段。就動機言，說故事（甚至包括聽故事，或讀故事）乃是人類的本能。敍述無中生有，不啻於自創天地（以別於上帝之天地），使人對週遭的世界有一種圓滿週全的感覺。在所有動物當中，人類最善於營築自己的生活環境（大家只消望一下窗外，看看週遭的高樓大廈卽可明白人營築世界的本領），而營築的世界顯然不限於物質世界；精神世界的經營更是人類異能的表現。人類的宗教卽是最佳例證（這點彼特・柏格（Peter L. Berger）早已說得相當明白），不過文學中另一種天地的經營絕不遜色於宗教。《紅樓夢》中的大觀園憑曹雪芹的妙筆生花，寫出一個淨潔的世界，與外界的汚穢社會截然分明；而大觀園的人物更是傳誦千古，乃是現實世界所無的人物。儘管他們的下場如何悽慘，他們生命所迸發的火花，也絕非你我所能企及。換句話說，利用敍述的手段，人企圖創造出一個更容易控制，更完整的世界。相形之下，我們的現實世界顯得支離破碎，毫無章法。

就敍述的手法言，我們都知道西方深受基督敎的影響，因此整個宇宙觀無形受啓示錄的時間觀所籠罩。換句話說，西方的時間上起於上帝創天地的創世紀，後經洪水、耶穌降世，受難、復活，以迄最後審判。我們生存在前後兩個階段之間，因此戰戰兢兢，唯恐時間的馬車追上我們，把我們置之於神法之前。在此無可奈何之下，人以敍述來減輕無助感，這點我們上面已說過。不過西洋敍述的直線時間結構，顯然也與聖經的時間架構有因果關係。同理，西方處理人物，最重要的莫過於看人物的發展。有人甚至說西方小說最重要的主題逃不出人成長的過程。中國的情形可就稍有不同，而時間憂患感基本上也要輕得多。西方人前瞻，因此憂心耿耿，唯恐無顏面對造物主。中國人崇古，而這種崇古嚴格說並非嚮往歷史上特定的時代，而是追求一種帶神話性的古代價值。這種價值換句話說即是我們常說古今不變的情操。情操高高在上，代表一種人格，我們上面也已說過。不過在敍述的過程中，情操往往或多或少世俗化了。在人物與人物，或人物與社會相互交流的過程中，情操會無形中顯露出各種辯證關係。《三國演義》中的三顧茅廬一幕雖然襯托出諸葛亮的高風亮節，可是明眼人一看就可以察覺諸葛亮處心積慮，替自己安排終南捷徑的一番功夫（平話本把諸葛亮的政治野心寫得更加露骨）。

所以用稍爲大而化之的說法，敍述把人格的理想加以世俗化，把靜態的人格落實爲動態的人物，而人物又不一定等於實際的你我。從心理分析的觀點，動態的人物在敍述的表意鏈上，一而再，再而三地將人生的種種一一呈現，營造幻想的世界，並藉此象徵手法來控制外在世界。而至於說敍述人物與眞人物的關係，那就可能有，也可能無了。

一九八六・十二

性非性別

男女既然分屬兩性，順理成章男女自有性別之分，又何來性非性別之論？

首先談性，兩性之性，非床笫之性。性者乃一生理現象。說得更科學，性者乃一解剖學之現象，從染色體的結構，到男女生理器官的不同，都可藉科學方法鑑定。從客觀現實而論，一個人是男是女，我們一眼望過去大抵錯不到那兒。至於說，近人常抱怨背後看人愈來愈難辨認是雌是雄；或是說某女運動員成績傑出，讓人懷疑她不是女身，因此弄到要去作生理檢查；甚至於古代小說裏記載尼姑如何姦污良家婦女，結果經調查，這個尼姑亦男亦女，白天唸經禮佛是個女身，夜深人靜循密道進入女進香客房中，搞那勾當的卻又是男身。上述的三種情形都屬例外，不算常規。姑妄言之，姑妄聽之，用不着我們小題大作。所以說，性是男女有分，是一種自然現象。相反的，性別可就有異於性，因爲性別之別是一種人爲的社會現象。

所謂別就是有別於己，有異於己。簡單說就是劃分界線。界線劃分清楚，社會秩序方得維持。舉個例說，男女廁所有所區分，才不至於造成風化，甚至治安問題。不過劃分界線往往牽涉評價問題，甚至也經常造成人劣我優的一面倒情勢。早期我們說中國人重精神文明，西洋人重視物質文明，表面上只是區分中西，可是言下之意，無疑暗指我們文明的優越性，這是劃分界線的第一個問題。第二個問題比較嚴重，往往牽涉到支配（domination）的問題，也就是說誰來劃分界線？劃什麼樣的界線？世界上陰陽人究竟佔極少數，所以劃分界線的人非男卽女。西方世界二十世紀講男女平等，按理男女應該可以平等互惠，分工合作。可是事實卻又不然，男人執盡牛耳，女人只能聊備一格。這點各位只要去看看維琴尼亞·吳爾夫（Virginia Woolf）的短篇小說〈牆上的黑點〉（"The Mark on the Wall"）卽可略知女人辛酸之一二。當然，有人或許會認爲劃分總歸要找個會劃的人才行，而歷來男人教育高人一等，所以由男人來劃分無可厚非。可是這其中又牽涉什麼樣的界線這麼一個問題。劃界線當然無所謂，可是劃呀劃的，界線可就變成圈圈。自己的圈圈愈劃愈大，什麼三妻六妾、齊人之福等等都成理所當然；而對方的圈子可就愈劃愈小，什麼三從四德、餓死事小失節事大等等，把女人劃進一個無可奈何的小圈中，範圍之小與古時女人的閨房差可比擬。

性別圈子的大小與歷史社會條件有關，這點不用贅言，但本文不擬涉及。不過有一點必須說清楚：界線也好，圈圈也好，都非用筆或其他畫具不可。問題是，「畫家」一筆在手不免「畫蛇添足」一番。上面說到男女廁所有所分別，本意叫人不要誤闖「異域」。可是男女廁門上的標記，卻往往附加了若干指導性的符號。比方說男廁所用的是紳士高帽，女廁用的是高跟鞋。有人或許會認為高帽與高跟鞋並無任何實質的差異，兩者都不外要令人顯得更加高俏。不過大家也應該都明白，兩者對身體所造成的後果絕對不同，女人背脊的毛病多過男人，與此絕對有關。所以說，性別不僅不是解剖學的問題，嚴格說也不是社會學的問題。我個人認為這是語言學的問題，與客觀現實不一定有絕對的關係。

上面說的性別形諸於外，屬有形可見的區分。人類一經區分之後，兩性因此截然相殊。這種區別與男女生理的外在差異，基本上比較胳合，而男女兩性從青春期開始即已陰陽分明。至於說梁山伯與祝英臺一類女扮男裝的故事，甚至越劇女角反串男生都只能算是例外，反映的是一般百姓的願望，希望能打破森嚴的界限，做到男女不分，忽視禮法（禮法講男女授受不親）的烏托邦境界。性別外表既然判若陰陽，嚴格說並非癥結所在，值得我們一思再思的，倒是性別的心理意義。此地講心理意義可分兩個層次：一種是比較客觀的意義，我如何看對方，而如何看待對方卻又往往受限於社會的禮俗。另一種是比較主觀的意義：我如何看待我自己，甚至於我如何有意無意之中如何自視，如何自別於異性。

先談客觀的意義。我們常說情人眼裏出西施，又說一見鍾情，言下之意似乎是男女如何相互看待，完全是兩人主觀的決定，可是眞情並不盡如此。我們更常聽人說才子佳人，郎要才女要貌方得登對，這種話可以說是片面之詞。事實上，門當戶對往往要遠比兩情相悅來得重要。再說早期的才子佳人小說，男的未必是才子，女的也未必是佳人。〈李娃傳〉裏的書生固然出身望族，不過一旦耽於女色之後，遂淪落街頭，賴求乞、打執事爲生。男的與父親斷絕了父子關係不說，而李娃更不用說只是個妓女。但是儘管如此，兩人也同樣要經過一番折磨之後才能好合，證明男女雙方主觀的相悅，常常受到客觀條件的限制。〈杜十娘怒沈百寶箱〉的故事相信大家耳熟能詳。這個故事說明的正是男女儘管情深似海，雙方（尤其是男方）的看法常不免受客觀情勢支配，落得末了二人以悲劇收場。這兩個例子都說明男女雙方如何相待，往往受制於客觀的條件。而吃虧的十之八九都是女方，不管女方聰明才智再高，也不管她付出多少代價。兩個故事的結果是杜十娘不用說沈江而死，李娃固然際遇全然不同，末了成了汧國夫人，但在這之前他們二人還得在父母媒妁安排之下，重新行過婚禮才能把名份定下來，換句話說他們二人早期私訂終身全屬無效。這種情形在才子佳人小說中可以說比比皆是。

至於第二種意義牽涉到個人如何自處，如何視自己有別於他人。這種意義往往是不自覺的。換句話說，沒有人能了解眞正的自我，因爲眞正的自我藏在無意識之中，除非在夢裏、催眠過程中、白日夢、說笑、說溜了嘴，或文學作品裏才會露出一些蛛絲馬跡。甚至可以說，我們自知身爲男人或女人，但其中內涵爲何，往往不甚明白，而人對自己的性別不一定明明確確知其然，更不用說知其所以然了。有關男人或女人的觀念，有些是外來的，透過超我（superego）內化而加諸自我（ego）的身上，有些是內在的，從本我（id）由下而上翻騰而出，無法加以抑制。所以一個人的自我觀念，一半是社會習俗的潛移默化，另一半是人類本能衝動的發洩。自我的觀念由不同因素交織而成，一片混沌，無法一言以蔽之。

自我觀念由內而發，並形諸於外，而自我觀念也必然含混不清，這是第一個問題。第二個問題是：自我觀念並非與生俱有，而是經過一番成長過程才逐漸培養出來的，也就是說，孩童五歲之前的自我觀念，不是子虛烏有，就是歪曲不全。而自我意識的形成又往往與性別意識，有非常密切的關係，兒童如果在這緊要關頭無法獲得為社會所容許的性別意識，那麼成長之後，擇偶就很可能發生問題。D・H・勞倫斯《兒子與情人》中的保羅由於早年與母親關係太過密切，末了與兩個女友的關係無法圓滿，就是一個很好的例證。

佛洛伊德的理論有時被譏笑為汎性主義，原因即在於此。根據他的看法，兒童成長期間勢必要經過口腔期、肛門期與性蕾期，每個時期各有不同的執着（fixation）。第三個時期尤其重要，因為這個階段的兒童面臨所謂的忌父戀母情意結（Oedipus Complex），這時兒童無意識中希冀擁有與自己同性的父母，並消除與自己異性的父母。當然，這是社會禮法所不容許的，因此兒童只好逐步與同性的父母認同，並同時逐步放棄異性的父母。當然這種轉變往往相當痛苦，而兒童往往也不自覺產生一種罪惡感，覺得對不起父母。這種理論有其長處，即所謂三歲定終身，讓我們追本溯源，認識心理問題根源所在（人人或多或少都有問題）。不過問題也很多：一來這種理論只能憑個案事後追索，無法用科學方法加以證實或否認，或反覆實驗。而問題更大的倒是，心理現象與文化現象之間的辯證關係，幾乎完全未加顧及，這麼一來就出現了母鷄先還是鷄蛋先的問題，到底文明灌輸道德意識，強調亂倫逆倫弊端叢生，因此人人滿腦子充滿了這種罪惡感；還是人與生俱來本有這種意識，而文化也不過求亡羊補牢而已，兩者孰先孰後難下定論。除此之外，上述的心理現象到底是西方人性格的特徵，還是普天之下萬物之靈所共有的問題，這又是個懸案。有人主張中國人民族性的特徵與口腔期關係比較密切，與西方人差異甚大，這點大家不妨參看《中國人的性格》即可略知一二。

佛洛伊德的理論偏重男性，女性不但涉及較少，而從他發展心理學的觀點看，女人所遭遇的問題也遠比男人要大，這是需要另加交代的一個話題。此外談一個人自我觀念的形成，與其談佛洛伊德有關自我的看法，不如談主體（subject）與客體（object）之間的關係，以及兩者之間的語言關係等問題。

一九八六・八

從兩則中西神話看人之初

神話語涉諸神之行跡。「神話」一詞可作二解，兼具正負兩面。神話的負面意義是子虛烏有，其故事乃怪誕無稽之談。例如有人說話浮誇不實，聽者往往斥之爲「天方夜譚」；換言之，神話卽事實之反義詞。但神話自有其積極的一面，先民民智未開，對於若干自然現象茫然不解，於是創造神話，利用神話聊以解釋心中疑惑。玆舉「雷公」爲例：先民但知雷電爲害甚大，不知雷電爲何物，因此創造雷公此一神仙人物，以釋其疑。對初民來說，創作雷公的神話可使他們掌握自然現象，進而調度作息，以期與自然的運作配合。但從今日的科學觀點來看，此類神話誠屬迷信，不科學。從歷史的演進過程而言，神話也只不過科學的「前身」而已，在歷史的洪流中，不免註定要被科學淘汰、取代。

但神話卻可從另一角度去探討。這種方法高於實證的層次，而所尋求的是神話象徵的意義，不求其眞實性。現代人看神話，不必追尋其眞假，而當視之爲人類亙古不變的心智象徵表現。這種表現方式不受外在歷史地理因素所影響，自循其獨特的邏輯，自具其敍述結構，向人類提供解釋宇宙本質的線索，與了解人性深層結構的途徑。根據此一看法，神話詮釋功能宏著，有助各類研究，極爲重要。而神話的意義卽使到了科學昌明的今日，仍然極其重要。到底原因何在？

當代社會結構錯綜複雜，個人處身社會之中，往往無所適從。不論是外在現實、自我本身、或物我兩者之關係，均令人茫然不解。邏輯分析固可釋除部份疑端，但其方法不免支離破碎，且流於個案化。神話的詮釋方法則可收整合之功，不僅使人對各種現象有整體的認識，且使人與人之間重新獲得結合之感。希特勒利用日耳曼民族的神話，振臂一呼號召國人「安內攘外」，進而侵略歐洲，卽是神話被濫用的一例，但也可由此看出神話的功能與力量。而羅蘭・巴特(Roland Barthes)分析現代神話，發現今日之神話已淪爲中產階級的專利品，他們常利用廣告、服飾等等神話來鞏固自身的利益。此兩例均說明神話的反面功能。儘管如此，神話仍有其積極的一面，可以解除當代人類若干疑慮。

根據李維・史陀的看法，歷來神話的內涵容或各有差異，但人類心智結構大同小異，而神話既爲人類心智的產品，因此各類神話的結構也大同小異，間接提供了人類穩定不變的思維方式。史氏博文廣記，泛探各地的神話，進而推論人類思考之基本方法，他從而證明，卽使是民智未開的初民，也具有確切可靠的思想程式。以地班神話（Theban myth）爲例，李維・史陀推論出如此公式：

就思想方式言，地班神話的發展程序是：甲之於乙正如丙之於丁，而甲乙相反，正如丙丁相殊。意義是：人生於世，最主要的莫過於要守中庸之道，過於偏激，必生悲劇。地班神話中，伊狄帕斯（Oedipus）娶母為妻，過於沈溺於親情（甲），而伊狄帕斯途中誤殺親父，顯然視親情如草介（乙）；同理，伊狄帕斯智殲人面獅身獸，象徵人不承認自己生自土中（丙），而伊狄帕斯這個名字意為「腫足」（他生後被棄荒野，足踝釘在地面上），表示人無法擺脫大地（丁）。

（甲）親情太密 ／（乙）親情太疏 ＝（丙）否認人生之於土中 ／（丁）人無法擺脫土生之淵源

就親情而言，一般嬰兒自小依賴母親，視母親為自己身體之延伸，直至稍解人事之後，方才察覺父親之權威地位，同時也領悟父、母、子之間所蘊涵的衝突。這種三角關係甚至可說是由愛恨交織而成，因此親情往往非太密即太疏，不易適得其中。愛恨過度則威脅社會安寧，因而文明社會的要務之一便是要人不要過於偏激。

至於人是生之於土抑或誕之於母體，此一問題乍看似乎相當荒謬。任何稍具科學常識的人都知答案。但兒童常追問父母：我是從哪兒來的？初民探討此一問題也極其自然。「土生論」其道理之一，卽可避免上述三角關係所蘊涵的一切衝突。但「土生論」也有其缺點，人如生於土，最終也得返歸於土。如此一來生命產生很大的局限，而人與植物幾無差別，兩者同樣受到四季消長的影響。反之如果生命源自母體，人生則得以充沛自主，人有了意志力，進而追求權力，擴充自己的小千世界，甚而控制大千世界。這也是現代人人所夢寐追求的理想。

從創造「自我」進而牽引另一問題：上天既創造世界，也創造人類，人類力量因而大受影響。這種情形可以從世界各地神話中的洪水故事找到線索。根據洪水故事，開天闢地之後，接著發生洪水，而洪水之後才有再生（詳見陳炳良《神話・禮儀・文學》之〈廣西傜族洪水故事研究〉一文）。其中涵義可能表示人類不滿上天替我們創造的世界，因此勢必要再造世界之後方能稱心滿意。如此進而產生了道德問題：上天造人無所謂道德問題，人造人可就無法避免此一問題，亂倫自古困擾人心，就是這個原因。以伏羲與女媧的神話爲例：洪水之後世上只剩伏羲女媧兄妹二人，爲了傳宗接代兩人只好不顧羞恥而成婚，但其中牽涉兩項中介因素。伏羲女媧起初不肯相就，除非天上雲霧將兩人團團圍住，使他們無視於自己的亂倫行爲。（另一說兄妹兩人分由兩個山頭推石磨下山，如石磨在山下合成一對卽可成婚。兩種說法都表示兩人結合乃由天助，不受人間禮法所限。）此外兄妹所生之後代是一團肉球而非人體，兩人視爲怪物，將之斬成肉片拋向四處，而肉片終於變成人類。換言之，兄妹成婚明明亂了常倫，但人類既有能力再創天地，自有能力改變社會現實。再說伏羲女媧兩人情況特殊，一來兩人雖名屬兄妹，父母究爲何人，並無明確記載。此外，兩人成婚經過既不比凡常，冥冥之中若有神助，他們的實際社會責任也相應大大減低。尤其重要的是亂倫的結果經過了中介，肉球雖達到傳宗接代的效益，但也減輕了亂倫的震盪。換言之，亂倫並不受贊同，但卻可以文飾。此外肉球斬成肉片，分散世界各地，以免後代重蹈亂倫之覆轍。此類神話可說是向人類提供新生的機會，讓人類重造天地，也讓人類重新界定人際關係。神話令人類得以「無中生有」，亂中生正，其詮釋功能不可謂不大。

當代中國人又該如何看待神話，從而汲取意義？古人所謂不語怪力亂神，事實上只是理性主義的理想。神話其實無所不在，在日常生活中也不可或缺。神話甚至可以替整個民族帶來希望，使整個民族得以鑑古而知今，繼往而開來。

再以先祖伏羲女媧神話為例。古籍中二者都是人面蛇身，有人或許會斥之為異端邪說，認為沾辱先祖。但文獻中兄妹二人蛇身糾纏而成一體，幾乎合二為一，似乎具體而微，象徵中國人重視人際關係之融洽，與西方忌父戀母情意結相比，中國始祖性愛關係遠比西方社會祥和。

在中國西南少數民族的創世紀神話中，除伏羲女媧之外，另記載兩人之父親如何設計捕獲雷公，且囑咐二人小心看管，不得餵食。兄妹兩人慈悲為懷，暗中餵以生水，雷公因此得以逃脫，逃脫之後，為報答救命之恩，贈送兩人葫蘆種籽，且囑二人將之下種以便日後在洪水中逃生。之後果不出所料，洪水氾濫九州，毀滅世界，但兄妹兩人早有準備，已將下種所結之葫蘆鑽孔製成逃生工具，兩人藏身其中，得以逃脫大難。此一神話究竟有何蘊義？

首先，兄妹之父可說有兩個（文獻一概未提母親）。其一是生父，生父代表權威，他智擒雷公，智勇雙全。有些故事甚至說他攀登天梯，向雷公興師問罪。但父親的權威（囑咐兄妹不得餵食）卻受到挑戰，兄妹兩人非但違背其指示，放走雷公，而且隱瞞雷公所賜逃出生升天之妙計。結果兄妹逃過大劫，父親卻葬身怒海。其次就雷公所賜葫蘆種籽而言，其功能或可以子宮相喻，使兄妹得以再生，雷公因此可稱為兄妹再生之父。按另一不同的說法，雷公賜給兄妹的是自己的牙齒一顆，牙齒種下土地之後長藤結果，兄妹藏身瓜中，因此安然逃過大難。此外許多少數民族的民間故事中，雷公還教授兄妹繁衍子孫之道，名副其實的恩同再造。嚴格來說，雷公是個惡人，但對人類的功勞，遠勝生父。因此可說人類生父與恩父相輔相成，二者相互配合，促使兄妹由無知的童子，長大成養兒育女的夫婦。

反觀西方伊狄帕斯的故事，情形與中國大不相同。伊狄帕斯有生父也有繼父，但卻誤把繼父當生父。成長之後，為避免殺父的命運，離家出走，但在十字路口卻遇上素未謀面的生父。伊狄帕斯所代表的是新生的一代，不尊重父親所代表的權威（生父以年紀大為理由，要兒子讓路，兒子不肯），爭執之中弒殺了親生父親仍不自覺。對伊狄帕斯而言，他與生父之關係分屬上下兩代，無意識之中隱藏強烈的代溝，極想儘早繼承父親的皇業。此種現象幾乎是所有人類學文獻所不否認的一種原型，歸根究底屬於所謂的植物生成神話。按植物生成神話，自然界之季節是春秋代序，而草木植物則夏榮冬枯，正好勾勒出生物新舊交替無情的現象。伊狄帕斯弒父，也有人認為是他想改變母系繼承的體系，而以嫡子身份承繼父業，但因時機不成熟，皇位又被母家父執輩奪回。此一問題甚為複雜，本文無法討論。再就中西兩神話型態加以比較，讀者不難發現，西方的爭執沿兩代之間直線進行。中國神話則無此現象，雖然伏羲、女媧的生父與雷公均代表權威，但兩代之間嚴格來說並無嚴重分歧，生父之死乃因子女謹守恩父雷神囑咐，不得洩漏天機。

西方伊狄帕斯神話中的亂倫關係牽涉上下兩代，比中國兄妹同輩亂倫顯然嚴重得多。況且中國此一神話與開天闢地有關，如無兄妹之婚則無後代，此一結合代表生物延續生命的自然現象。伊狄帕斯神話與創世紀無關，所蘊涵的只是一種無意識的需要：兒子不願與母體脫離，希冀將胎中之溫馨無休無止延續下去，而母親亦希望永遠保有兒子，彌補身爲女性之缺陷與不足。而父親的介入破壞了母子的和諧關係，導致三人之間的衝突。

從左右同輩的關係一軸來言，伏羲女媧兄妹孑然獨存於世，無所謂內外之分。向來文獻僅顯出女媧主內，專司造人（補天神話是例外），伏羲主外，專注於改善養生之具。二人與大自然的關係基本上相當融洽，也因此兩人才對雷公產生憐憫之心。伊狄帕斯故事根據 T. S. Keung 的看法，重心不在於親情之太密或太疏，而在於自家人與外人之分。伊狄帕斯放逐後回歸，無法自分內外，在家如作客，在外又如歸家，心中充滿矛盾，無片刻安寧，最後導致父母雙亡，自挖雙目之慘劇。

嚴格來說，神話不可當眞。其故事都是人詠嘆生命終極意義之作，內容歷代均迭有所改動。索福克理斯所寫的〈伊狄帕王〉一劇與神話原型頗有出入，顯然是作者感嘆個人地位不明，因此將神話改寫，藉以表現人在成長過程當中可能遭遇的問題。將此問題誇大處理，即成後來佛洛伊德所說的忌父戀母情意結。後世西方個人主義的根苗甚且可說在此已略見端倪。

中國神話向來比較常見於斷簡殘篇中，伏羲與女媧很少有人將其併爲一談。但在少數民族的神話中，此兄妹兩人成婚的故事則不乏見，反映人類對人之初，生命如何開端的種種疑惑與解釋。與西方神話相形之下，中國創世紀神話經後世改寫的成份較小，而神話中對個人身份，甚至禮教的自覺性也遠較西方為低。至於後世有關哪吒與薛丁山二人與父親衝突的故事，很顯然已超越了洪水故事，所反映的也與伊狄帕斯大同小異，是兩代之間價值觀的衝突。

一九八六・十

從柏拉圖到勞倫斯

我們常聽人說，食與色是人類最基本的本性。這兩項本能不僅控制了個人的意念，左右他的喜怒哀樂，並且更支配了人類整體歷史幾千年來發展的方向。飲食文明經過幾千年的發展，已大大超越了初民飢食渴飲的原始需要，而演變爲琳琅滿目的飲食文明。有人甚至從心理分析的觀點，推論出中國人愛好和平、守望相助、服從權威、講究人情等種種國民性，都與中國人的口慾之特性有關。至於性愛這個問題可就要複雜多了。婚姻固然是社會最基本的結構單元，人類傳宗接代非它不可；可是另一方面，性愛誘惑力甚大，人們往往爲了兒女情長，而置社會之禮教、法制於不顧。這種情形可以說是「水能載舟，水能覆舟」。性愛既然如此利弊參半，幾千年來的教育制度，遂想盡辦法控制性愛。一面千方百計抑制肉慾，一面令性愛超越、昇華。性愛本爲天經地義人類的生物本能，也是社會的基石，可是經過幾百年的曲解與誤解，性愛已變成文明大敵。文明視性愛如蛇蝎，而性愛也由早期亞當夏娃之天眞無邪，淪爲今日之變態與色情，甚至凶殘暴戾。冰凍三尺非一日之寒，怎不令人深省再三。

■

一部西洋哲學史，說它是一部性愛史也不爲過。柏拉圖本着他的二元論，認爲現實世界價值遠比理想世界爲低；前者是物質的，瞬息萬變，而後者是精神的，亙古不易。同理，性愛也可分兩個層次：上等的愛應該是精神的，與肉慾無關。而同性之戀恰好符合此一要求，人與人之間心靈的結合，可以使人出汚泥而不染，晉昇到一個純理性、純精神的境界；下等的愛無法超脫肉慾，結果經不起時間的考驗。也就是說，理想的愛並沒有什麼形體與本質，它毋寧是一種關係、慾念，也是一種上昇的企望。憑這股原動力，人可以超脫支離破碎，瞬息萬變的世界，而晉昇到一個圓滿周全，持久不易的理想境界。不過在上昇的過程中，當初愛情的本質已蕩然無存，而情人本身到此已是「秋扇見捐」了。

話雖這麼說，在歐美的上古傳說時代裏，愛嚴格說並不如柏拉圖所說的那麼抽象、崇高。一般的愛大抵都很平凡無奇，追求的不是肉慾的滿足，就是家居幸福。偶爾有人抱有愛情崇高的理想的話，他很可能被視爲瘋狂的人物，被認爲神智不清，因此才會如此故作清高。最明顯的例子是米底亞（Medea）與戴度（Dido）。不過這都是例外，上古文學裏，女人往往被視爲男人的財產，眞正涉及愛情的詩歌，可以說少之又少。

到了中世紀，歐洲的社會結構發生相當大的變化。法國南部的封建城堡中，諸侯與他夫人樹立堡中的社交禮儀楷模。這時出現了一批騎士，旣無土地，又無軍職，終日游手好閒，可是卻又擁有一身好教養。外加當時女人少男人多，僧多粥少的情況之下，無形中慢慢形成了一種傳統，把女人當作天仙看待。這種傳統稱之爲宮廷式愛情（Courtly Love）。這種愛有四大特點：謙遜、有禮、不忠、愛情爲宗教。男的夢寐以求，追求可望不可及的有夫之婦。男的低聲下氣，想得到女人的青睞，可是對方總是傲慢無禮，將他拒之千里之外。儘管如此，男的照樣忠於對方，甚至稱之爲「吾王」（My Lord），自甘爲其下屬，正如他俯首臣服他的諸侯王一樣。我們可以說這是中世紀歷史的一頁，不過我們也可以說這是中古世紀男人日思夜想，希望可以達到的理想；希望可以透過愛情，而鍛練自己的品格。所以與其說是史實，不如說是一種理想。不管如何，有一點非常明顯：宮廷式愛情有異於一般匹夫匹婦的關係，它不遵循夫婦之道。男女之間的感情屬於婚外情，瞞着女方的丈夫進行，而男方完全不把女方的丈夫放在眼裏，因爲眞正令他耿耿於懷的是他的情敵，而不是情人的丈夫。乍看之下，這簡直把愛情當兒戲看待，可是事實上，男方態度極爲認眞嚴肅，他把女的奉如神明，而愛情遂儼然成爲一種宗教。這種宗教不但能給人無形的精神支持，而且還能鼓舞人向上。至於女方是否肯回心轉意，那又另當別論，與他品格的鍛練無關。

宮廷式愛情雖然起於十一世紀，而到了中古世紀末期終告結束，但是透過文人（如彼特拉克

Petrarch）之宣揚，無形中也影響到今日歐美的文學與思想。即以具體的男女社交禮儀言，今日西方男士上電梯、進門莫不讓女士先進，其中的眞義如何，我們不去談它，不過就社交禮儀本身來說，無疑是受到中古世紀這種思想的影響。

宮廷式愛情之外，另有一股力量與其平行，並延綿不斷。這就是基督教的傳統。基督教鼓吹人要有同情心，而人體既爲上帝創造，因此須加珍惜。在這種教義之下，男人對女人憐香惜玉，待女人以禮，而不以狂暴相向。再說天主教教義中，聖母的地位相當重，這點相信沒人會質疑。聖母的觀念與宮廷式愛情兩者因此不謀而合，文人在禮讚聖母懿德之際，不免辭窮而借用法國南部宮廷式愛情的詩歌措辭。而天主教聖母的觀念也很可能影響了男人對理想女性的看法。所以說兩個傳統相輔相成，互通有無。但丁的《神曲》甚至把這兩個傳統撮合爲一體，就是最好的證明。

性愛明明是人的天性，古人爲何偏偏要把它提昇，使它變得高深莫測？答案我想與西方的二元論，與附屬在二元論之下的理性主義有關。換句話說，西方古人並不反對愛本身（當然，早期學者認爲性愛有損人的精力，幸好傷害的程度到底不大），可是愛的慾望害處可就大了。戀愛中的男女往往夢寐求之，甚至神魂顚倒，把正常理智完全置於不顧，因此進而影響了人對宇宙、社會，甚至對本人的理智認識。古人把專注於情的人，看成瘋漢，原因恐怕與此有相當關係。這種觀念看來落伍，但面臨二十世紀分崩離析的情況，倒有人提倡以愛情爲救亡靈藥。D・H勞倫斯卽爲最好的例子。

中古世紀的宮廷式愛情由夫、妻、情夫三人鼎足而成（妻可爲貴婦、亦可提昇爲聖母）。這種三角有異於正常的家庭三角。正常家庭由夫、妻、子所組成，目的是要傳宗接代。相形之下，宮廷式愛情不算正常，因爲夫、妻、情夫居平等地位，易造成不平衡，因此其中妻一項有必要加以提高昇華。相反的，家庭的三角就很正常，兒子一角與父母兩角充分平衡，而兒子婚後又可另立三角，世世代代憑着三角的關係而傳遞香火（如果母子關係太過密切，則兒子日後將無法建立他自己的三角，這點稍後再談）。不過如果從大處着眼，這兩種三角也不是沒有雷同之處。一個人在外可爲情夫，在家可爲良父。他身爲情夫，希望可以透過這種精神的愛，而砥礪品格；身爲良父，他可以扶養子女，使香火延綿不斷。二者其實可以並行不悖。

到了十八世紀，人們對愛的看法有了轉變。不再把愛情提昇爲宗敎，也不把愛情視爲僅爲養兒育女之手段。愛本身卽是一種目標，也是一種值得重視的過程。愛本身可貴，因此有時熱愛中的男女，明知好事多磨，卻追求理想到底，不鍥不捨。這種愛情稱之爲溫情式愛情（Sentimental Love）。溫情式愛情有兩種後果：從敎會的觀點，愛情經過一番程序之後，男女終於共諧連理，而他們的結合，經敎會之認可，象徵夫妻二體融會爲一，泯除婚前二人之界限，婚後二人同心共德，終生同甘共苦。另一種結果俗稱浪漫式愛情（Romantic Love），便是兩人經過一番奮鬪之後，發現阻力重重，永無結合之可能。其中原因很多：可能是門不當戶不對，因此父母反對，不過也可能天不從人命，發現原來兩人身屬兄妹，一番海誓山盟之後，發現原來是場畸戀，終於唯有藉一死了此孽情。論三角關係，最後一類上有父，下有兄妹，但父身未明，因此旣無法如宮廷式愛情有所昇華，又無法如一般倫常關係，往下發展，因此只有讓死來解決撲朔迷離的困局。

二十世紀的社會分崩離析，人際的關係比以往空虛混亂，而愛情也遭受空前未有的考驗，夫妻關係變幻不定。而相敬如賓，比翼連理之誓也顯得格外空洞了。相反的，暴戾色情氾濫成災，固然喪失了中古的愛情精神特質，也無法保有一般傳宗接代的職責，夫妻二人形同同居。

■

這種反常情形起因甚多，此處無法一一涉及。現代作家往往有鑒於此，力圖挽狂瀾於旣倒。英國作家勞倫斯對性愛的看法，値得我們在此探討。

勞倫斯反對文明，認爲文明使人盲從，並損害人與人之間眞摯自然的關係。在他筆下，太有敎養的人物往往遭受冷嘲熱諷。《戀愛中的女人》(*Women in Love*) 裏的赫麥爾妮 (Hermione) 與《兒子與情人》(*Sons and Lovers*) 中的米瑞爾米 (Miriam) 就是兩個好例子。前者受過很好的敎育，與男女交往常常咄咄逼人。她與畢爾金 (Birkin) 曾有過一段情，後來男友離她而去，她一氣之下拿起桌上的一塊青金石，往他後腦擲去，畢爾金因此受傷大病一場。後來畢爾金在鄉間租了一間房，她雖然已與他分手，卻仍愛管閒事，主張房間應該如何如何佈置。又不理他反對，硬說她買的傢俱是要送給房間，而不是要送畢爾金，簡直強詞奪理。至於後者米瑞爾米，她又學畫又讀法文，但與保羅（Paul）的關係卻老裹足不前，無法眞心眞意愛他。她寧可把她與男友的關係，看成一種犧牲，一種奉獻。從勞倫斯的觀點，她這種愛情違反自然，甚至近乎虛僞。

既然勞倫斯反對二十世紀的機械文明，視文明爲眞摯愛情的障礙，那麼男女就應該返樸歸眞，重訪太和了。不過兩個人的具體關係到底如何？而這種關係又如何才能激發宗教的情愫呢？這些都是勞倫斯作品中急於回答的問題。

柏拉圖的《研討會》（*Symposium*）一書中描寫人類的力量愈來愈大，上帝怕他們慢慢坐大，因此把原爲男女二爲一體的人劈分爲二。後世的人類遂一生追求愛情，希望與異性結合，恢復當初陰陽合一的太極。勞倫斯的觀念與此大同小異。他認爲男人是火，女人是水，而水火相合就如出水之蓮花，乃生命力表現的極致。不過他的觀念比柏拉圖要來得複雜、週詳。從大千世界看，人間世之上另有一個大自然，由冥冥的上蒼主宰；從小千世界看，人體的機能又可分四大類，藉此而與他人或宇宙發生聯繫。性愛在大千與小千世界中所扮演的角色相當重要，並且不僅當作手段看待。勞倫斯認爲，只要兩個人情意相投，那麼透過性的結合，兩人可以共同創造一個又和諧、又富動態的靈魂。這個共同的靈魂可以透過在上的大自然力量，而與其他靈魂有所交通。就人體本身而言，勞倫斯把它分爲四個區域：人的下體主性愛，與異性結合；人的上肢，尤其是五官，專主精神意識，使人們體會上天之德；人的前半身與外界相通，內外共融爲一體；後半身駕馭異性，達致陰陽匹配的太極境界。上述的四大區域雖然爲了方便解說，而逐一討論，但事實上勞倫斯反對分析，他主張對人對物，都要有整體性的認識，不可亂加肢解。

勞倫斯的作品往往涉及所謂的忌父戀母情意結（Oedipus Comlex）。他的人物當中兒子憎恨父親，與母親極爲親近，而這種母子關係太強，往往影響兒子日後與異性朋友的關係。勞倫斯曾經說過，如果母子上下垂直關係太強，兒子與情人的左右水平關係可能會被窒殺。《兒子與情人》初稿寫的是母子的愛，對衆兒子與情人的關係，幾個兒子所佔篇幅都很多。不過幾度易稿之後，爲了節省篇幅，着墨最多的是保羅與他母親，及後來他與米瑞爾米及克列拉（Clara）的交往歷史。由於母子關係太強，保羅終於無法擺脫母親的影響。故事結束時，他沒接受女友結婚的要求，心中記掛的仍然是他母親。

這種母、子、情人的三角關係，有異於前述夫、妻、情人的三角，也有異於父、兄、妹的三角。母、子、情人的三角契合佛洛伊德的忌父戀母情意結，但勞倫斯矢口否認，並主張人的無意識應該順其自然發展，不可任意加以分析、肢解，因爲一經分析，人的原始本能就會被摧殘殆盡，而人與人之間之所以能夠溝通，完全依賴這種本能。人的原始本能與大自然的旋律共同運轉，不分大我小我，而只要人人都能參與自然，那麼人與人之間的溝通就不會有問題了。

■性愛這個問題，到了《戀愛中的女人》，可以說討論得既週詳又深入。而討論的重點也由母子之間的垂直關係，轉移到男女情人之間的水平關係。爲了深入探討這種水平關係，勞倫斯除了創造兩對脾氣完全不同的情人——俄絲拉（Ursula）與畢爾金（Birkin）對古準爾（Gudrun）與吉拉德（Gerald）——之外，他又另外安插了兩個性格極端古怪，極端沒有人性的人物——赫米爾妮與羅爾克（Loerke）。赫米爾妮代表壓制人性的文明，她把男人奔放無羈的生機整個給窒殺了。這點上面講過，此地不再重複。

勞倫斯固然反對文明，可是如果有人脫離人的世界，而沉迷在抽象的藝術理想中，那麼勞倫斯也認爲他同樣不道德。羅爾克愛好抽象藝術，敬仰的是工業與科學抽象的美，但卻缺乏人性，甚至幾乎毫無血性。他勾引古準爾到冰天雪地的北國，到了一個了無生意的世界。俄絲拉來到此地探訪她妹妹，希望勸她回到吉拉德身邊。可是她受不了這股陰森森的寒氣，巴不得盡快回到陽光普照的南方。這正代表羅爾克所在冰冷之地，不適合滿腔熱血的人居住。盡管吉拉德並不算是頂講究血性的人，不過他捨不得古準爾，因此末了落得凍死雪國的悲慘下場。

古準爾之所以捨棄吉拉德而投入羅爾克的懷抱，原因就是吉拉德太執着於現實世界，念念不忘如何改進他礦場的工作效率，增加盈利。相形之下羅爾克這個長髮藝術家可就灑脫多了，他我行我素，毫無牽掛，可以終日陪古準爾暢談古今，沉醉在抽象的精神生活中，甚至可以說遺世而獨立。他的作風完全是反人文精神，因此成爲勞倫斯筆下所深痛惡絕的人物。

吉拉德雖然比羅爾克值得同情，因爲他可以說是被害人。可是他之所以無法保得住古準爾，並終於死於非命，也不是完全沒有道理。他之所以能吸引古準爾，靠的是他魁梧的身裁，與他殘暴的性格，不像畢爾金吃盡苦頭才得到俄絲拉的首肯。此外吉拉德與死似乎特別有緣；他自已的骨肉弟兄因他無意之失而喪命，他妹妹在水上宴會裏失足落水而死，而他父親老病而死就更不用說了。在這一片死亡的陰霾中，吉拉德用他超人的毅力來駕馭外在世界。有一次他騎馬停在鐵路平交道前，火車通過時他的坐騎驚慌踢躍，馬上的吉拉德於是用力駕馭那匹母馬，用馬靴猛踢馬肋，弄得那匹馬皮破血流。古準爾與俄絲拉在旁看到，反應不一；俄絲拉認爲他殘酷不講人道，而古準爾卻因此深深迷上他的男性魅力。不過他們兩人的關係不能開花結果，他們不願擔負愛情的社會義務，也完全不考慮婚嫁，最後釀成悲劇，也絲毫不足爲奇。

當然，對勞倫斯作品稍有認識的人都知道，在他的性愛哲學中，婚姻與性愛乃一體之兩面，相輔相成，缺一不可。《戀愛中的女人》一書中，俄絲拉與畢爾金的愛情可謂一波三折。男的擔心一見鍾情的愛情，因爲一方很可能因此被另一方所征服、擁有，並進而喪失人的尊嚴。畢爾金主張男女雙方的關係，應該像天上的兩個行星，獨立運行，自強不息，而兩者之間保有均衡的關係。

具體而言，畢爾金與俄絲拉經過幾度離合、爭吵之後，終於結爲連理，兩人對他們日後共同生活的困難也都有相當的心理認識。兩個人對愛情的瞭解也都很透徹。他們知道要愛情就是要征服對方，而性正是征服對方的手段；可是另一方面男女雙方也需要有相當的諒解。畢爾金對俄絲拉坦白承認，愛情既需要異性，也需要同性關係。當然這指的是他與吉拉德的關係，不過他們的關係並沒有越過柏拉圖的唯心界限。他們兩個人的關係也僅止於壁爐前一場摔跤而已，不過吉拉德凍斃冰天雪地中，卻也令畢爾金唏噓不已。

■

上述西方愛情觀簡介非常粗略。不過此時此地，人心空虛，社會動盪；人類各種關係當中，除了父子母女這層關係之外，愛情恐怕要算是最重要的環節。我們唯有對愛情增加認識，才能進一步認識社會其他問題。

文學家感性超越常人，常能言人之所未言。文學家反映現實之餘，往往也能提出他們獨特的見地。歐美幾千年來文人筆下的愛情，與其說是社會結構的一個單元，不如說是文人主觀願望的表現，抗拒社會枷鎖的表示。他們希望透過愛，來尋求人與人之間眞摯，別無其他動機的純眞關係。

二十世紀勞倫斯所面臨的問題，比起前人可就要複雜多了。中古世紀的宮廷式愛情側重精神。十八世紀的溫情式愛情着重過程，不重結果。十九世紀的浪漫式愛情重點放在悲劇的後果。它們有兩個特點：一、西方歷史上的愛情視家庭爲養兒育女的場所，與眞摯的情愛無必然關係。愛情與家庭甚至無必然關係。愛情講情，是男女二人之間的私事，如果任其自然發展，可能與社會理性的要求發生衝突。二、歷來愛情幾乎都是片面的，大抵偏重精神，忽略肉體，這與西方二元論的思想有關，偏重精神而忽略物質，因此二人靈犀相通，比肉體結合更爲重要。

勞倫斯目睹社會分崩離析，工業文明湮沒人類的眞誠，因此大膽倡導性愛革命。根據他的主張，性愛一方面要抗拒壓制人性的典章制度，因此有令人側目的大膽行爲。《查泰來夫人的情人》（*Lady Chatterly's Lover*）一書中丈夫性無能，夫人與長工偸情，性愛的場面描寫細緻（性乃大自然旋律之一，因此總是在野地裏進行），充分表現了勞倫斯對愛崇高的看法。愛情神聖，而愛情的具體表現可以說與天地同行。

可是另一方面愛情也並非僅爲天生自然的本能，其中無法避免男女雙方的衝突與鬪爭。此外，愛情也並不是沒有代價的，婚姻的艱辛卽是代價之一。可是雙方仍抱着明知其不可爲而爲之的態度，去經營兩人的白首偕老大業。這種態度不但非常切合實際，而且更充分表現勞倫斯倡導愛情信仰的一番苦心。

一九八四・六

莎士比亞的妹妹

維琴尼亞．吳爾夫（Virginia Woolf）在她一九二九年出版的《自己的房間》（*A Room of One's Own*）第三章中談到一位主教投書到報上，宣稱女人不可能有莎士比亞的文才；女人寫不出莎翁的劇本，就像貓死了上不了天堂，都是天經地義的事。吳爾夫於是這麼設想：如果莎士比亞有這麼一個秉賦超羣的妹妹，名叫茱迪斯（Judith），她的一生將會是如何？[1]

莎士比亞的一生文獻略有記載，我們都知道他早年惹過事，因此只好離鄉背井，到了倫敦，之後憑他的創作天才、一點外語能力，外加他的演戲熱衷，終於打入當時的戲劇圈子，闖出一點名聲，到末了甚至還有人盜版，偷印他的作品。他的妹妹命運可就沒這麼好了，她小時可能偷看

---

[1] 吳爾夫之所以憑空杜撰莎士比亞的妹妹，本身即有特定的涵義。吳爾夫認為歷史重男輕女，而女人的事蹟完全湮沒不聞。她主張歷史應有副冊，記載女人的生平。請參 *A Room of One's Own* (London: The Hogarth Press, 195a), pp. 70-71.

哥哥的書籍，可是給父母親發現了之後，只好回去補襪子，還是看鍋裏的紅燒肉什麼的。到了十幾二十的年紀，父母就準備把她許配給附近一個毛線商人的兒子，可是茱迪斯自視甚高，不肯答應，為了不願與父母衝突，於是半夜私下出走，到了倫敦之後她立刻去找劇場經理，希望可以找個演戲的工作，經理告訴她女人演不了戲的，別妄想，茱迪斯・莎士比亞當然不能像她哥哥一般露宿街頭，還好經理同情她的處境，而收容了她，但不久之後，她發現自己有了身孕，這時她發現自己錦繡之才，被困於肉軀之身，無法解脫之餘，終於在一個冬夜裏自盡，了結她痛苦的一生，死後當然籍籍無名，被埋在一個十字路口附近。❷

吳爾夫之所以這麼設想，可能有兩個原因：一來莎士比亞是公認的文壇巨人，吳爾夫在她的《一般讀者》(*The Common Reader*) 也承認這點。❸二來吳爾夫把莎士比亞當作自己創作的偶像，希望自己也能達到同樣的理想，能夠將文字與人物融合為一，能夠用詩化的語言捕捉外界現象，並在那一剎那間將主體與客體合併成為一體。❹這點不但與吳爾夫的創作觀有關，而且

---

❷ 同前，頁七二—七三。

❸ "Notes on an Elizabethan Play," *The Common Reader* (New York: Harcourt, Brace & World, Inc., 1953), p. 48.

❹ Alex Zwerdling, *Virginia Woolf and the Real World* (Berkeley, Los Angeles & London: University of California Press, 1986), p. 20.

也更影響了她的女性主義。說回到吳爾夫設想的故事，吳爾夫似乎是說，莎士比亞的妹妹才高命薄，原因可能是當初十六、七世紀，時機尚未成熟，重男輕女，因此才有此不幸的事情發生。到了二十世紀情形是不是有了好轉？這正是本文所要探討的課題。

《自己的房間》一九二九年出版，其實早在一九〇六年，吳爾夫在她一個無題的故事中已提到另一個莎士比亞的妹妹。❺這個故事遠不如其他作品出名，篇幅不長（僅有四十四頁），同時也並未大量發行（手抄本現存紐約圖書館之柏格(Henry W. & Albert A. Berg)資料檔中）。不過這個故事當時卻已具體而微，點出吳爾夫日後關心的幾個主題：「女人在歷史過程中的角色，女人過去幾世紀以來所不能享有的機會、婚姻制度、傳統歷史文獻之缺陷、用個人眼光重看歷史之必要、女人本身必須重估外人對女人一向的誤解等等。」❻故事中的女主角羅莎蒙・瑪麗離(Rosamond Merridew)是個歷史學家，專攻中古世紀土地租約問題。她的治學方法與他人稍有不同，因為她的作法是把抽象的歷史，與當時實實在在的生活加以配合起來。她的作品裏充滿了乍看似爲離題的資料，不厭其煩告訴我們一些家居瑣事，譬如說有人如何偷獵兔子、奴隸工作的情形、主人外出的問題等等。有意無意之間，瑪麗離帶出一般歷史文獻一大缺陷：原來女人可

---

❺ 詳參 Louise A. Desalvo, “Shakespeare’s ‘Other Sister’,” in *New Feminist Essays on Virginia Woolf*, ed. Jane Marcus (London: Macmillan, 1981), pp. 61-81.

❻ 同前，頁六三。

以說完全被略而不提。也就是說所謂歷史，其實只是男人的歷史，這種歷史大有改寫的必要。不過談起改寫，問題可就大了，因爲有關女人的文獻實在太欠缺了。這時瑪麗雕有幸見到了蓓蒂・馬丁（Mrs. Betty Martyn）與她丈夫，並在閒談中獲悉，馬丁夫人的祖母生前有一本日記，日記中記載了當時十五世紀的生活實況。由於當初戰亂頻仍，馬丁夫人的祖母小時候過的幾乎是軟禁的生活，自由當然比不上她的孫女兒馬丁夫人，也比不上瑪麗雕，更比不上吳爾夫了！可是儘管如此，十五世紀的女人卻是一家之主，做丈夫的經常外出，做母親的大小事情都得過問不說，她還得負責教育子女的責任。可惜她在家權柄雖大，主掌意識型態的專利權仍落在男人手中，她看的東西十之八九都是男人寫的，而丈夫寄回來的東西，大抵也與木馬屠城一類故事有關，主題側重的也不外乎紅顏禍水，暗示女人嚴守門戶是對的，否則難免逗引男人非份之念。故事說到這裏，歷史學家瑪麗雕突然提出一項發人深省的看法：中古世紀的土地壟斷制度，使得許多男人無所事事，這些遊手好閒的男人要不就去參戰——我們切勿忘記吳爾夫對戰爭有莫名的恐懼與憎惡，她一九四一年沉水自盡，與她對二次大戰的恐懼有密切關係，而戰爭依她的看法全是男人幹的好事。而戰後這些失業男人到處遊蕩，害得年輕女性只好足不出戶（關於這點請參照本書〈從柏拉圖到勞倫斯〉一文）。此外，當時的土地制度也連帶影響男女嫁娶的程式，爲了保持土地的所有權，父母往往操縱子女的婚姻大事，女人對自己的命運幾乎完全無置喙的餘地。有膽識的女子無可奈何之下，只好離家出走，希望到外面世界去闖闖，開開眼界，以便印證一下，到底現實的世界與聽來的有無出入之處。馬丁夫人的祖母日記中寫的無非是些身邊瑣事，與男人傳下來的英雄美人傳奇故事，不可同日而語。儘管如此，女人寫的東西提供吉光片羽，可以讓後代研究歷史的人對過去的社會，能有比較全面的認識，何況女人寫作也替後代有志寫作的女性提供一個好的榜樣。吳爾夫從一九〇六到一九二九這段時間裏，不斷思考女人寫作的社會問題，因此才能在她晚期作品中大放光彩。透過這種女性主義的觀點，我們對吳爾夫的作品才能更有全面的認識，也才更能瞭解到吳爾夫的複雜性。一般人談吳爾夫動輒提她意識流的手法，其實她作品中還有許多其他複雜的因素穿插其中。何況吳爾夫的女性主義意識，多多少少決定了她意識流的處理手法。

瑪麗離爲了學問而犧牲家庭，並因此而終身不嫁。馬丁夫人的祖母偸寫日記，她也同樣不長壽，活到三十歲就死了。至於莎士比亞的妹妹茱迪斯，她離家出走以示抗議，後來有了身孕終於自盡身亡。這幾個女人都顯示了相當的節操，都爲了藝術與自我表現，而揚棄人人認爲女人最值得珍惜的東西，如家庭、丈夫、子女、名譽、安全等等。不過話又說回來，這種女性畢竟佔少數，大多數的女人（包括才女在內）都需要結婚成家，而成家後女人到底如何才能保持自我？除了家庭這份工作之外，如何靠寫作來表現自己生存的意義？

吳爾夫主張有志寫作的女人都需要兩個物質條件：自己的房間與每年五百英鎊的遺產。這兩個物質條件初看似太天眞，好像是說有了房間，有了錢卽可寫出東西來。這件事也不妨分兩層次談：也就是說房間與金錢是必要條件，而不一定是充分的條件。有了房間與金錢，女人才有機會寫作，可是這並不一定保證能寫出東西來。從另一層次看，房間與金錢似乎另有所指：房間指女人的隱私權，而金錢象徵創作的自由。有了這兩個條件，女人才能創造自己的藝術世界，而不用受丈夫、家人或讀者之喜惡所影響。

先說房間，房間嚴格說不算外也不算內。房間有異於外界大自然，或社會。同理，房間也有異於小我的內心世界，因為房間只是家庭的一部份（把房間當作自己個人主體的延伸這麼一個觀念，恐怕要到二十世紀才開始有）。

我們都知道在中古時期，甚至到了文藝復興時期，家庭與社會並不能截然分明，個人有自己的房間，這種侈奢恐怕也很少人能享有（英國卡萊爾的城堡中女主人換衣服的地方小過一個塌塌米）。物質條件不許可是個原因，而家庭人口眾多也與此不無關係。維多利亞時期的家庭每家平均有六個小孩子，與二十世紀英國二又十分之二的數目相形之下，以往的家庭人口多，個人的隱私權也就很難保有了。再說早期房間不一定有門，即使有門也不一定能由內反鎖，而房間與房間之間往往是相通的（這種隔間方式相信住過鄉下舊式祖屋的人也都能領略其中一二）。房間的觀念古今不同不用說，而從前與房間相應的家庭也兼具有下列特點：講輩份、長幼、人多、沒隱私權等等。❼這些特點不但有礙個人主體意識的發展，更窒息了個人創作精神的抒發。近代文學作品中不乏反抗家庭的主題，最為人耳熟能詳的作品包括易卜生的《玩偶家庭》（*A Doll's*

House)，蕭伯納的〈華倫夫人的職業〉（"Mrs. Warren's Profession"），布勒特的《全肉軀之道》(*The Way of All Flesh*)，喬埃斯的《一個年輕藝術家的肖像》(*A Portrait of the Artist as a Young Man*)，福斯特的《莫理斯》(*Maurice*) 與勞倫斯的《查泰來夫人的情人》(*Lady Chatterly's Lover*)。這些作品都一一反映出個人（尤其是年輕人）對家庭制度的反抗。而劉辛 (Doris Lessing) 更具體以房間當作反抗的象徵。她在〈去十九號房〉（"To Room Nineteen"）描寫主角蘇珊與丈夫婚前都受過良好教育，也都各有工作。婚後蘇珊留在家裏工作。等孩子長大之後，她發現她幾乎已失去自我，於是想辦法要建立自己的隱私，先是在房子閣樓劃一間房作為「媽媽的房間」，不准任何人闖入，可是這個辦法行不通，因為身為人母而拒子女於門外，於情於理都說不過去。她丈夫於是勸她出外走走，可是她就是人在外地，每天還是照常要與家裏用電話聯繫；家庭雖留在家裏，可是它無形的影響力卻無時無刻跟着她。末了她被迫無奈只好去城裏找間便宜的旅館（這與她中產階級的身份頗不相符），每週定時在她房間（十九號房）靜坐冥想，什麼事也不做。這件事過了一段時間之後，丈夫竟然懷疑她有外遇，並且乾脆請她帶情夫與丈夫跟丈夫的情婦，四個人一起出去玩。換一句話說，蘇珊在家

❼ Alex Zwerdling 另列一項，認為家庭充滿虛偽，而做父親的擺一副家長的尊嚴，私底下卻另找女人搞三搞四。不過這種想法恐怕比較難以量化，甚至證實。詳參 *Virginia Woolf and the Real World*, p. 165.

中無法保有自己的房間（因爲身爲人母、人妻，有感情與道德負擔），在外也無法長保自己的房間（因爲丈夫不諒解，外人也不諒解，都以爲她有外遇），因此落得悲慘的結局，在房間中開了煤氣自盡。上擧幾個例子都一一顯示女人把家庭當作她的事業，把一生心血都放在家裏，可是家也形成無形的障礙，防止女人出走，更不讓她輕易追求自己的事業，或爲文著書抒發個人的胸懷。

上面說過，房間代表主觀意識，也代表個體的延伸，有了房間才有隱私權，才能重尋女性的根，並重估自己的社會地位。至於五百鎊所孕含的象徵意義可就更加積極了，它象徵個人創作的自由，象徵人如何透過寫作，來營造一個有別於外在世界的純意念天地。從意識型態的觀點看，寫作代表的是一種烏托邦的投射，使人可以從現實的困境中設想出一個新的生活。換句話說，有了金錢，生活有了保障，女人才可以脫離男人的世界、家庭的負擔，而進入一個純理念的世界。這點在吳爾夫的〈牆上的黑點〉（"The Mark on the Wall"）有很詳細的交代。

五百鎊到底等於現在幣値多少，相信可以考據得出，而相信數目也不小。不過比起當初男人繼承的財產，價値肯定不算多。吳爾夫的同性戀友維他・薩克維爾・威斯特（Vita Sackville-West）也就是因爲是女人，所以無法繼承她父母留下的龐大遺產。吳爾夫也同樣身出名門（相形之下，她丈夫里納德・吳爾夫（Leonard Woolf）剛開始只是個窮猶太）。她在《自己的房間》裏也抱怨女人沒有她哥哥弟弟天生的福氣，因此也上不了劍橋或牛津。女人要想有成就，當時唯有靠自學。早期作家寫作不一定與學業有一定的關係，但教育與寫作到了二十世紀，關係很顯然比以前密切得多。吳爾夫在她《奧蘭多》(*Orlando*)的序文中感謝一位美國人，感謝他幾十年來替她更正「拼字、植物名稱、昆蟲名稱、年份」等，[8]很可能與她自謙教育不足有多少關聯。而在〈牆上的黑點〉及《燈塔之行》(*To the Lighthouse*)中，吳爾夫猛烈抨擊教授與專業人士，恐怕也與女性教育機會不足而引起的反感有關。再回到五百鎊的價值，吳爾夫最先出版的三本書總共拿到的版稅也不過三十八鎊，所以相形之下五百鎊值的錢不少，而更重要的是：五百鎊代表的是固定不變的收入，作家不必因每年的收入多少而操心，甚至不必因自己的書是否暢銷而擔心，五百鎊所帶來的心理安全感，恐怕不是我們所能輕易領略到的。再說吳爾夫本人出過三本書之後，覺得出版生殺大權不能操諸外人，遂與家人開辦了賀佳斯出版社(Hogarth Press)，自己的書以及朋友的書全交這個出版社出版。這種辦法固然一時免去外界出版界，決定出不出她的書的心理壓力，可是外界的輿論終歸是無法避免的。吳爾夫一九四一年之所以沉水自盡，其中部份原因與她晚期小說不若早期受歡迎有關。

當然，明眼人一看就知道女人有自己的房間與歲收五百鎊，並不能就此解決問題。我們上面談到這兩個物質條件只屬必要條件。談充分條件的話，我們就勢必要探討一下吳爾夫的女性主義。

---

[8] *Orlando* (Harmondsworth, Middlesex: Penguin, 1965), Preface.

女性主義分兩種：男女同體主義（androgyny）與實質主義（essentialism）。早期的女性主義以前者為主，晚近的女性主義則逐漸轉移至後者。❾前者認為教育與文化決定性別，與生理條件關聯不大，也就是說我們常掛在嘴邊所謂的「男性××」或「女性××」並非天生如此，而乃是歷史社會的產物，而幾千年來男性中心的價值觀影響之下，女性的社會地位日趨式微，幾可以吳爾夫所謂的「家中的天使」概括之。而女性主義所要爭取的，即是如何擴大女性的角色。❿並主張不管男性或是女性，每個人的生理、心理構造裏都含有陰陽兩種成份，而完美的人格也

---

❾ 關於這點請參閱 Natalie M. Rosinsky, *Feminist Futures, Contemporary Women's Speculative Fiction* (Ann Arbor: UMI Research Press, 1984), IX-XI. 分期問題相當複雜，Showalter 卽將女性主義的歷史分四期：一、六〇至七〇年代主題環繞「文學與社會的性別迫害及強暴，立足點大致是站在生理、性別的差異上」；二、七十年代中葉側重女性文學的獨特性，語言亦與男性文學有所不同，女性之美學逐漸受到重視；三、七十年代末研究對象為「女性及心理與性別區分的意識型態」，針對佛洛伊德與拉崗的心理學說而加以改寫、修訂；四、八十年代強調女性文化與女性批評（gynocriticism），擺脫男性中心的批評架構。詳見廖炳惠〈女性主義與文學批評〉，《當代》，第五期（一九八六年九月），頁三五—四八。

❿ Herbert Marder, *Feminism and Art: A Study of Virginia Woolf* (Chicago, 1968), p. 35.

不外求兩性之合作無間。吳爾夫用了一個相當出名的意象來描述這種合作關係：

> 毫無疑問，我一看到一男一女進入一部計程車，我的心本來是分割為二的，這下頓然融化為一體。最明顯的原因不外：男女合作是最自然不過的事情。⑪

吳爾夫的女性主義當然要比合作二字複雜得多，此處暫且按下不談。至於實質主義，最近的心理分析學家大致上都認爲，女人與男人在幼年發展的過程當中，經歷各有不同，尤其是閹割的焦慮程度，男女更有實質的不同，無形中男女對自己主體（何謂我）的意識產生相當差異，而與他人或與社會的關係，也難免會因此有出入。既然有了出入，女性主義不免要求重新檢討約定俗成，甚至早已被公認爲眞理的歷史寫法，甚至我們的論證方式。舉個例來說，西方哲學界一致認爲「對壘法」(the Adversary Method) 是最好的哲學硏究方法，而依這種方法，我們只能對某種學說再不就是「攻訐」，再不就是「護衞」，而沒有第三種可能。珍妮絲·穆爾敦（Janice Moulton) 就指出，這是一種侵略性極強的論證方式，並且很容易導致謬誤。⑫吳爾夫

---

⑪ *A Room of One's Own*, p, 147.

⑫ 蔡美麗，〈女性主義哲學，人類文化新紀元之拓開〉，《當代》，第五期（一九八六年九月），頁二四－三四。四大缺點包括：排斥不合典範之思想，曲解對方論點、爲預防他人攻擊而作抽象處理，導致與現象脫節，以及限制哲學探討之範圍，而避免討論價值體系之間的溝通問題。

的女性主義中也多少含有實質主義的成份在內。我們只消將《燈塔之行》中的藍姆西兩夫妻的思想稍作比較，即可知男女基本的差異。做丈夫一派蛋頭學者的作法，不講人情，專講邏輯，思想進展有條不紊（可是他思想發展沿字母一路開展下去，到了Q就是進不到R）；相反的，做太太的無所不觀，無所不思，同一個時間可以想到溫室該修補，帳單該付，又想要撮合年輕人，各種不同的思緒在意識流當中交叉翻滾。

當然，這並不是說傳統的文獻中沒有上述兩種觀點。柏拉圖在他《研討會》(*Symposium*)一書中即提示過這麼一個寓言，說從前有一種人，身呈球狀，身體上下各有手足兩對，而更令上帝不安的是這種人男女同體，完全不經外求即可繁殖後代，爲了防止他們勢力擴張，上帝遂把這種人一刀兩斷，切成男女二人。從此男女雙方爲了結合而努力，平添了多少紅男綠女相互愛慕的佳話。不過神話歸神話，甚至可以說神話只是一種譬喻的說法，與實際落實有相當距離；也就是說柏拉圖的神話大而化之，講男女同體這麼一個神話，與二十世紀女性主義切身的問題有相當的距離。[13] 何況柏拉圖企圖表現的是，男性同性戀遠比一般男女關係可取。歸根究底，男性的地位還是遠高於女性。

至於實質主義，那就歷來不衰了，不過不用說吃虧的總是女人；女人脆弱，女人感情用事，

[13] Rosinsky, *Feminist Futures*, X.

女人缺乏理性等等，缺點可以說不一而足。新女性主義講實質主義當然從相反的觀點出發，想建立女性的本質，而這些本質也都是男性所缺乏的。得克林．確波（Declean Kiberd）就認爲女人富感官功能，因此擅長人際關係。除此之外，女人比較早熟，富語言天才，比較穩定，比較能用個人、道德與美學的觀點來審視世界。⑭論者大致上同意，女人富直覺，對事物與人際關係的觀察能力，常常超乎男人。女人對於藝術文學的營造能力，同理也應該超過男人。克莉絲特娃（Julia Kristeva）則更進一步突出母體的重要性，認爲母體的語言給人一種自由，開放的感覺，有異於你我日常所使用，而自由幅度甚小的語言。這種母體語言在文學作品中最能發揮得淋漓盡致。⑮

吳爾夫早期的看法無疑接近前者，對男女同體主義比較感興趣。從最切身的層次而言，吳爾夫早期描寫她的同性戀友維他，就把她寫成一個身着盔甲的騎士，因爲她認爲女人只有透過與男性的關係，才能與外界世界產生實質的關係，甚至改變世界。⑯嚴格說，男女同體的觀念不再是

---

⑭ Declean Kiberd, *Men and Feminism in Modern Literature* (London: Macmillan, 1985), p. 215. 男人相反的體力較強，耐力差，較爲獨立，喜愛冒險，野心大，空間、數理與機械方面之能力強。此外，男人擅於應用外物、理念與理論來了解世界。

⑮ 見廖炳惠〈女性主義與文學批評〉，頁四〇。

爲了內在陰陽互補，而是女性與外界接觸過程當中所不能缺少的中介。當然，女性與外界接觸並非我們想像中，巾幗不讓鬚眉一類的實際行動。吳爾夫在述說男女二人進計程車一節時即主張，男女的心智也應該結合，經過結合之後人的心智才能達致「共鳴、透剔」，進而「傳遞情感，毫無窒礙」，並「發揮創作力，發放光芒，結合一體」。柯勒立基（Coleridge）與莎士比亞的心智都屬男女同體。⑰而這種結合對女人更加重要。卡洛琳・希爾本（Carolyn G. Heilbrun）甚至提示一項相當出人意表的見解，認爲《燈塔之行》最中心的經驗不在藍姆西太太，藍姆西本人才是吳爾夫希望與他結合的對象。⑱透過藍姆西的靈視，他們兩個人的兒子才能脫離母親的陰影，並對燈塔以及對自己的性格有比較清晰的認識。⑲

男女同體可以給人一種靈視，這不但是吳爾夫個人的見解，而且也是神話中一大原型。我們

---

⑯ Louise Bernikow, *Among Women* (New York: Harmony Books, 1980), p. 184. 維他甚至還穿上男人的衣服，並自稱她的名字是朱利安（Julian）。她這種男女同體的人格吳爾夫頗能瞭解。《奧蘭多》這本書獻給維他也不無理由。

⑰ 《自己的房間》，頁一四八。

⑱ Carolyn G. Heilbrun, *Toward a Recognition of Androgyny* (New York: Harper & Row, Publishers, 1973), p. 156.

⑲ 同前，頁一六三。

都知道有關泰瑞西斯（Teiresias）的故事。泰瑞西斯有一次看到兩條蛇在那兒交配，他把母蛇打死之後，自己跟著也就變成女人。七年之後她又看到兩條蛇交配，這次她把公的殺了，結果自己又馬上恢復男身。在變爲女人的七年當中她也結過婚，因此泰瑞西斯對男女雙方的性經驗都有認識。有一次宙斯（Zeus）與希拉（Hera）發生爭吵，雙方無法同意到底男女雲雨之際，男的樂趣多或是女的樂趣多。兩人於是找泰瑞西斯仲裁，而泰瑞西斯同意宙斯的看法，認爲女的樂趣高，因此而激怒了希拉。希拉於是把泰瑞西斯弄瞎了，宙斯爲了補償他而給了他預知的能力，並讓他長生不死。顯而易見的，這則神話最大的啓示卽是說，男女同體能賦予人類特出的靈視，讓人見他人之所未見。[20]

男女同體最理想的安排莫過於男女變性了。吳爾夫的摯友[21]維他在她的《一個婚姻的畫像》

---

[20] 泰瑞西斯的故事荷馬（Homer）、伊斯啓勒斯（Aeschylus）等人皆有記載。英文作品中丁尼生（Tennyson）與史雲本（Swinburne）亦處理過此一故事。簡參 J.E. Zimmerman, *Dictionary of Classical Mythology* (New York: Bantam Books, 1978), p. 255. 其實這種神話另有附帶一說值得注意，據說泰瑞西斯之所以變盲乃因他偸看智慧之神阿西納（Athena）洗澡，情節與阿克提昂（Acteon）的經歷有關，象徵的正是女人本身卽可獲得生理心理的滿足，無假於男性的配合，這種新女性主義側重女性的實質，並強調女性的優越性。關於這點請參考廖炳惠，〈女性主義與文學批評〉，頁三五一－三六。

[21] 她們的關係從一九二五延續到二八共三年之久，而她們的關係並非泛泛金蘭之交那麼簡單。請參閱 Louise Bernikow, *Among Women*, p. 173.

(*Portrait of a Marriage*) 中談到她的雙重人格，說她有時男性人格佔優勢，有時女性人格佔上風。吳爾夫於是寫了《奧蘭多》，企圖用具體的藝術方式來處理這個矛盾現象。奧蘭多生於伊莉莎白一世時的一個貴族家庭，年輕時愛上一個俄國公主，但不久卻無端進入昏迷狀態，情形與睡美人的差異不大。等他醒來已經是十七世紀。這時他人變得鬱鬱寡歡，愛上一個羅馬利亞女伯爵，並且被派出使君士坦丁堡。在那兒他過的是個典型外交人員的舒適日子，後來還榮獲一個勳銜。就在這時他又進入第二週期的長眠，等他醒過來時人已變了性，變成女人。她回到英國時恰好是安妮女皇在位期間，而由於性別的限制，她的遺產繼承權也給取消了。這時她就像莎士比亞的妹妹一樣，想寫點東西。她交遊甚廣，並與女性主義同仁有所往來；可是末了迫於現實，不得不低頭嫁人，婚後生了個兒子，治學寫作佔了她大部份時間。一九二八年（即《奧蘭多》出版該年）書中的主角，又抽煙又開車，並把三百多年的經歷寫成作品發表。㉒這個故事雖然有荒誕不經之嫌，而語氣也含戲謔，可是對維他以及對吳爾夫而言，故事的象徵含義無可質疑：作家必須了解自己本身才能寫作，而奧蘭多不惜花上三百多年時間，並經歷變性的過程才發現自我，可以說是一片苦心。㉓此外，奧蘭多由男變女，並且由比較寬鬆和諧的王權復興十八世紀，進入

㉒ Louise Bernikow, *Among Women*, p. 179.

㉓ Michael Rosenthal, *Virginia Woolf* (London and Henley: Routledge & Kegan Paul, 1979), p. 133.

極端王權的十九世紀，奧蘭多的日子可以說是每下愈況，更不說十九世紀的社會倫理堅持女人必須要有適當的歸宿，否則就會受人冷眼，而這一來女人要寫作可就難上加難了。[24]好在奧蘭多雖然變了性，可是她的意識還是男女同體的，因此仍然能在困境中堅守寫作的崗位。而變了性之後，奧蘭多以她女人的眼光，似乎對時間與空間的觀察也都有異於男人。[25]此地吳爾夫的見解顯然已由男女同體主義，轉入實質主義；也就是說吳爾夫認爲女人在實質上有異於男人，而女人要比男人優越。其他不談，就以男女同體來說，男人的談法一向停留在象徵層次，前面說過柏拉圖的兩性人是個例證，甚至容格（Carl Jung）的原型理論，也不免失之空泛；相對的，女人的男女同體觀來得具體。而從認識論的觀點，女人的空間觀卽與男人有所不同。根據克勞汀・賀蒙（Claudine Herrmann）的看法，男人擅於操縱空間，利用空間來鞏固他那駕馭他人，階級高於別人的優越地位。相反的，女人的空間卻求其空，求其虛，目的不外求自保。此外空間給予女人一種具體的自由，讓她可以走出內心世界，四處遨遊。[26]吳爾夫在她〈牆上的黑點〉所描寫的，

---

[24] Rosenthal, *Virginia Woolf*, p. 134.

[25] Natalie Rosinsky, *Feminist Futures*, p. 4. 原見解取自 Claudine Hermann。

[26] Claudine Herrmann, "Women in Space and Time," in *New French Feminisms*, eds. Elaine Marks & Isabelle de Courtivron (Brighton, Sussex: The Harvester Press, 1981), pp. 168-69.

正是斗室牆上無法確認的黑點，如何在她心中營造一個空間，讓她自由自在聯想，並對歷史、社會、文化等等一一提出她個人親切的看法。至於男女對時間的看法，相信大家都很淸楚，西方基督教的倫理基礎建立在時間的恐懼上。時間固然使人了解世界（荷馬史詩卽把人間世，甚至上天錯綜複雜的現象，用敍述的時間程序一五一十娓娓道來）；可是另一方面時間逝者如斯也令人憂心忡忡，唯恐世界末日到臨，而人類行惡太多，不得好報。[27]男人如此，而女人對時間可就更加感到無助了，因此希望可以脫離時間的魔掌，並企圖保有目前的一刹那。吳爾夫的小說被視爲抒情小說，其中一個原因卽與她對時間的抗拒有關。[28]

女性意識在時間與空間的架構中追求自由，藉此而希望與外界建立起一個個人眞摯的關係。這種關係不盡與男性意識追求的關係相同，因爲它不一定與功利有關；它與外界的關係毋寧是比較超然的，比較帶有遊戲的性質。我們甚至可以說，女性意識虛幻性較高，並且較易與文學結合，創造出一個純意念的世界。吳爾夫〈牆上的黑點〉把理想寄托在一個純思想的世界，指的正是這種境界。

---

[27] 關於此點請看 Frank Kermode, *The Sense of an Ending* (London: Oxford University Press, 1979).

[28] Ralph Freeman, *The Lyrical Novel* (Princeton: Princeton University Press, 1963), esp. pp. 185-270.

吳爾夫從一早就開始考慮到，莎士比亞如果有個妹妹，結果將會是如何。從一九〇六至一九二九，吳爾夫的主張似乎傾向男女同體。《自己的房間》甚至主張女人動怒不得，文學不應該拿來表達個人情感。《簡愛》不成功，原因是女主角動了氣，詛咒男人的世界。可是吳爾夫寫男女同體，不知不覺之中把觀點轉到實質主義的層次，認爲女人有她的特點。這個轉變與當時社會歷史條件的變遷不無關聯。我們都知道一九三〇年代，歐洲正處於一個焦慮的年代，有識之士擔心世界將一旦毀於另一場世界大戰，而吳爾夫認爲大戰正是男人幹的好事。尤其令她憂心忡忡的是希特勒與墨索里尼的法西斯主義，因爲他們提倡的正是大男人沙文主義，要女人回厨房，生孩子，這一來幾十年來女人追求到的一些權利，轉眼之間又將化爲烏有。吳爾夫投水自殺，從明的層次看，是對大戰的恐懼，可是從暗的層次說，也象徵她對男性劣根性的絕望。

從文學史的觀點看，一九一〇年代西歐的文學批評側重超然的表現方式，休姆(T.E. Hulme)的古典主義與艾略特（T. S. Eliot）降低個人化的主張，都配合了吳爾夫早期主張男女合作、不動怒的主張。可是三十年代的歐洲已爲一批社會意識較強的作家所取而代之。這時吳爾夫的反應基本上也是比較情緒化的。在她的日記中，她把她的感情毫無掩飾地陳列出來。她甚至希望她的寫作可以在未受形式限制之前，卽令其原形原狀湧現。這種說法失之偏激，並且與她自我毀滅的作爲有相當關聯。

莎士比亞的妹妹原先沒有金錢，也沒有自己的房間，可是有房有錢並不解決問題。處於一個戰禍橫流的世界中，金錢與房間所帶來的意念世界，隨時都有被摧毀的可能。這正說明了吳爾夫女性主義爲何有不幸下場。

小說中代母的種種

最近幾年，一提起代母，人人不免把她視爲收取金錢利益，而供人「借腹生子」的女人。其實代母這個觀念並不如此簡單，種類繁雜不說，而所帶出科學、社會、法律上的困擾更是衆說紛紜，不由我們不稍加注意。本文從文學的觀點，介紹中西代母之種種，以供大家進一步思考。

先談神話中代母的例子。《舊約‧出埃及記》描寫埃及法魯王如何眼看以色列人多子多孫，人丁旺盛，不由因忌生恨，下令以色列人將男嬰扔進尼羅河。摩西（即「水中來的人」）的母親礙於法令，只好將他用蘆葦包好，然後放進水中。她算準法魯王的女兒這時會在下游，並把嬰兒收養起來，於是自己藏身河畔。果然不出所料，法魯王的女兒立即把摩西視爲己出，並僱用摩西的生母爲奶媽，一直到他長大成人，入宮爲止。所以我們可以說，摩西的母親既是生母又是代母，而代母之存在，乃因法魯王之女兒無後，必須借助摩西的母親——據《舊約》記載，以色列人人口增長率大大超過埃及人，因此引起後者恐慌。

傳宗接代與宗族的興亡有密切關係，而這件事表面上看似很容易，可是如果沒有典章制度的約束，亂倫往往氾濫成災。我們都曉得，伏羲兄妹爲了傳宗接代而逼不得已成婚，可是他們二人身處天地初開之際，無其他匹配之選擇，再說民間傳說中有關他們二人的結合條件甚嚴——如二石磨分由兩個山坡滾下，如石磨合二爲一，二人方能結合。條件苛嚴表示結合乃爲天意，也是權宜之計，後人不可效法。心理分析學派所謂的忌父戀母情意結，指的正是這種人類的本能慾望。伊狄帕斯誕生之時，預言說他日後會弒父娶母，他生父母因此着人將他棄置荒山之中；當然吉人必有天助，一個路過的牧羊人把他撿了起來，並將他送給鄰國的國王爲子。這一來本可無事，無奈命運作弄人類，伊狄帕斯長大之後也聽到預言，於是出於一片孝心，離家出走，並不幸在十字路口與生父相遇，因爭路不相讓，而釀成弒父的慘劇，並毫不知情地與生母結了婚。他的下場悲慘固不待言，而他的遭遇給我們的啓示似乎是：生母與代母，不僅混淆不清，兩者的本質與功用都不相同。

上述二例都是生父母育而不能養，與政治或宗教因素有關。相反的，如果父母不能育而又想養，那只有訴諸一夫多妻（或在母系社會中，一妻多夫）的制度了。《詩經・螽斯》描寫大自然生物多子多孫，一片祥和，而〈小序〉則更明確註明：「螽斯，后妃子孫衆多也，言若螽斯，不妒忌，則子孫衆多也。」換句話說，王公貴族爲了確保香火不斷，基業永固，因此勢必要廣納嬪妃。這種現象就連有錢的鄉紳、地主也都不能例外，原因也不外要避免人丁單薄，從而遭人排擠。

當然，這並不表示男人的配偶都是平等的。正室與偏房社會地位懸殊，相信不言而喻；同理，嫡出與庶出之後代，他們享有的權利與應盡的義務，也有相當的差異。換句話說，在傳統社會中，正室與偏房，往往不免有正、代之分，而代母之子也經常要退居次位。《舊約》中以色列長老衆多子嗣之中，命運比較好的往往出自正室，偏房之子（如班傑明與若瑟夫）下場往往不佳。代母的子嗣經常只居備用的地位。

一般老百姓經濟能力不一定能負擔起幾個妻室，因此收養是解決辦法之一。可惜收養的辦法美中不足，我們常聽人說「血濃於水」，親情有賴血緣鞏固。也正因如此，臺灣人往往以自己近親之子女爲收養的對象。〈賣油郎獨占花魁〉中雜貨店老闆朱十老誤聽讒言，而將賣油郎逐出家門，並自嘆收養的兒子到底比不上親生骨肉。

夫妻不育而又盼望有後，那只能借助於第三者了。在傳統社會中法令不予禁止，做丈夫的也大可合法買妻了。有買妻的當然就有賣妻的，哈代（Hardy）的《卡斯德布來基的市長》（*The Mayor of Casterbridge*）描寫的正是，主角年輕醉酒，而胡裏糊塗將妻小給賣了，末了儘管身居市長之尊，卻無法補救早年的悲劇。在傳統或轉型社會中，婦女不受法律保障，往往遭受出賣之厄運。羅淑的〈生人妻〉描寫夫妻賣草爲生，後因經濟不景，兩人因故賭氣，結果丈夫將太太給賣了。在婚禮上她無意打翻酒杯，壞了好意頭，被毆自不待言；新的丈夫卻又醉酒不省人事，他弟弟竟意圖染指嫂嫂，逼得她半夜出走。回到家裏發覺鄉里已把前夫捉去，而她自己也只得束手待縛。

賣妻買賣當然有個前提：妻子是一種貨品，所有權歸丈夫，買賣條件、形式由他作主，用途也由他支配。上述哈代的故事裏，主角醉中將妻子賣斷，因此一生後悔莫及。通常像這種買斷賣斷的情形比較少見，也爲社會倫常不能允許，因爲它牽涉到宗法的合法性問題：賣斷妻子動搖了宗法體系上下兩代關係的穩定性。相反的，短期的典妻制度不會動搖宗法的基礎。一方面它是因應社會經濟的變態，而作的權宜之計，而另一方面它往往有契約、人情、天意、社會輿論等等的保障，而典出之妻終能重返原夫家中。

牛正寰的〈風雪茫茫〉（原載《甘肅文藝》第二期，一九八〇，轉載於《潮流》第七期，一九八〇年九月，頁八九—九三，易名爲〈典妻〉）描寫大飢荒的年代（一九五九——六二）一對甘肅夫妻如何無以聊生，做太太的爲了避免一家三口同歸於盡，於是下定決心下嫁外省，到了陝西之後替人生了兒子，之後回鄉探親，不久後夫前來領她回家，這才發現她原有家庭，因爲不忍拆散她們的家庭，而悵然離去。這個故事乍看似爲典妻，事實上是太太自己作的主，嚴格說並非他人逼使，再說後夫根本不知道他娶的女人已有丈夫與兒子，所以我們也可以說是他是明媒正娶（原夫詐稱自己是女人的哥哥，充分符合了李維史陀對婚嫁的定義：婚嫁牽涉女人的交換，而交換往往由雙方女性之兄弟作主）。有人認爲這個故事顯然受柔石（一九〇二—一九三一）〈爲奴隸的母親〉（原載於《萌芽》第一卷第三期，一九三〇）的影響（見丁望，〈典妻換糧，人生最是悲涼時！〉，《潮流》第七期，一九八七年九月，頁八四—八八），不過柔石對於代母的處理顯然超過牛正賓。

柔石的作品側重的是：皮販把太太賣給秀才，做太太的事先卻毫不知情，事發時她也毫無抗辯之餘地。她拙於言辭，走的前一天夜裏，她坐在丈夫身旁，一句話也說不出口。臨行之前爲奴隸的母親心中發出無聲的吶喊，似乎說：「我實在不願離開呢！讓我死在這裏罷。」（頁三〇四）女人命裏註定被出賣，並且無言自辯。這件事不僅發生在爲奴隸的母親身上，也早已發生在女嬰的身上。女嬰誕生之後給父親活生生扔進沸水中，「除了沸水的濺聲和皮肉吸收沸水的嘶聲以外，女孩一聲也不喊。」母親心想：「爲什麼也不重重地哭一聲呢？竟這樣不響地願意冤枉死去麼？」（頁三〇二）

在柔石的筆下，女人身不由己，無言自辯之外，她還是他人傳宗接代之具。與牛正賓的人物相形之下，柔石的女人被典，目的無非是生兒育女，根本談不上自身的價值或名份。爲奴隸的母親替秀才生了秋寶，母子關係深切（被遣回之前兒子依依不捨，不願讓秀才的夫人抱），可是兒子卻僅以嬸嬸稱她。其實，她在秀才家中談不上名份。儘管秀才有意留他長住，而懷孕時也頗受禮遇，可是她畢竟只是典來的「奴隸」，除了日常家務須要她動手操勞之外，她還得負起生兒傳宗的責任。嚴格說來，她既是奴隸又是偏房，名義上地位高於一般僕役，可是事實上身份極爲低賤，無怪乎她白白胖胖的身子，在臨被遣回原夫家之前發生了很大的變化，人消瘦不說，在回家路上，人躺在轎中，成了「一個臉色枯萎如同一張乾癟的黃栥葉那麼的中年婦人，兩眼朦朧地頹唐地閉着。嘴裏的呼吸只有微弱地吐出。」（頁三二〇—三二一）被典女人的尊嚴可以說全然喪失。

典妻的制度落伍、封建固然不待言，而被典的女人在家中的地位相當低賤，這也無可爭議。現代法律原則上不允許這種落伍的作法，不過現代醫學發達的結果卻又引發出一系列的法律、科學、倫理各種問題。

近幾年來我們常在報上看到夫妻不育，因此用錢找第三者（往往是女人）作代母，由她懷孕、生育，並負責嬰兒早期的扶養。這件事是一方願買一方願賣，按理應無問題。可是比方說，代母生育之後不願交出子女，因此纏訟經年；又如生出的嬰兒是個白痴，付錢的父母不願接收嬰兒，其中的問題也恐非三言兩語所能道盡。除了這類買方與賣方的紛爭之外，兩者之間的介紹人一心謀利，往往不惜任何手段，因此造成各種問題。據聞英國政府現已立法，禁止第三者介入，更不用說經營介紹工作了。

當然，夫婦不孕也並非一定要借重代母，現代科技可以協助他們人工授精。不過不孕的夫妻往往也須要借重捐來的精子、卵，甚至胚胎。這一來問題可能更加大，因爲代母本人雖然不出現，也不牽涉人格尊嚴的問題。可是它背後所牽涉倫理與科學的問題，可能比代母的問題來得嚴重。我們都聽過有關精子庫的報導，而有人甚至把若干諾貝爾得獎人的精子，經過挑選而贈送給智商超人的婦女。這種作法無疑將會破壞人類遺傳的生態平衡，而瑪麗・雪梨 (Mary Shelley) 的法蘭肯斯坦 (Frankenstein) 怪物，也並非絕無可能出現。

一九八八・三

文本的縫隙，兼論文字的政治意義

首先來個解題：所謂「文本」乃指 text，本文所要試讀的《早安！朋友》（香港：明窗出版社，一九八八）即爲一文本。這個文本乍看似爲整體；作者以寫實的手法，在「書中的人物上大學、工作、死亡和住院一個多月之後的一九八六年十月」寫成，其後由於「反資產階級自由化」運動，因此儘管《朔方》編輯部於一九八七年元月，已將本文排版完成，卻未能及時出書。近幾個月，始由臺灣、香港兩地之出版社發行。整本書雖然延誤了一年，可是大致上張賢亮這本小說基本上是個完完整整的文本，何來縫隙之有？

根據依瑟（Wolfgang Iser）的看法，文學作品並非密不通風的實體，作品裏多的是空白（blanks），因此讀者閱讀之際，不得不將精神貫注其中，盡能力之所及，將空白一一塡滿。這種空白最特出的莫過於敍述觀點：一個故事由兩三個人口中道出，逼使身爲讀者的我們，忙於將不同的觀點挑比對照，去訛存眞。（詳見 *The Act of Reading*, Johns Hopkins Univ. Press,

1978.）關於這點我們稍後再談。此地先舉另一例說明：命運。作者聲明：「寫到人物心理活動，作者有權代表全知的上帝。」（〈作者聲明〉）可是作者卽使能知心，也有權代表上帝，可是他不一定有能力全知。「更何況從科學的觀點，觀察者所處之時間地點，決定人對事物的認識，甚至有時還會改變事物的本質，作者卽使能知心，並不能盡知命。徐銀花投水自盡之後，留書請她哥哥將日記送給她語文老師吳子安。吳子安瞭解她如何因細故致死之後，自忖：

他覺得他在夾壁道裏摸索。左也是墻，右也是墻，前面，是永遠不為人所知的人性與人的心理的謎。青年自殺，旣有社會原因，又有超社會的原因，最後只能歸結於個人的命運了。（頁一九七）

吳子安身爲人師而不知命，與作者的〈聲明〉對比之下，造成一項諷刺的對比。作者說：「讓年輕人認識自己，成年人理解自己的孩子吧！」可是吳子安顯然不理解他的學生。不過張賢亮本人是不是道出吳子安所不知的命？事實上，作者告訴我們：「至於我，我願迎着每天去學校的學生道一聲：『早安，朋友！』」（〈作者聲明〉）請注意：此地標點與書名（《早安！朋友》）有所出入；說是作者筆誤也好，說是手民之誤也好，我們都知道標點符號在作品的世界中，具有絕大的重要性。王文明犯了猥褻大罪，班導師認爲做案經過是個陳述句，不需要第二個句號。（頁

五）蘇愛華「一見逗號（，）就敏感、頭暈、噁心，」結果決定「複習英語單詞，因爲英語單詞表上沒有逗號。」（頁一四九）

「早安，朋友！」顯示作者對青少年的關懷與同情，而關懷與同情背後顯示的毋寧是一種不知天命的人道憐憫。換句話說，小說的認知能力有所限制，而小說所反映的現實充滿了空白，並非道盡常人之所不知。讀者只須小心審視，就可以觀察到縫隙所在。

不過上述的文本觀念，不免流於單元論的俗套。《早安！朋友》蘊含的文本，毋寧是多元論的文本。所謂多元的文本，我們不妨以百衲衣來比擬。也就是說，作品往往由各個性質不同的文本拼湊而成。而由於拼湊之妙，讀者得以從中觀察到人生諷刺的意義，並進而瞭解到平日感而不覺的現象。

■

談《早安！朋友》的內在文本互涉（intertextuality），我們可將其粗分爲寫實的語碼與表現的語碼。前者描寫八〇年代末期中國大陸之政治社會現實；後者散發未來主人翁對傳統社會價值之反應。寫實語碼主要描寫故事中一羣高三學生面臨高考（卽大專聯考）的壓力，因此心情緊張，對個人、朋友、家庭、社會不免有各種不同敏銳、強烈的反應。這種反應遭遇到家長、師長、考試制度與社會功利思想的壓制。故事結束時，幾個同學聚在一起，名爲追悼投水而死的徐銀花，事實上卻開的是聯歡會，會後各走各路，並或多或少與社會的各種價值觀認同。（頁二三三—二三五）在這個語碼之內，成人的勢力顯露無疑，既代表八〇年代末，各既得利益階層的高壓手段，也反映出既得利益如何與追求開放民主的新興勢力，謀求共識的過程，這點容後再談。至於表現語碼，主要表現的是這羣少不經事的青年，在一個傳統觀念駕馭下的社會，如何藉幻想，透過文學而塑造一個屬於年輕人的小社會；這個小世界裏既存有極端一廂情願的主觀意念，也滲有成人價值觀念，與經由青年據爲已有的內化成人價值。不管如何，這種表現都屬於一種策略，一種屬於十六、七歲青年爲了尋找自我，所作出的抗拒姿態。在他們的日記裏、便條中，以及匿名的讀者投書中，青年不僅寫出心中的愛恨，藉此而與社會對抗；他們並進而利用文學，營造出有別於外界的藝術世界。這點我認爲乃是《早安！朋友》最大的特色。

在寫實的世界裏，主要的人際關係可分兩類：隔代的關係，與同代的關係。隔代的關係主要包括父母與子女，師長與學生；同代的則以同學爲主。隔代的關係往往是對立的，而爲人父母、師長的也往往代表一種阻力，屬於弗萊（Northrop Frye）所謂的「阻撓人物」（blocking figure，詳見 *The Anatomy of Criticism*, Princeton University Press, 1957）。相反的，同代的關係往往是一種凝合的關係，或兩人成雙，或多人聚結，希望藉團結而對抗父母、師長以及考試的壓力。

上述的人物二分法顯然太過簡略。要瞭解書中人物的複雜性關係，我們勢必要探討表現語碼，看看人物，尤其是青少年人物，如何用各種不同的表現方式，來將現實世界加工處理；也可以說是將世界冷酷的現實加以聯想性的修飾。關於這點，有興趣的讀者不妨參閱羅蘭・巴特（Roland Barthes 的 *Elements of Semiology* (London: Cape, 1967)）。不過值得我們注意的倒是，聯想意義（如紅色代表愛情）的塑造，通常操諸於有權有勢的人手中，如故事中之父母、師長卽是，可是事實上這本書中聯想意義的立法權，卻落在青年的手中。青年的意見諸筆墨，而家長、師長卻幾乎啞口無言（圖圖的父親只能引李白、杜甫、蘇東坡來壯自己的聲勢）；兩代之間的關係，幾乎上下倒置。這點也可以說是這本小說的另一特色。這種特色同樣在西方啓悟小說，也屢屢出現。而讀者看了這類小說，往往感到勝方是成人，可是值得同情的倒是青年。

通常我們說話、寫東西都有所指涉，所以讀者通常也瞭解我們心中所指爲何。可是語言卻另有一用：語言可專指物之虛者，用以對抗現象之實。洋馬（卽寫條子約旗旗不成，卻因日記文藻優美，蒙老師嘉勉有加的洋馬，末了他考上師範學院，算是運氣比較好的一個）年輕時家中姐妹特多，因此穿不起時髦的衣着。他於是索性眼睛一閉，想什麼就有什麼。而幻想不足，竟然拿起筆來，記下：

花呢西服一套

灰中花纖維西服一套

粗條絨獵裝一套（兩個大貼兜）
黃色皮夾克一件（真牛皮）
花格襯衫四件（紅綠咖啡各一）
…………

這麼一共列了十三項。後來給他母親洗衣裳時從口袋裏給搜了出來。那時大陸正轟轟烈烈打擊刑事犯罪，對象剛好又是青年。他母親看了既不像語文數學習題，又不像商店發票：「倒像一張大街上貼的法院布告裏罪犯某某的贓物清單。」（頁一七〇—一七一）父母親於是翻箱倒櫃到處搜查，結果當然一無所獲。於是追問他，他回答說是隨手寫的，「不幹啥！」母親回答：「不幹啥?那爲啥不寫作業，寫老師教的東西?哪有寫的字沒有意思的?」（頁一七一）

「哪有寫的字沒有意思的?」這個問題的答案要看字的性質而定。字愈隱秘，意思愈少；洋馬追求旗旗，旗旗一來對他無意，二來又考上了上海的重點大學，從此可望不可及。洋馬在地上劃了許多「旗旗」，「一層一層的，密密麻麻」，剛巧懶貓走來，洋馬慌忙用腳把字掃掉，他的回答仍然是「不幹啥。」（頁一七三）相反的，字愈是公開，意義愈大，愈受大衆承認。此地且引兩個例子，顯示文字不僅意義大，而且還能決定人的成敗。洋馬成績本來不算頂好，可是他塡志願別有竅門：

他是怎麼得以錄取的？他以為多半靠了在填志願填寫得當。應屆高考生報志願，如今也成了一門很微妙的學問。根據學生個人可能得到的分數，把握各高等學校的等級和招生標準，那需要老師和學生把代數學的排列與組合全應用上，也就是說需要某種投機。（頁一六八）

填寫志願的文字少而又少，而牽涉的個人意志、個人創造性也同樣很少。可是重要性絕不低於隱秘性的文字；它可以令人躍進龍門，也可以毀人於一旦。徐銀花（即受辱於王文明，後來投水而死的徐銀花）在高考試場裏作文寫不出來，數學答得糟透了，而在答政治題時，「突然感到胸部疼痛難忍。」（頁一六二）考完試後她再也支撐不了，給送進醫院。醒來獨坐病房中，覺得自己仍坐考場裏，其他人都交了卷，那種感受不亞於卡夫卡式的虛無：

> 四面八方的空桌椅一排一排直排到看不見的盡頭。前方的黑板黑得嚇人……像是一隻黑老虎張開的大黑口；還有一張空白的卷子攤在她眼前。上面連一點墨迹也沒有。白得叫人打冷顫，白得讓人起鷄皮疙瘩。她手抖得不敢往紙上點一個點。往上面寫任何一個字都是錯的，絕對不是對的！因為那張卷子注定就要跟她作對；寫對了也錯，寫錯了更錯。（頁一六三—一六四）

此地的文字講得玄一點，已經不是由人來寫的；考卷「那不着一字的冷峻是絕對絕對地正確。」(頁一六四)這種病態與上面說過的，蘇愛華見了逗點就精神崩潰(頁一五〇)有異曲同工之妙。

除了試卷之外，另一種公衆語言也支配人的命運：批命。徐銀花高考之前幾天，去普濟寺來找人算命，結果批出了這麼一個命：

> 命大三兩三，早年做事事事難，百施展枉費心，半世有如流水去。
>
> ……骨肉無援……十年寒窗不得志……
>
> 大事天定，小事由命……(頁一五九)

「半世有如流水去」，怪不得她會有投水自盡的下場。上面引的幾個例子無不說明：愈是屬於大衆的語言，愈是令青年身受其害。

■

當然，這並不是說個個青年都有這種下場；大部份的青年學子遲早都能駕馭文字，發表他們的意見，獲得師長的讚許，或甚至表明有異於社會習俗的見地。前者以洋馬，後者以圖圖為例。洋馬向來寫不好作文，可是開學過後繳了一篇名為〈等待〉的作文，老師認為「語言通順、文筆流暢倒在其次，難得的是感情眞摯，一片癡心躍然紙上。」（頁三四）老師決定介紹給《春苗》刊登，並推薦到全省的「中學生作文大獎賽」上去。原來這篇文章乃是洋馬約旗旗不果，回家之後思潮迭起，因此不加思索記了這麼一篇日記，我們說它是歪打正着也不算錯。（頁三四—三六）不過值得注意的倒是：這篇文章原爲隱秘的言語，不一定爲社會所讚許，可是一旦轉變爲公衆語言，命運可就大大不同了。日記本身並不一定與社會直接有關，這點稍後再加介紹。此處我們先看一個與日記似異而實同的文字：匿名投書。日記不公開，而投書公開於世；不過日記與投書都以隱秘的身份，將心中的話和盤托出。

透過班代表魯衞平的秘密報告，校方知道百分之二十的高三學生陷入早戀，於是想盡辦法要阻止這個歪風；但是歪風不但不止，不久之後省青年報竟刊登了一封署名高三級學生「愛思」的文章，題名〈幸子光夫式的友誼有何不可？〉，（頁一二九）主張中學男女發展「純潔的友情」，因爲這種友情「有助於互相促進學習，共同思考，爲未來的戀愛生活做心理準備。」（頁一二九）文章發表之後可以說毀譽交加；老師與團委指導某些同學公開反對，而支持他的觀點的同學卻不能公開出來討論。不過不管意見如何，兩派原則上都誓死反對洩露作者的身份，視之爲自由、獨立的象徵。（頁一三一）當然，我們都知道文章的作者是圖圖，而圖圖在書中也另佔有甚爲重要的象徵意義。他希望長大之後能成個名人，成個「大寫的人」。（頁一三六）換句話說，他希望利用「文筆語言」，（頁一三六）來塑造一個屬於青年的未來，這種未來與他當縣委書記的父親所擁有的歷史，全無關係。他面臨的可以說是一個嶄新的民主自由世界。(頁一四五)可惜這個新世界的內涵如何，在他筆下並無交待。他一方面仗義直言，替同學抱不平；可惜他抱的是殉道者的矯枉精神，而他與寶寶的柏拉圖式關係，也無非一種自衞式的行爲。他本來唸的理科，後來改變主意，想唸法律，說是中國需要法律。(頁一四六)幸虧寶寶加以勸說，才讓他恢復原衷。這時寶寶怕他反悔，要與他勾手指，一言爲定。他與寶寶平生第一次肌膚接觸，「他手上的感覺妙不可言；脅下一團滾燙的氣流又直沖小腹的丹田。」(頁一四八)他趕緊離開寶寶的家，並爲自己的自制感到自豪，覺得自己是個英雄。(頁一四八)但是寶寶認爲圖圖的自制根本矯枉過正。(頁一三四)而在故事臨尾同學去河邊追悼徐銀花時，他發表了一席宏論之後自覺，「他日頭上說他一切和他爸爸無關，其實心理上是不可能割離開的。」他甚至覺得自己有點「官方代表」的意思。(頁一三二)作者告訴我們，圖圖：

最近染上了愛說「有分量」的話的癖。實際上，他才是電視上「名人名言」節目的忠實觀衆。他的日記裏記了大量的格言和警句，並且可以將句子拆開來，隨手搭配成自己的見解。(頁一三三)

圖圖的文字顯而易見已喪失了創造性，搭配的文字諒無多大新意。

圖圖心靈崇高，但樣貌其醜無比，剛好與白思弘成一對比。白風度翩翩，一切都講究時髦，衣食住行講究最高的享受，而追女孩子也要是相貌上乘的才看上眼。他爲了追求寶寶，特地在高級賓館房中花了相當時間，寫了一封給寶寶的條子（他告訴家人寫的是「文章」），請她前來相會。我們且看信中部份的文字：

人生不止是高考的一場拼搏，還將有無數次，尤其在現代社會中，人與人的競爭更為激烈。在這種情況下，友情就變得十分重要。我詳細地觀察了，在班上，不，在整個縣上，在整個世界上，只有你，才能跟我結成伙伴，一起對付未來的驚濤駭浪，直達到成功的彼岸。（頁二〇三）

這段文字一眼就可以看出作者之空洞，還不說白思弘假冒自己是匿名投書的作者這回事。信送出之後，毫不意外地贏得寶寶對他的六字評語：「自私、冷酷、虛僞。」這就是他幾天「寫文章」落得的下場。

當然，我們並不能因此一概而論，認爲這羣青年應用文字——例如寫些不關痛癢的字條，故意讓校方截獲（頁一二九）——來對抗成人，但末了卻一個個與成人認同。書中一個不幸的人物卻能道道地地使用文字，寫出自己肉慾交熾的小世界，並希望利用文字來驅除心中不由自主的慾念。

首先談談日記之重要性。故事結尾處作者附了這麼一個說明：

（說明：張賢亮在創作這部作品時，曾參考了文藝月刊《朔方》編輯部提供的某中學教師黃萬金搜集的幾位女中學生的真實日記。）（頁二三五）

作者寫作之際採用了書中幾個人物的日記，手法就像西方教堂之鑲嵌藝術：把原始資料平排並列。當然，光憑平排並列並不能構成一個敍述結構；作者不僅須要作些「穿針引線」的工夫，並且援用上帝的全知觀點加以統一。這麼一來，《早安！朋友》既含日記的原始素材，也有作者的敍述架構；兩者之間的關係可以說是辯證的：日記決定作者如何開展故事格局，而作者也或多或少須要改寫日記的文字，甚至內涵。徐銀花的日記無疑是故事中最重要的核心；故事由徐銀花遭受王文明騷擾開端，接着一分爲二：一方面描寫同學受這件事衝擊之結果，並藉匿名投函一事達到高潮；另一方面探討徐銀花的慾念如何受到挑逗，以致一發不可收拾，後來終因長久躭於自慰，既無法自拔，也無心學業，因此末了自感卑賤，草草了結一生。就徐銀花本人而言，作者摘錄了六月十四與二十兩天的日記，前者描寫自慰的感受，後者描寫她如何以寫日記作爲手段，來克服她自己的慾念。在六月二十的日記裏她說：

可是每當我睡下不久就感到有什麼東西等着我，我不自覺又把手放在下身處……我强制的辦法就是坐起來把這些寫進日記裏，讓它暴露在我眼前，也許我能改的。（頁一一二）

寫作本來是要來驅除慾念的，無奈這種寫作有它的先天限制：一來日記如果眞實反映個人內心的無意識，屬於個人的聲音，隱密而無法公開；二來徐銀花的日記只能大而化之寫她個人的主觀感受，不能如實描繪細節，並進而驅除慾念背後的焦慮。再說她文采不足，不能善加鋪陳，經營出完整的敍述體，使她得以在敍述過程中獲得短暫的逃避。她的死亡多少可以歸咎於她的日記，因爲班上的同學有她這種受襲的遭遇的人必然不在少數（寶寶即曾受猩猩襲擊），家境、聰明才智與她相若的相信也有。唯有她忠實書寫日記，而無法與人溝通——她對王文明頗有好感，曾打算找校長去求情，要求校方不勒令王文明退學，奈何臨場話到嘴邊又嚥了下去，（頁六九—七〇）也因此她的下場最爲悲慘。她只能把困境片斷一一寫進日記，死後托人交給她班導師吳子安。徐銀花的日記卻一下子改變了吳子安的世界。（頁一九四）作者告訴我們：

在展開信紙（指連同日記一起送來的信）的一瞬間，就是他一生中最重要的時刻之一，將使他終生難忘。死，並非死者的不幸，而是生者的不幸。他忽然感覺到了世界的虛空。（頁一九四）

他對敎書這項工作喪失了信心，並對社會的價值產生根本的懷疑。末了，「他發覺自己的神經也有點不正常了。」（頁一九八）

文字的魔力對青年有相當的影響，同樣也對成人有相當的作用。而人不得志的時候，文字的力量就顯得格外可觀。王文明勒令退學之後，無所事事，遊蕩街頭，研究磚牆上的老鼠藥廣告：

老鼠藥、「一嗅靈」乃美國加利佛俐婭大學程王友博士經三十年研究而成。被法國巴黎大學英國倫敦大學意大利羅馬大學日本東京大學蘇聯莫斯科大學定為國際級滅鼠藥。在非洲埃及巴勒斯坦土耳其埃塞俄比亞津巴布韋做過多次試驗。滅鼠成績卓絕。目前上述國家已成為國際無鼠區……（頁一〇八）

王文明認爲「這詞寫絕了！」所謂絕，指的乃是世界大同。國與國之間沒有國界不說，在文字編排上這段文字連標點整個沒了。老鼠在無國界的世界裏，自由要比人類來得多。王文明於是像其他同學一樣（如曉莉與孟小雲），希望能遨遊四方，而旅遊的地點完全一廂情願，希望去美國、英國、香港、緬甸等地方，因爲這幾個地名好聽（好過蘇聯與越南）；洋馬乾脆挖苦他，叫他去加拿大，「逛一趟還能拿大一件（指大件家庭電器）回來。」（頁一二〇）

■

當然，講迷信文字我們不免要問：作者本人的態度如何？講旁證，相信看過〈綠化樹〉與《男人的一半是女人》的讀者都會同意，《早安！朋友》的文字要來得俏皮，寫實性也來得低（當然，與日記體裁多少有關聯）。此外小說的題目也多少顯露了作者的態度。作者向他朋友說早安，顯然以年輕人自居。故事中的成人往往寫成俗不可耐的「老朽」，（頁六七）即使與年輕人有過曖昧關係的成年人，也都令人反感。旗旗小時候父親被送去勞改，家裏則有個「叔叔」來周濟他們，這個「叔叔」與她母親有婚外情不說，有一次甚至還想騷擾她。（頁八五—八八）這位黃鬍子叔叔當然不足掛齒了。就是寶寶與她音樂老師的戀情也令人心灰意冷；他們雙方雖然有過一段溫馨的日子，（頁七七—八一）可是末了男的卻缺乏勇氣，要求分手。（頁八二）而最值得我們注意的是，孟小雲與她老師吳子安的關係。孟小雲暗戀吳子安，考上大學之後爲了報答師恩，特地前去拜訪吳子安，並堅持要做吳子安繪畫的模特兒（按：當時縣城相當閉塞，用模特兒這件事絕對不許可），並且自動脫得一絲不掛。（頁一八九）這件事眞情到底如何可就不得而知了，因為根據的是孟小雲六十八歲（卽公元二〇三六年）寫的回憶錄。回憶錄有異於日記，是專寫給讀者看的。作者的批註是這樣的：

不要以為她是在自己的回憶錄裏有意欺騙二十一世紀三十年代的讀者。她是真的把自己狂熱的幻想當作了事實。年代越久，幻想覆蓋層越厚，時間能磨滅對現實的記憶，但不能磨滅青春的幻想。所以，幻想高於現實。另外，從這裏，讀者也可以知道一般回憶錄的可靠程度。

啊，這個老太婆！（頁一八九）

這段引文包括許多東西：一、回憶錄不可靠；二、幻想高於現實；三、這件事很可能根本沒發生過。不過既然沒發生過，張賢亮又何苦將這段文章收入小說裏？會不會是想表明：青年天眞無邪，可是一長大成人，俗念就會佔據了他們的心田，因此連幻想也會變質。問題依我看並不這麼黑白分明。張賢亮毋寧是想說明，青年與成人之分野並不一定在人的生理年齡；人的心理年齡也同樣重要。而他自己劍及履及，企圖在作品中衝破時間的樊籠。我們再回頭看孟小雲的回憶錄。首先，回憶錄出版於二〇三六年，而小說卻出版於一九八八年；也就是說小說已膨脹到超過本身的地步。孟小雲描寫吳子安說：

> 他好像被一件什麼事煩惱着（這件事我後來才知道是一位女同學的自殺。關於那位女同學的命運，張賢亮在《早安！朋友》中已經寫過了……（頁一八七）

這種手指指着自己鼻子的寫法值得發人深省。小說寫呀寫的，不知不覺把自己寫出界外，作者甚至不由自主聽命於小說了。其他的例證包括：小說寫到王文明從沒看過《男人的一半是女人》，（頁六）而書後說明也指示張賢亮寫作時參考學生日記。

講文本的縫隙，作品中的日記、條子、投書、文章、考卷等等固然有空白，就是作者與作品之間的關係也有縫隙。這類縫隙使得一部本來平鋪直敍的小說，變得多元化，也變得意義繁複了。

一九八八・五

三個老人的晚年

一個人到底上了多大的年紀才算是老人？這個問題的答案不但見仁見智，而且往往因不同社會、歷史環境而異。

依最嚴格的說法，做父親的到了兒子結婚之日，就算邁入老年。當然，這種說法不無刻舟求劍之嫌，因為做父親的當初早婚或晚婚，固然決定他何時替兒子娶媳婦。此外人類學研究報告頻頻指出，許多社會中父親往往想辦法讓兒子晚婚，藉以避免本人面臨年邁這麼一個現實。

阿里阿斯（Aries）研究法國歷史，推出一個結論：十七世紀的法國並沒有所謂童年這回事，當初的兒童等於今日的小伙子，與大人差異不大。當時的人按年齡僅分三組：嬰兒、成人與老人。卽使某些社會承認有兒童期這麼一回事，如中國與日本，它們眼中的兒童期也顯然頗不一致。

兒童的定義頗常引起爭議，老人這個觀念可就不然，老人這麼一個組別，任何文化、任何社會都有。原因很簡單，沒有老人卽沒有約定俗成的規矩，也談不上社會的行為準則，更談不上社會的歷史了。相反說來，兒童只是社會未來的中堅，沒有兒童只能說社會沒有了將來，目前仍然可以運作無礙。這種說法固然有詭辯之嫌，不過從權力的分配與轉移觀點看，老人是旣成現實，而兒童只是尚待賦予意義的未知數。

老人一詞的指涉，早，可起於四十出頭，遲，也可至七十有餘。新幾內亞的阿斯瑪族（As-mat）認為人一超過四十五歲就算老了。臺灣鄉下從前人到了五十才開始作壽，大概算是老之已至罷。日本人六十一歲生日必妝扮飲宴慶祝，自賀從此工作量可以減輕。美國人六十五才算老年，六十五到七十五是青春老人階段，七十五之後才算進入老年的階段。所以說多老才算老人這個問題，問問也罷，想獲致一個確切可靠的答案，恐怕不合實際。

當然，老人有別於年輕人。老人手中擁有下列年輕人所無的權力：財富、妻子（若干社會中老人往往一夫多妻，而做人子的可就「比上不足」了。就以傳統中國為例，做兒子的要中了功名才能完婚，討小老婆一事可就遑論了）、權威（對內或對外的權威）、智慧與經驗等等。

綜上所列，老人的諸多好處與老人特殊的名份，二者之間存有辯證的關係，不易區分因果。到底是好處確保老人的名份，或名份帶來種種好處，這問題並非三言兩語所能說淸。從老人的觀點（亦卽從旣得利益團體的觀點），名份與好處（統稱為權力）的轉移宜緩不宜急，急則壞事，甚至落得晚境淒涼。

底下就舉三個例子，說明三個不同文化中權力轉移的問題：十七世紀英國莎士比亞的〈李爾王〉、明人淩濛初的《二刻拍案驚奇》中的〈懵教官愛女不受報，窮庠生助師得令終〉、及今日人黑澤明據莎士比亞之〈李爾王〉而改編的〈亂〉。

關於前兩個作品，我曾寫過〈懵教官與李爾王〉討論比較的繆誤，主張社會現實宜配合背後的文化體系方有意義，而不宜憑表面的異同遽而妄加排比。拙文分析的主題是西方的個人主義與中國的宗法制度。換句話說，〈李爾王〉探討的是人的本義，本義如何因名高權重、剛愎自用而受了蒙蔽，如何經過一番打擊後，人終於返璞歸眞，進而領悟愛的眞諦；相反的，〈懵教官愛女不受報〉所要表達的似乎是宗法之不可違。宗法勢力龐大，違背宗法的必無好下場；但若過而能改，則宗法可應用其無遠弗屆的勢力，令人善度其晚年。拙文結論另也指出文化的辯證本質：〈李爾王〉明言個人本質之重要性(個人的本質重要性更甚於權力、財富種種好處)，可是卻又暗指個人主義的破產(個人追求權力，罔顧週遭一切，終於引致人神共憤，造成精神之破產，淪入現代虛無主義，布魯克(Peter Brook)所拍的〈李爾王〉地點定在冰天雪地，即含有這種強烈的存在主義意味，暗示人的意志終歸無關緊要，而冥冥之中更有更高的力量支配人間世的一切)。同理，〈懵教官〉雖然明言宗法無上的權威(宗法甚至淩駕親情之上，取代了兩代之間的親情關係)，可是另一方面卻又斤斤計較，處處用金錢來衡量人的關係，愈符合宗法的行爲，金錢報酬也愈大，所以明眼人一看就發現它適得其反的效果。依上述的辯證關係而言，文學可以說是一刀兩刃，既推崇既得利益，又不乏批判精神。這都不在言下。

莎士比亞與凌濛初另外也觸及了一個問題：權力轉移的形式與時間。我們都知道，李爾王剛愎自用，不但不聽人勸阻（當然，當時英國統一未久，女皇又無子嗣，分土一事對當時人而言乃一大禁忌），這且不要緊，更令人費解的是他藉分家的機會，來試探三個女兒對他的愛心，堅持要她們在大庭廣衆之間道出孝心。當然我們都知道，巧言令色不足取，三女兒不僅不願依樣畫葫蘆恭維父親，甚至還指出言辭之不可信，這一來惱怒了父親，不但不分財產給三女兒，甚至一怒之下將三女兒掃地出門。所以說李爾王轉移權力時間匆促固不用說，而形式也不妥當（他把一切權力、財富轉移之後，仍希望保有昔日的皇室儀仗，名份與現實不符）。至於憎教官，錯在私產、公產不分，把一切錢財產業全部饋贈給已下嫁他姓的女兒。此外他也錯在將入老年之前未將繼承問題妥加處理。照理說他既無子嗣，就應該認養個可以繼他香火的人，再不就應招贅一個女婿。中國社會有的是解決此一問題的方法，可是憎教官卻溺愛三個女兒，把錢財悉數給了女兒不說，甚至把祖屋可用的材料一一取了下來供女兒家中修葺之用，這些都算是不當的轉移，導致悲慘的下場。末了幸虧神明有靈，在他投水自盡之前，使他與姪兒重逢，算是絕處逢生。事後神明冥冥之中又遣了他從前的門生前來相認，令憎教官有機會東山再起，賺了一大筆款項，可以說是退而不休的一大佳例。

黑澤明的〈亂〉所反映的至少包括兩大精神：日本傳統「家的精神」，及二十世紀的當代思想。我們先談前者。

〈亂〉的第一條線絡顯然環繞着家族裏的人際關係。換句話說，黑澤明所要表達的主要不外乎骨肉內鬨的前因與後果。根據 John C. Pezel (“Japanese Kinship: A Comparison,” *Family and Kinship in Chinese Society*, ed. Maurice Freedman) 的研究，日本家族結構比中國單純，側重一家之首的領導，而領導之優劣往往決定一家之首的去留。〈亂〉的主角秀虎已屆退休之年，一場圍獵下來早已疲憊不堪，甚至在宴席上昏然入睡，這對三個兒子來說，當然大大丟了面子，讓他們覺得父親已無法對外擔當代表「一文字家族」的重任。日本家族的第二個特色是一家之首作重大決定之前，往往廣徵家人意見。嚴格說來，一家之首僅代表家人託管家族之產業，因此往往不能獨斷獨行。秀虎只因打獵困倦入睡，夢中發現自己身處異域，孑然一身，孤獨無比，幸虧夢見大兒子大郎一把將他從夢中拉回。就憑這麼一個夢，秀虎就不顧三郎及其他家臣或賓客的勸解，貿然將家產交給大郎。這是老人轉移權力時間與形式不當的最佳實例。當然這並不是說分家帶來一切的後果，因為〈亂〉片中另一重要主題與女人禍水有關，明明白指出老人的憂患，甚至家族之內部傾軋爭伐，都與幾個媳婦有正面或反面的關係。不過這點我們要與佛之因果報應觀念一起歸入黑澤明的現代精神討論。

到底報應的觀念與二十世紀有何關係呢？我們都知道日本二次世界大戰慘敗於盟國手中，固有的社會政治結構遭受了空前未有的衝擊，個人不能再一如往昔依賴固有的社會關係來解決他的問題。有人甚至認爲日本個人主義之擡頭與社會秩序崩潰有密切的關係 (cf. "Soft Rule and Expressive Protest," *Authority and the Individual in Japan*, ed. J. Victor Koschmann)。當然，我們也都知道，黑澤明身經大戰的浩刼，作品中也不免偶爾流露出一點眞假難分的懷疑態度（例如〈羅生門〉），而到了晚年，他名聲扶搖直上，在國外大受器重，可是在國內卻一籌莫展。他一度自殺未遂，卽爲對人生終極意義懷疑的一項註解。所以說在〈亂〉一片中，佛的報應觀念也不過是一種說詞而已，眞正的精神毋寧是東方式的存在主義。舉個例說，秀虎的二媳婦名末，父母雙雙爲秀虎所殺，可是她本人則毫無仇意，她但求與目盲的弟弟鶴丸安度他們的殘生，末了卻仍然不免爲大媳婦楓所殺害。顯然她禮佛的結果並未得到應有的善報。也就是說影片充分反映了無常的觀念，但並未將佛慈航普渡的概念表現出來。劇終時盲眼的鶴丸獨立在荒墟懸崖之上，淒涼的夕陽笛聲中，一線蒼茫霞光照在掉落地上的佛畫上，襯出一切人間價值之虛無觀，無怪乎片子以〈亂〉爲名。換句話說，亂是現代人生活的寫照，亂由老人分家不當所引起，但後果並非全然應由老人負擔。亂是當時無可避免的歷史現象，但亂也是人本性之核心，人人任狂亂之性放肆而行，亂倫（大媳婦勾引二郞，並殺害其妻）、弒兄（二郞謀害大郞）等等不一而足。三弟一片忠孝之心只能算是狂飈中片刻的寧馨，而父子相會一幕也顯得溫情而又不可信。他們二人在馬上沒說上幾句話，三郞卽遭狙擊手射殺，而老父也因此心碎而死。這時身旁的軍人說：上帝看着我們相互殘殺，上帝幫不了我們的忙，上帝正哭着呢。這幾句話道破了二十世紀人類存在的悲痛，哀莫大於心死的悲痛。

文學一向最熱衷處理的題材不外年輕人的啓悟，探討年輕人如何由懵然無知，而上當學乖、領悟到社會的眞象。相反的，老人退出生命舞臺這種經驗任何社會都有，但有關此類題材的文學作品可謂不多，主要的原因可能與社會追求永無止境的進步有關。人的眞諦不外乎進取創造，等到了體力、精力不如他人之時，也就是老人應該退隱山林的時辰。不過話又說回來，進步的觀念目前正受到空前的考驗。進步的後果往往相當可虞，生態的破壞是個好例子，而老人未老的資源如何善加利用，也是一個值得深省的問題。〈李爾王〉與〈亂〉戒人以轉移不得其時、不得其法的危機，並教人如何建立轉移的體系，以免權力中心一旦消失，社會即刻陷入毫無理性的混亂（舉個例說，美國水門事件擾攘多時，尼克森終於不免含辱出宮，但美國憲法自有權力轉移的體系，國家的安危完全不受轉移的影響）。〈李爾王〉與〈亂〉都是反面教材，前者寫個人意志高漲，以致妨礙權力的轉移；後者描寫末世紀的混亂，萬物皆爲芻狗，飽受憂患乃人生的本質，無可避免。凌濛初的〈懵教官〉倒是個正面教材，充分說明社會如何利用不同的途徑，保證社會的資源由上一代轉移到下一代，而不致於構成干戈相見的局面。當然這並不表示權力順利轉移絕對是好事，因爲權力自有其世世代代生生不息的自生本領，久而久之權力容易導致腐敗。再說權力甚至有本領製造假象，使局外人絕對無法看到它的眞面目，這也是權力轉移所值得探索的另一個課題。

一九八六・十一

現代文人的創作空間

《九十年代》一九八八年二月份登有郎郎的〈四大難：北京的文人生活〉，報導作家柴米油鹽實際生活的困境。此地僅轉述文中兩個北京作家住房之難，以作本文的一個引子。張辛欣（〈在同一地平線上〉）這位電視、戲劇、文學三全能的作家，目前正找房子找得萬分心急，據說房東要收房。張承志（〈北方的河〉）毅然參加海軍，原因據說是他事母至孝，希望母親可以早日住進新樓。其他住房有問題的人當然不勝枚舉，而上述二例並不能充分反映出作家住房困難，背後所附帶之社會、歷史、經濟與哲學困境。這種困境按常理推斷，不僅作家有，任何二十世紀，住在城市裏的人也都不能倖免，只不過作家所面臨的難處卻特別多罷了。

寫作不比辦公，可以與他人「擠擠一堂」，朝九晚五，效率不變地生產。作家需要有個人的住所、書房才能寫出東西；也就是說作家需有他的隱私權，他自己的小天地，才能經營出他自己的「境界」。這個境界既是他自己小我的延伸，也是與他人心靈交滙的空間，其中蘊涵所謂的意向性（intentionality），絕非一般辦公桌上例行的機械作業所能比擬。

作家以寫作爲專業的，恐怕比業餘的要來的少。不過卽使專業的作家，如臺灣的李永平與大陸的王安憶，對住處的要求，按道理恐怕也要比常人高得多，否則恐怕寫不出《吉陵春秋》與《荒山之戀》這類上乘作品。至於說以寫作爲副業的作家，那住房問題也就更大了：你從事副業的時間也正就是家人的休閒時間。如果住處條件差，副業與休閒同時進行，比方說你在一邊寫詩，家人在旁觀賞電視連續劇，創作之難相信大家不難想像。而作家如果不巧生爲女人，那問題可就更加嚴重了。就以大陸爲例，近年來物質生活水準儘管已大大提高，再也沒聽過有人從港澳寄食油回鄉，可是柴米油鹽的張羅仍然頗費周章。據我所知，衣食住行可以耗去一個人——尤其是家庭主婦——整整半日的時間，這麼一來她從事副業的時間可就所剩無幾了。愛亞的〈吾宅吾家〉（收於《喜歡》，臺北：爾雅，一九八四）卽是一個好例子，故事中的一對臺灣中產夫婦好不容易存夠錢，買了一個二十八坪大的公寓，女主人「日上三竿起床之餘，忙家務忙吃食，根本不待在臥房中。」所謂「不待在臥房中」，指的正是無暇寫作，而她做「夜半無人開始寫稿的功課」時，「臥房便成了書房」。換句話說，寫作不管是專業也好，副業也好，都需要相當的住房條件。而談住房條件最重要的，莫過於西方人所謂的隱私（privacy），或是我們所說的清靜。清靜與住房的大小、環境，甚至設備有必然的關係，但卻不一定有絕對的關係。比方說〈吾宅吾家〉的女主人住房雖差，卻能「怡然自得」：

身坐床頭，板釘的條桌便是書桌，乏了倒身便睡，怡然自得。說到那條桌，見的人俱「嘆為觀止」，三公尺長半公尺闊，够壯觀了！桌右方是心愛的一些盒盒和小箱，以及女性專用的瓶罐及七八把梳子，桌左方及正中則已不分，滿滿全是印刷品，各類書籍、雜誌、報紙、資料，高高圍落自成天地，而寫稿的「位置」則也不過是僅能容納六百字稿紙的面積而已，實在是桌盡其用！最妙的是條桌之下空間頗大，剪報、剩書、織的毛衣、收藏的小物件、其至一具電話分機，全部「扔」在底下，方便之至。（頁一四〇—一四一）

愛亞床頭湊伙代用的書桌顯然與作家渾然化為一體；書桌卽人，而書桌既是人想像界的大千世界，也更代表她小千世界的外現。這種融洽的物我關係，與女性創作意識不無關聯。這點容後介紹吳爾夫夫人（Virginia Woolf）的房間時再加討論。再說回住房的必然與絕對條件，我們說過光有好的住房並不能保證個個作家都能怡然自得。〈恐怖份子〉中的主婦作家，情形可就截然不同。她有的是最好的物質條件，可是卻有「江郎才盡」之嘆，末了逼不得已離家出走。她的情形充分反映了二十世紀中產階級的無聊厭倦感（ennui），而作者所想表達的可能是一種反常理的世界觀；不是現實先行，而是寫作決定事物開展的格局。也就是說，作家寫作之際，不知不覺寫出一個新的天地，這個新天地取代了外在現實，而人竟也信以為眞。我們說這種現象是藝術為藝術也好，說人生模仿藝術也好，或是說這種藝術是後設藝術也好，總而言之都是十九、二十世紀文學藝術的特色。從女性主義的觀點，〈恐怖份子〉無疑給了我們一個很重要的信息：八十年代的女性已非以往的弱女子所能比擬，她們現在可以隻手扭轉乾坤。這個電影有相當的震撼力，令我們走出電影院之後，對人生事物重新思考。

我們開始說的是住房難，可是不久就發現到，問題嚴格說並非住房本身，而是住客如何看待住房。愛亞坐在床頭寫作，卻能甘之如飴；而〈恐怖份子〉編劇筆下的女主角人在房中，卻早已把自己寫出家庭。所以談作家的住房，即是談作家主體與住房客體兩者之辯證關係。我們甚至可以說，問題不是住房本身，而是作家如何寫住房，讀者如何讀住房。住房的空間充滿了意向性，也不由得我們不去探討它的心理意義。

根據法國現象學家巴修樂（Gaston Bachelard）在《空間詩學》（*The Poetics of Space*, Boston, Beacon Press, 1964）的看法，房子乃是人在世，安身立命的一個角落：人房兩者不可截然分明。房子雖然屬於物，有異於人，但無房則人之自我瞬即無所自保，兩者關係有如唇齒。而有了房子的呵護，人就可以在房內重渡童年的溫馨，並進而把現在與未來貫串起來。（頁三—三七）他把這種分析法稱之爲拓樸分析（topoanalysis），以自別於佛洛伊德的精神分析（psychoanalysis）。巴修樂認爲精神分析主張，人在成長過程中勢必要擺脫幼年的各種執着（fixation），才能正常成長，並爲社會所接納；可是現象學家主張人應該執着於童年的樂趣，而不應該貿然加以放棄。(頁六)而房子正提供最適當不過的場所，讓我們緬懷往昔家居之樂。話雖這麼說，我們只消將巴修樂的論點與佛洛伊德談白日夢與創作一文("Creative Writers and Day-dreaming," *The Collected Papers of Sigmund Freud,* New York: Basic Books, 1959, vol. IV) 稍加比較，卽知兩者略有雷同之處，寫作（佛洛伊德）——尤其是寫房子（巴修樂）——讓我們對時間，甚至對外界，取得一個整體的認識，進而對自己產生信心。當然，現象學家認爲世界分崩離析，唯有藉人類的意識活動，才能將支離破碎的現象重加整合；可是精神分析學家偏偏低貶意識，主張無意識才是眞正意義所在，拉崗 (Jacques Lacan) 甚至認爲意識的活動跡近虛幌，與眞實的心理狀態無絕對直接的因果關係。這兩個學派分歧之大由此可見一二。不過就本文的討論範圍而言，現象學似亦有所不足。現象學運作之際，往往去蕪存菁，着重純現象；巴修樂分析房子卽着眼於閣樓與地窖，認爲二者代表人意識之兩個極端。除了這種垂直分析之外，巴修樂另探討房子與冰天雪地之外界的關係，卽所謂之水平分析。不過顯而易見，這種分析把歷史拒諸門外，談不上房子與外在世界之社會、經濟關係。此外巴修樂的分析不考慮房子裏的負面因素，不談人在房子裏的困境，顯然也不夠週詳。底下試引幾個有關房子的作品，略談房子內外的辯證關係。

首先談談城市與鄉村。原因很簡單，鄉下的房子問題比較簡單。儘管古代文獻不乏有關房舍的討論，比如說杜甫抱怨他的茅屋爲秋風所破；不過基本上，農舍所反映的融洽天倫，卽使劉半農一九二一年在倫敦寫的〈一個小農家的暮〉，描寫的仍然是一片田園的祥和。當然，這並不表示房子即爲烏托邦之所在，陳其南即曾以鄉舍之格局，來闡述家族中房這個觀念之落實情況。（請參看Chen Chi-nan, "The Living and the Dead in Chinese Kinship," read at 86th Annual Meeting of American Anthropological Association at Chicago, Nov. 18-21, 1987.）談主體意識的危機，也就是說談到個人透過住所的安排，而自問「我是誰」這麼一個問題。城市的問題顯而易見要比鄉村要來得嚴重，而城市人身受被支配，身不由己的感觸也要來得深刻。我們不妨先看西方工業革命轉型社會中的一個例子，也就是勞倫斯 (D. H. Lawrence) 在《虹》(*The Rainbow*, 1915) 有關諾丁罕 (Nottingham) 以及附近礦區居住環境的描述。

書中主角童年住的是十八、九世紀祖傳的房子，每個房子都有四個房間，而週圍綠油油一片的森林。當時的英國仍然是農業社會時期的英國，與羅賓漢、莎士比亞的時代幾無差別；可是到了他長大之後，礦坑愈挖愈深，礦產量日益增加，僱聘的礦工也愈來愈多。公司於是把舊的礦工房子一一拆了重建，把新房子集中在一條街上，街上荒涼、醜陋不說，而房子的後院，除了厠所之外就是一片挖掘過的礦穴，舉目所見，一片淒涼。（我們必須明白，英國人房子再小也得有個小花園，沒花園之美便不成其爲家。）主角非常感嘆，英國的山水是如此多姿，但是經過人爲建築之後，一切都變得極端醜惡、可鄙。環境惡劣，人的行爲也相應變得煩燥易怒，男人下班後，經常流連於酒吧之間，不肯直接回家，理由再也簡單不過。勞倫斯另有一篇故事，名爲〈菊花的味道〉("Odor of Chrysanthemums," 1914)描寫的正是夫婦誤解，間接導致丈夫一個人逾時加工，終因礦坑坍方而遭活埋。勞倫斯把十九世紀城市發展對人性所造成的惡果，集中在房子的範圍裏面討論，並進而揭穿了歷來人們對所謂「甜蜜的家庭」的幻想。(關於這點詳情請參閱Raymond Williams, *The Country and the City*, New York; Oxford University Press, 1973, pp. 264-271.) 當然，勞倫斯一來把問題歸咎於家中的女人，嫌她們一心一意就想存錢囤貨，二來他也把問題理想化了，認爲英國人如果能多建些美國式的現代化建築物，那麼人的生活素質自然會大大提高。儘管如此，他的觀點似有兩點值得我們借鏡：一、住房之難多少與工業化城市之發展，人口之集中有關；二、住房之難影響人際關係，人的行爲，甚至於人性。而除此之外，我們要問的是：作家在處理上述兩個問題之際，又如何透過親身經驗，描寫住房與人意識活動的密切關係？而作家又如何藉此而將上述兩個問題，變得更加尖銳，更加引人注目？在此我們不妨先談談吳爾夫夫人的《自己的房間》(*A Room of One's Own*, 1929)。

這個作品一開始就談到這麼一個假設：如果莎士比亞有個妹妹，她的下場將會是如何呢？吳爾夫夫人的推論相當不樂觀，認爲茱迪斯(Judith)(假設中莎士比亞的妹妹)一定會因婚事所逼而出走，到了倫敦之後，儘管她滿腹才華，卻無他哥哥的機會，終於流落街頭，鬱鬱不歡而死。追究原因當然與社會歧視女性有關。(請詳參本書，〈莎士比亞的妹妹〉一章。)而歧視的禍首，最主要的莫過於歷史了；也就是說歷來女人都受這種待遇，到了莎士比亞的時代情形不變，甚至到了二十世紀吳爾夫夫人的年代，歧視也難免如舊，女人的第一號敵人一向是歷史。吳爾夫於是對歷史產生懷疑，認爲所謂歷史不外是男人的歷史，而男人歧視女性乃是歷史使然，不一定與男人個人意志有關。在她另一個作品中，她認爲女人之所以受歧視，主因乃是女人無緣提筆創作。所以女人要求解放，最重要的莫過於寫作，寫的上至宇宙眞理，下至身邊瑣事都不妨。當然，身爲女人，寫作有兩個必要的條件：歲收五百鎊，及一個自己的房間。有了五百鎊，女人才可以專心寫作；而有自己的房間，才有個人的隱私。在這個小天地裏，個人可以擺脫外界的控制，並進而經營自己的藝術天地。

女人在家，家務代表她生命的一切，隱私這回事幾乎完全談不上。有了自己的房間當然聊勝於無，至少可以讓女人培養她的自我。萊辛（Doris Lessing）的〈去十九號房〉（"To Room Nineteen,"1963）描寫的正是一個家庭主婦爭取自我的隱私，過程中所遭遇的挫折，以及末了所付出的代價。原來故事中的女主角婚前有份相當好的工作，可是婚後爲了家庭，而把自己的事業全部犧牲了，連自己的房子也賣掉了。婚後的日子除了丈夫曾經偸情之外，一切都可以說很正常，夫妻二人也頗受友人豔羨。這一片「美景」維持了幾年，一直到孩子們上了學之後，做媽媽的才瞭解到，她需要自己的小天地。首先她在閣樓闢了一間專用的房間，不准家人進入。起先大家也都遵守約法，連小孩子走到附近也都躡手躡足，不敢出聲。可是這個辦法畢竟無法持久；外來的干擾無法絕對免除，而做母親的自己也覺得內疚。她丈夫於是鼓勵她出外旅行；可是這個辦法仍然行不通，她仍然天天惦記着家務，經常打電話與家裏聯繫，可以說人在外，心在內。末了事態漸趨嚴重，做太太的忍無可忍之下，偷偷跑去倫敦城裏租了一個房間，每個星期定期到這個十九號房，從早到晚呆坐窗前，讓自己的思潮馳騁四方。可惜好景不長，過了一段時間，她丈夫開始懷疑她有了外遇，並且派私家偵探找上門來，逼得她在十九號房裏，開煤氣自盡。住房之難在這個故事裏達到了極端，既可笑又可悲。房間既非屬自己所有，而租來的房間也談不上是自己的天地，創造不出自己的藝術宇宙。

談藝術宇宙，我們必須再回到吳爾夫夫人。她的〈牆上的黑點〉("The Mark on the Wall,"1921) 描寫她獨坐房中，看到牆上一個黑點，可是她不願起身去探明黑點到底是什麼（吳爾夫夫人本身本是近視眼一個），她寧可把黑點當作她的跳板，縱身躍入幻想的大海，先想到古代騎士的陣容、螞蟻馱物、人生之無常、內在與外在世界之不協等等。這時她的思潮一轉進入了一個所謂「純思」的世界。在這個世界裏，歷史不再支配人生，社會禮儀也喪失了它的權威；在這個虛幻的世界裏，主觀的心智恢復了它的重要性，思潮再度自我運作不息。當然，這種心智並不喧賓奪主，客體的世界不但不受曲解，而且還相協相輔。這種和諧的境界當然要比講尊卑（即她所說的「標準事物」），歧視女人的社會文明要來得可取。幻想到了此地可惜已到了盡頭，房間裏出現了第二個人，並對她說他要出去買報紙，邊走邊罵該死的戰爭。吳爾夫夫人「純思」的世界再度受到侵襲不說，而入侵的勢力還是男性劣根的終極——戰爭（有人說她一九四一年沉水自盡，與她對戰爭的恐懼有關），戰爭把她在住房中經營所得的溫馨理念世界摧殘殆盡。故事表現的正是住房難在藝術層次上的表現。

不管是房子也好，或是大至一般空間也好，劣根性往往促使人使用一切手段來佔有空間，並進而控制他人。上面我們引過勞倫斯對女人的看法，他認爲女人佔有慾強，看到什麼都想擁有（看到好花想摘，聽到好音樂就想買部鋼琴放家裏）；而礦坑中的男人則毫無私心，工作時赤裸相對，工餘在酒吧裏共飲同歡，不分彼此。勞倫斯這種觀點可能在某時某地站得住腳，可是我們也大可找到例子，說明男人如何侵佔他人地盤，擴充領土，並進而控制他人。鄧友梅的〈四合院〉的故事（《香港文學》，一九八八年二月）誇張處理人的侵佔慾，描寫一個幹部佔了四合院一大片地方不說（北京四合院通常由許多人家分住，往往擁擠不堪），並且還強行移建厠所以圖自己方便，結果因爲不解風水，弄得臭味瀰漫整個院子，怎麼找人修都修不好，後來工人私下討論才發現，厠所的位置要與風向配合，不能光靠個人的意志與官僚勢力。這個例子基本上使用的是反諷手法，並未能正面道出人佔領空間所使用的權術。劉心武的〈立體交叉橋〉（載於《十月》，一九八一年二月）獻給「所有爲公衆開拓居住空間和心靈空間而努力的人們」。當然文章所處理的乃是未經開拓之前，人們爲了空間如何不顧親情，爭得你死我活。

侯家一戶三代六口人住在一個十六平方米（約一七二平方呎）的小單位裏，屬於所謂的困難戶，因此指望他們家附近的陸橋可以早建，建樹拆屋收地，他們就可以安置到比較寬敞的地方。住房之難不是侯家一家的問題，而住房之難所引起的爭執，從侯家的經驗中也大可見微知著，作者感嘆說：

> 立體交叉橋，這意味着將有限空間，向寬闊處開拓，意味着將擁擠的人流向開闊處疏導，意味着給人們提供更多的空間，在人與人的關係上提供更多迴避機會，因而也就意味着撫慰、平息大量因空間壅塞而感到壓抑與痛苦的靈魂。（頁三十三）

事實上，一般居民嚮往拆遷，不管建的是什麼。一九五九年修建人民大會堂時，原住戶都得到很好的安置。三十年來北京市為居民建的居民樓可以分五代：

> 五十年代初第一代居民樓……高大的琉璃頂、寬闊的玻璃鋼窗，平均二十多平方米的大開間……絕不實用。第二代居民樓〔一九五八〕、……追求層多體大……隨着「大躍進」理論上的絕對「成功」和實踐上的徹底失敗……電力缺乏，無法安裝與使用電梯……第三代居民樓〔一九六二至六六〕……設計得比較合理……然而好景不長，一九六六年……這樣的已蓋好而未及住上人的空樓便首先成了「紅衛兵小將」的臨時招待所……第四代

居民樓〔一九六九〕……的特點是低矮、狹小、單薄、醜陋……「簡易樓」幾年後便聲名狼藉……從一九七五年……又開始興建聞名於世的三門工程……蓋起了……多層居民樓……特點只求總體高聳集中的「唬人」效果，而設計上很不實用，施工也相當粗糙。

（頁三十四）

這五代的公共住宅雖說問題重重，「但是能分到新樓單元的，主要還是大機關的幹部以及各種需落實政策的高級知識份子、民主人士。」一般百姓仍然排不上號，只好擁擠地住在低矮的平房之中，往往狹小黑暗不說，開了家門就是人行道，沒有廚房。故事中侯家有間胡同小院裡的房子，相形之下可算幸福多了，可是且讓我們看看他們家人爲了房子而產生的衝突。

侯家一家八口，包括父母，大兒子、大媳婦、大孫女、二兒子、二媳婦以及女兒。二兒子、二媳婦戶口在太原，卻想盡辦法要調回北京。雖然二兒子岳父母是退休的軍隊幹部，可是卻不會走後門，幫不上他們兩小口的忙。他哥哥、嫂嫂的工作都在郊區公社，雖然戶籍仍在北京，可是往往一兩個星期才回家一次，做弟弟的當然巴不得他們可以早日搬走。此外他也指望他妹妹可以早日嫁人，因爲她的年紀已經不小。可恨的是大哥儘管唸了那麼多書，對於找門路卻一籌莫展，而妹妹的婚事也同樣一無進展。二兒子於是聽從一位「關係學」專家的建議，趁妹妹相親失敗，精神一時失常，把她當精神病患送進醫院，這一來兩老沒人照顧，二兒子可以找人開個證明，說父母有病，需要他們照顧。只要找到藉口將戶口調回城裏，而只要附近拆房建橋，他們安置的希望就有了着落。

故事談的不外乎空間缺乏所引起的衝突，以及爭房奪屋對於人性所造成的影響。作者幾乎一廂情願，指望政府大力建設，多建居民樓，多建交叉橋，使得國民不必因壅塞而發生爭執，並保持人性的純潔與豁達。

當然，空間可以是客觀的客體，以立方尺寸計算；但也可以是主觀的感受。後者往往比前者重要。上述的立體交叉橋固然有疏導交通之效，可是作者所指的乃是它的心理意義；交叉橋使人與人之間融洽相處，不致於侷促一隅，成日摩擦、撞擊。就主觀觀點言，交叉橋象徵外在空間，人在家有矛盾，往往出外散心，逃避家中的糾紛。不過空間卽使再小，卻也能給同心共濟的人一種溫馨的感覺。大兒子童年有一次與同班同學玩捉迷藏，與一個女同學躲到一個小角落裏，感到「彷彿整個世界卻被壓縮到這樣一個小旮旯裏，只有他和她。」（頁八）同理，大兒子受不了家中的悶氣，出外散心，看到睡在車站地上的人，問了一個引人深省的問題：

> 原來一個人所需要的空間，可以減縮到同他本身體積相等的限度！是不是我們每個人都把對生存空間的渴求降低到這個程度，我們的社會就會變得相對純潔起來，而人與人之間的關係也會變得相對美好起來呢？……（頁四十一）

家中的內在空間問題可就比較複雜了，我們都知道中國人的人際關係以親屬爲主，不像西方人以職業、志趣或居住地點爲主。中國的人際關係強迫性強，期間也要來得長，不可輕易解除。這種人際關係如果碰上住房難的話，矛盾就很可能變深，缺乎轉圜之餘地，甚至弄得骨肉反目，六親不認。大媳婦因爲擔心二兒子出外夜歸，當夜的住宿發生問題，因此多問了一句話，結果遭二兒子頂了一句，說她不是侯家的人。當然，講外人，侯家的小女兒也有外人之嫌，因爲她已二十六七歲，只要一嫁出侯家就是外人，可是問題偏偏出在她屢次相親都不成功，導致她心神不寧。故事高潮之一描寫她上夜工，因此白天在家睡覺，不巧二兒子從岳父寬敞的家中回來，一肚子悶氣。進到內室，看見妹妹睡在床上，睡相不雅，於是把她吵醒，罵她睡得像死豬。大哥聞聲進來，兩人於是發生爭鬪。妹妹這時驚慌失常，本能地衝到方桌底下，掩面哭泣。此情此景令他們兄弟二人想起當初他們年幼時在桌下玩家家的遊戲。二兒子平日惡人一個，這時卻不免想道：

啊，那時候，妹妹在他眼裏是多麼可愛啊。那時候他們一點不覺得這屋子狹窄，他們更沒有爭奪這個空間的絲毫意念。一張方桌的體積，頂多兩立方米吧，就足够他們相親相愛地一起生活了。（頁二十）

二兒子頓然醒悟到他自己的錯誤。方桌這時代表的，不僅是他們一家人的現在，它同時也指向過去，勾起個人甜蜜的回憶，充分印證了巴修樂的空間美學。不過美學歸美學，現實在匱乏的社會裏仍然是殘酷的。二兒子要逼走妹妹的野心，並未片刻稍減。故事結束時，他妹妹雖然清醒，健康，人卻身不由己在去精神病院的途中，可以說是住房難甚具諷刺性的一個尾聲。

住房難與政府在社會福利方面投資不足或不公有關。劉心武的故事描寫大陸上社會福利不夠妥善，因此一般老百姓皆爲住房所苦。不過在經濟發達的資本主義社會中，住房之難一樣存在，這點相信沒人會加以否認。住房之難對於社會上的邊緣人，可能比侯家所面臨的還要嚴重。

白先勇的〈芝加哥之死〉（登於《現代文學》，第十九期，一九六四年一月）描寫的是中國留學生在美所遭遇的住房難。吳漢魂年逾而立，苦唸了六年的英美文學，其中苦況不足爲外人道，而他爲了租房子省錢，在城中區一間廿層的老公寓租了一間地下室，與外界相當隔絕，到了冬天馬路積雪，把地下室的窗子，甚至整個給封蓋起來，讓他覺得很安全。就這樣他「寒窗苦讀」，不知不覺，終於把比較文學博士學位唸完了。可是等畢業典禮一過，他開始留意到週遭的世界，也開始留意到他自己的慾念，可是外界卻如此陌生：

> 吳漢魂擡頭望望夾在夢露街兩旁高樓中間那溜漸漸轉暗的紫空，他突然覺得芝加哥對他竟陌生得變成了一個純粹的地理名辭，「芝加哥」和這些陳舊的大建築，這一大羣木偶似的扭動着的行人，竟連不上一塊兒了。吳漢魂覺得莫名其妙的徬徨起來，車輛、行人

都有規律的協着整個芝城的音韻行動着。（頁六）

長久蟄居於不見天日的斗室中，吳漢魂突然覺得他失去方向感，失去定心力，與外界完全脫節。世界之大竟然難找到寸土之地，可以容他落腳，於是他在履歷表上續上一筆：「一九六〇年六月二日凌晨死於芝加哥密歇根湖。」逃出斗室，死於湖中，充分反映出中國人放逐他鄉（吳漢魂母親病亡，生前未能見最後一面，因此無臉回鄉），在一個功利至上的資本主義社會裏所面臨的困境。對他而言，芝加哥是「一座埃及古墓，把幾百萬活人與死人都關閉在內，一同消蝕，一同腐爛。」（頁十一）與他充滿腐屍味的斗室，並無不同之處。

人在現代資本主義社會中孤獨無依，居室宛若囚室，卽使能逃脫外出，居室的陰影卻跟隨左右，揮之不去，末了終於逼人自盡。不過通常我們總認爲住房有異於家庭，只要有了家、有了家人相互支持，情形可就不同。〈吾宅吾家〉中的人物住在公寓，樂在其中，作者於是說：「人眞是易滿足的動物！三數十坪就能使老幼人等安於現狀，長年的居住其中，不以爲囚！這種『拘攏』力，大約就是一個『家』字吧！」（頁一四一）可是事情是否眞如此簡單？如果自己沒有房子，租房子的滋味可不是好玩。愛亞未有自己房子之前不斷搬家，「丈夫……胡裏胡塗的做垮了生意，不知從何時起，我們玩起搬家的遊戲。剛開始，搬家的理由很多，環境欠佳，搬。房東嚕嗦，搬。交通不便，搬……最後，我們搬家的理由只有唯一的一個——不能痛快的付出房租，房東實在無從與我們結緣，於是結婚十年，搬家九次。」（頁一三八）像這類無根的房客，我們不妨套用一個流行之字眼，稱之為搬家族。

搬家族買不起房子，與收入少或房價貴有關。房價貴與人工、材料貴有關。轉型中的社會裏，自己親力親為，倒可以省點錢，湊伙蓋個房子遮頂；可是地價一貴，寸土寸金可就難為了薪水階級了。地價貴與市場供應有密切關係，東京地價昂貴，臺北東區地段價格相信也達天文數字。不過除了市場因素之外，香港的地價與殖民政策有關，因為政府振振有詞，可以說這塊殖民地遲早要還給中國，因此地是不賣的，賣的只是使用權，有年期（中英未談判成功之前，北九龍與新界的地年期絕不超過一九九七），用途也有限制，要改建也得補地價，這一來地價本來高冠全東南亞，再加上新移民不斷遷入，外資來港炒房地產，於是搬家族乃應運而生。也斯（梁秉鈞）的〈找房子的人〉（收於《大拇指小說選》，臺北：遠景，一九七八），把這種現象用一種跡近寓言的形式加以突出。

故事中的男女兩個情人

幾乎住遍香港的每一區。他們住在山邊，遇山泥傾瀉；住在漁村，豪雨帶來水淹；住在機場旁邊，飛機飛過震破了玻璃；住在電力廠對面，電力廠發生爆炸；他們住的舊樓要拆卸；搬進的新房子鬧鬼；住的地方有大擋和私人會所，他們搬；有垃圾站和焚化爐，

> 他們再搬；住的地方要拆了建地下鐵路，他們被迫遷，住的地方要填海建馬場，又祇好再搬。他們住在鬧市，因為治安不好搬家；搬到鄉下，又因為村民的閒言搬家。（頁二○一）

上述的搬家不一定與經濟因素有關。故事開始的時候，他們二人找到一個很理想的房子，可是給了押金再也付不起房租，因此只好作罷。此外，他們兩人生性浪漫，找房子的要求顯然要比常人高，因此把自己的職業自嘲地說成是「做跟房子與搬運有關的事業的。」（頁二○四）為了繳付租金，他們兩人不切實際地決定，「女的一定要努力織成過去一直說要織的那條兩里長的圍巾，而男的就要做一個長春籐的書架。」又說「因為路程遙遠，他們一定要辭去市區那份乏味刻板的工作。」所以這個房子可以說只是一個藉口，讓他們逃避社會責任，追求他們無所為的藝術理想。這種避世的思想甚至引起外人的懷疑，大伯甚至問：「是不是現在的年輕人時興這樣？」指的當然是他們一直搬家、換工作的習慣。

也就是說，搬家只是一種手段，他們藉此而對世界、社會，與他們二人的關係加以個人的詮釋。這麼一來，房子轉實為虛，所謂「找房子的人」也就等於「找不到房子的人」，或「找不是房子的房子的人」。其中的辯證關係，據我看是故事的精粹所在。這話證據何在呢？他們兩人找房子找了一會兒，天就黑了，而去路也給濃密的叢林擋住了，既然走不出去，他們乾脆在草地上停了下來，準備在那兒過夜，接着就在樹林裏點起蠟燭，燒了一鍋湯吃得飽飽的。大自然的美讓他們流連忘返，男的甚至說：「沒有房子也好是不是？」（頁二〇五）兩人要的是自由，而房子相反地代表對社會價值的認同。社會價值包括男女二人坦誠以待、成家立業、同甘共苦。可是他們二人追求自由，男的說他跟星星有約會，女的於是趁機會擺脫了男的。男的走了不久之後，女的「心裏不喜歡房子的那部份叫她起來，叫他不要在一叢草上坐得太久。」（頁二〇七），她於是起身走到河邊，下水游泳，游的與其說是河水，還不如說是我上面說的「不是房子的房子」，簡直就是水底龍宮的境界，一切都像在作夢，這時她「感覺到海草在臉上的飄拂，光線的逐漸轉暗，她便曉得自己已進入水底的森林，她迷了路，就任自己漂泊。」（頁二〇七），迷失之餘，她跟着一條綠色的鰻魚走：「那一點虛幻的綠光，她追隨着，游過去，彷彿她正帶領她游向另一所房子。」（頁二〇八）作夢、迷失、找不到自己的家，相信是一種相當難受的經驗。回到岸上，她感到「這麼孤獨，沒有一個休憩的地方。」（頁二〇八）男的這時終於回到她身邊，告訴他「那星宿已落成一顆灰暗嶙峋的石頭。」（頁二〇九）兩人這時無奈只好再相依爲命，「沿着海灘出發，若找到合適的房子，他們就留下來，撒下那些種籽（星星約會帶回來的種籽）……」兩人找房子的行爲帶有很重的吊詭性質：明爲尋找可以安身立命的房子，可是事實上卻以找房子爲借口，遨遊四方，不願安頓於泛泛的屋宇中。他們的困境說是爲外界所逼也不妨，說是咎由自取也沒錯。

搬家是現代人的通病。搬家象徵現代個人與社會之間的隔膜，搬家甚至反映出社會的變態。尤內斯庫（Engene Ionesco）的〈新房客〉（"The New Tenasnt," 一九五五年初演於芬蘭）描寫現代人如何利用搬家作爲與外界斷絕關係的手段，而搬家造成的災害則已達到令人不解的地步。這個荒謬劇開始的時候戲臺上首先出現的是個女管家，喋喋不休，與鄰居講東講西，不曉得這時新房客已經來到。女管家一片好心，告訴他這個房子的歷史，又毛遂自薦，希望可以替新房客做點事，賺點外快。沒想到新房客不願與人打交道，巴不得儘快把她遣走。他給了她錢並叫她走開，令她自信心受損，只好憤然離去。她走了之後，兩個搬夫隨即到了，把他的傢俱一件件搬進來。搬家的過程出乎常理之外，因爲新房客搬家時傢俱的擺設，主要功用乃是要與外界斷絕關係，因此同樣的傢俱往往重複出現，使得房間雍塞不堪，而他人端坐傢俱之中，不但與外界隔絕（所有的窗戶都用畫堵死了），而且與觀衆隔絕（劇終時新房客坐在傢俱後面，觀衆完全看不到他）。這種搬家當然出乎常理之外，把自己搬進了死亡之屋；可是作者似乎也有意誇張世界的變態。這麼一來，愈輕的東西，搬起來愈吃力，而愈重的東西運起愈不費勁。剛開始搬的時候輕的先進來，重的後進來，所以搬家搬到末了，笨重的傢俱似乎不費吹灰之力，接二連三的進來，家似乎是自己搬的，不是人搬的。而搬的不僅僅是新房客而已，外面的世界也都似乎受到影響，甚至整個城市交通都停頓了下來。也就是說，人固然找到了房子，並據之爲安樂窩，可是付出的代價卻很大：人與人因此老死不相往來，而人與世界的正常運作也因此完全中斷了。

歷來西方學者有關空間觀念的討論甚多，擇要言之：亞里斯多德認爲空間卽爲容納物體的容器，康德認爲空間乃對外在現象一種先驗的直覺形式。顯然前者側重客體，後者側重主觀。西方另有一種空間觀念，認爲空間乃是讓人把內在的經驗外化，並進而與他人的經驗交滙之場所，所以空間可以說是主客交流的實體。中國人談空間，首先當然要提上下四方的宇，「宇」字本身多少帶有屋宇的意思在內，而空間也與物我合一，內外交融的現象有關。宗白華引用天壇前方之祭臺，指出它以天空爲屋頂，顯示人把整個宇宙作爲自己的廟宇。（詳參〈空間意識與空間美感〉收於《中國園林藝術概觀》，江蘇人民出版社，一九八七年，頁五一十六）也就是說，中國人談空間往往側重主客的有機關係，既不側重主，也不偏倚客。而由於主客交流的緣故，空間往往既實又虛，所謂「鑿戶牖以爲室，當其無，有室之用。」房子之用乃在於其虛，其空靈，使人得將內容灌注其中。這點相信看過江南園林，對於分景、借景稍有認識的人都能體會一二。這種空間意識，應用之妙不可言喩，宗炳在室內懸掛了他的山水畫，神遊之餘，甚至還對畫彈琴，說：「撫琴動操，欲令衆山皆響！」（同見上文）也就是說，屋宇僅爲虛體，人如何悠遊其中才是重要的。

不過這種傳統屋宇基本上是空的，住的人基本上很少，或甚至沒人住（江南園林供人遊覽，住家通常不在園林之內）。這種良好條件到了二十世紀已經喪失殆盡。二十世紀一來城市人口集中，二來社會福利制度應運而生（所謂社會福利，其實跡近非福利，也正因如此，香港有人寧可露宿街頭，不願意住進政府提供的住宿中心）。二十世紀的住房有下列幾個特點：一、住客無產權（〈找房子的人〉、〈芝加哥之死〉）；二、住房設計不合理想（〈吾宅吾家〉、《虹》）；三、住客人多，不投機（〈立體交叉橋〉、〈去十九號房〉）；四、住房佈置庸俗、雜亂（〈吾宅吾家〉、〈立體交叉橋〉）；五、住客無隱私可言（〈恐怖份子〉、《自己的房間》）。在這多種情況之下，傳統美學的詮釋效用，降至極低點。住房的意義，與其用美學解說，不如用人際的政治學來說明更加貼切。而文學家處理房間，往往面臨一種身不由己、無可奈何之嘆。也正因如此，文學家往往無中生有，寫出房出之外的房子，或甚至不是房子的房子，藉此來彌補現實之不足。看來杜甫的名句至今乃有其意義：

安得廣厦千萬間，大庇天下寒士俱歡顏。

（〈茅屋為秋風所破歌〉）

一九八八・四

滄海叢刊書目（二）

國學類

先秦諸子繫年　錢　穆　著
朱子學提綱　錢　穆　著
莊子纂箋　錢　穆　著
論語新解　錢　穆　著

哲學類

哲學十大問題　鄔昆如　著
哲學淺論　張　康　譯
哲學智慧的尋求　何秀煌　著
哲學的智慧與歷史的聰明　何秀煌　著
文化、哲學與方法　何秀煌　著
人性記號與文明——語言・邏輯與記號世界　何秀煌　著
邏輯與設基法　劉福增　著
知識・邏輯・科學哲學　林正弘　著
現代藝術哲學　孫　旗　譯
現代美學及其他　趙天儀　著
中國現代化的哲學省思　成中英　著
不以規矩不能成方圓　劉君燦　著
恕道與大同　張起鈞　著
現代存在思想家　項退結　著
中國思想通俗講話　錢　穆　著
中國哲學史話　吳怡、張起鈞　著
中國百位哲學家　黎建球　著
中國人的路　項退結　著
中國哲學之路　項退結　著
中國人性論　臺大哲學系主編
中國管理哲學　曾仕強　著
孔子學說探微　林義正　著
心學的現代詮釋　姜允明　著
中庸誠的哲學　吳　怡　著
中庸形上思想　高柏園　著
儒學的常與變　蔡仁厚　著
智慧的老子　張起鈞　著

老子的哲學	王邦雄 著
當代西方哲學與方法論	臺大哲學系主編
人性尊嚴的存在背景	項退結編著
理解的命運	殷鼎 著
馬克斯・謝勒三論	阿弗德・休慈原著、江日新 譯
懷海德哲學	楊士毅 著
洛克悟性哲學	蔡信安 著
伽利略・波柏・科學說明	林正弘 著
儒家與現代中國	韋政通 著
思想的貧困	韋政通 著
近代思想史散論	龔鵬程 著
魏晉清談	唐翼明 著
中國哲學的生命和方法	吳怡 著
孟學的現代意義	王支洪 著
孟學思想史論(卷一)	黃俊傑 著
莊老通辨	錢穆 著
墨家哲學	蔡仁厚 著
柏拉圖三論	程石泉 著
宗教類	
圓滿生命的實現(布施波羅密)	陳柏達 著
薝蔔林・外集	陳慧劍 著
維摩詰經今譯	陳慧劍譯註
龍樹與中觀哲學	楊惠南 著
公案禪語	吳怡 著
禪學講話	芝峯法師 譯
禪骨詩心集	巴壺天 著
中國禪宗史	關世謙 著
魏晉南北朝時期的道教	湯一介 著
佛學論著	周中一 著
當代佛教思想展望	楊惠南 著
唯識學綱要	于凌波 著
社會科學類	
中華文化十二講	錢穆 著
民族與文化	錢穆 著
楚文化研究	文崇一 著
中國古文化	文崇一 著
社會、文化和知識分子	葉啟政 著

儒學傳統與文化創新	黃俊傑 著
歷史轉捩點上的反思	韋政通 著
中國人的價值觀	文崇一 著
紅樓夢與中國舊家庭	薩孟武 著
社會學與中國研究	蔡文輝 著
比較社會學	蔡文輝 著
我國社會的變遷與發展	朱岑樓主編
三十年來我國人文社會科學之回顧與展望	賴澤涵 編
社會學的滋味	蕭新煌 著
臺灣的社區權力結構	文崇一 著
臺灣居民的休閒生活	文崇一 著
臺灣的工業化與社會變遷	文崇一 著
臺灣社會的變遷與秩序(政治篇)(社會文化篇)	文崇一 著
臺灣的社會發展	席汝楫 著
透視大陸	政治大學新聞研究所主編
憲法論衡	荊知仁 著
周禮的政治思想	周世輔、周文湘 著
儒家政論衍義	薩孟武 著
制度化的社會邏輯	葉啟政 著
臺灣社會的人文迷思	葉啟政 著
臺灣與美國的社會問題	蔡文輝、蕭新煌主編
教育叢談	上官業佑 著
不疑不懼	王洪鈞 著
自由憲政與民主轉型	周陽山 著
蘇東巨變與兩岸互動	周陽山 著

史地類

國史新論	錢穆 著
秦漢史	錢穆 著
秦漢史論稿	邢義田 著
宋史論集	陳學霖 著
中國人的故事	夏雨人 著
明朝酒文化	王春瑜 著
歷史圈外	朱桂 著
當代佛門人物	陳慧劍編著
弘一大師傳	陳慧劍 著
杜魚庵學佛荒史	陳慧劍 著

蘇曼殊大師新傳	劉心皇 著
近代中國人物漫譚	王覺源 著
近代中國人物漫譚續集	王覺源 著
魯迅這個人	劉心皇 著
沈從文傳	凌宇 著
三十年代作家論	姜穆 著
三十年代作家論續集	姜穆 著
當代臺灣作家論	何欣 著
師友風義	鄭彥棻 著
見賢集	鄭彥棻 著
思齊集	鄭彥棻 著
懷聖集	鄭彥棻 著
滄海粟飄八三年	周世輔 著
三生有幸	吳相湘 著
孤兒心影錄	張國柱 著
我這半生	毛振翔 著
我是依然苦鬪人	毛振翔 著
八十憶雙親、師友雜憶（合刊）	錢穆 著
語文類	
訓詁通論	吳孟復 著
翻譯新語	黃文範 著
中文排列方式析論	司琦 著
杜詩品評	楊慧傑 著
詩中的李白	楊慧傑 著
寒山子研究	陳慧劍 著
司空圖新論	王潤華 著
詩情與幽境——唐代文人的園林生活	侯迺慧 著
歐陽修詩本義研究	裴普賢 著
品詩吟詩	邱燮友 著
談詩錄	方祖燊 著
情趣詩話	楊光治 著
歌鼓湘靈——楚詩詞藝術欣賞	李元洛 著
中國文學鑑賞舉隅	黃慶萱、許家鶯 著
中國文學縱橫論	黃維樑 著
古典今論	唐翼明 著
亭林詩考索	潘重規 著

浮士德研究	劉安雲	譯
蘇忍尼辛選集	李辰冬	譯
文學欣賞的靈魂	劉述先	著
小說創作論	羅　盤	著
借鏡與類比	何冠驥	著
情愛與文學	周伯乃	著
鏡花水月	陳國球	著
文學因緣	鄭樹森	著
解構批評論集	廖炳惠	著
世界短篇文學名著欣賞	蕭傳文	著
細讀現代小說	張素貞	著
續讀現代小說	張素貞	著
現代詩學	蕭　蕭	著
詩美學	李元洛	著
詩人之燈——詩的欣賞與評論	羅　青	著
詩學析論	張春榮	著
修辭散步	張春榮	著
橫看成嶺側成峯	文曉村	著
大陸文藝新探	周玉山	著
大陸文藝論衡	周玉山	著
大陸當代文學掃描	葉穉英	著
走出傷痕——大陸新時期小說探論	張子樟	著
大陸新時期小說論	張　放	著
兒童文學	葉詠琍	著
兒童成長與文學	葉詠琍	著
累廬聲氣集	姜超嶽	著
林下生涯	姜超嶽	著
青　春	葉蟬貞	著
牧場的情思	張媛媛	著
萍踪憶語	賴景瑚	著
現實的探索	陳銘磻	編
一縷新綠	柴　扉	著
金排附	鍾延豪	著
放　鷹	吳錦發	著
黃巢殺人八百萬	宋澤萊	著
泥土的香味	彭瑞金	著

燈下燈	蕭蕭	著
陽關千唱	陳煌	著
種　籽	向陽	著
無緣廟	陳艷秋	著
鄉　事	林清玄	著
余忠雄的春天	鍾鐵民	著
吳煦斌小說集	吳煦斌	著
卡薩爾斯之琴	葉石濤	著
青囊夜燈	許振江	著
我永遠年輕	唐文標	著
思想起	陌上塵	著
心酸記	李喬	著
孤獨園	林蒼鬱	著
離　訣	林蒼鬱	著
托塔少年	林文欽	編
北美情逅	卜貴美	著
日本歷史之旅	李希聖	著
孤寂中的廻響	洛夫	著
火天使	趙衛民	著
無塵的鏡子	張默	著
關心茶——中國哲學的心	吳怡	著
放眼天下	陳新雄	著
生活健康	卜鍾元	著
文化的春天	王保雲	著
思光詩選	勞思光	著
靜思手札	黑野	著
狡兔歲月	黃和英	著

美術類

音樂與我	趙琴	著
爐邊閒話	李抱忱	著
琴臺碎語	黃友棣	著
音樂隨筆	趙琴	著
樂林蓽露	黃友棣	著
樂谷鳴泉	黃友棣	著
樂韻飄香	黃友棣	著
弘一大師歌曲集	錢仁康	編

立體造型基本設計　　張長傑 著
工藝材料　　李鈞棫 著
裝飾工藝　　張長傑 著
人體工學與安全　　劉其偉 著
現代工藝概論　　張長傑 著
藤竹工　　張長傑 著
石膏工藝　　李鈞棫 著
色彩基礎　　何耀宗 著
五月與東方——中國美術現代化運動在戰後
　臺灣之發展（1945～1970）　　蕭瓊瑞 著
中國繪畫思想史　　高木森 著
藝術史學的基礎　　曾堉、葉劉天增 譯
當代藝術采風　　王保雲 著
唐畫詩中看　　王伯敏 著
都市計畫概論　　王紀鯤 著
建築設計方法　　陳政雄 著
建築鋼屋架結構設計　　王萬雄 著